SEELENBLIND

CATHERINE SHEPHERD

1. Auflage 2016
Copyright © 2020 Kafel Verlag, Inh. Catherine Shepherd, Franz-
Radziwill-Weg 12, 26389 Wilhelmshaven

Lektorat: Gisa Marehn
Korrektorat: Vera Müller

Covergestaltung: Alex Saskalidis

Covermotiv: ©paulrommer / fotolia und
Syda Productions / fotolia

Druck: CPI Books GmbH, Birkstraße 10, 25917 Leck

www.catherine-shepherd.com
kontakt@catherine-shepherd.com

ISBN 978-3-944676-05-0

5. Der Behüter (Kafel Verlag Juli 2020)
6. Der böse Mann (Kafel Verlag Juli 2021)

JULIA SCHWARZ-THRILLER:

1. Mooresschwärze (Kafel Verlag Oktober 2016)
2. Nachtspiel (Kafel Verlag November 2017)
3. Winterkalt (Kafel Verlag November 2018)
4. Dunkle Botschaft (Kafel Verlag November 2019)
5. Artiges Mädchen (Kafel Verlag November 2020)
6. Verloschen (Kafel Verlag November 2021)

ÜBERSETZUNGEN:

1. Fatal Puzzle - Zons Crime (Titel der deutschen Originalausgabe: Der Puzzlemörder von Zons, AmazonCrossing Januar 2015)
2. The Reaper of Zons - Zons Crime (Titel der deutschen Originalausgabe: Erntezeit, AmazonCrossing Februar 2016)

Du kannst dich nicht auf deine Augen verlassen,
wenn deine Vorstellungen unscharf sind.

Mark Twain

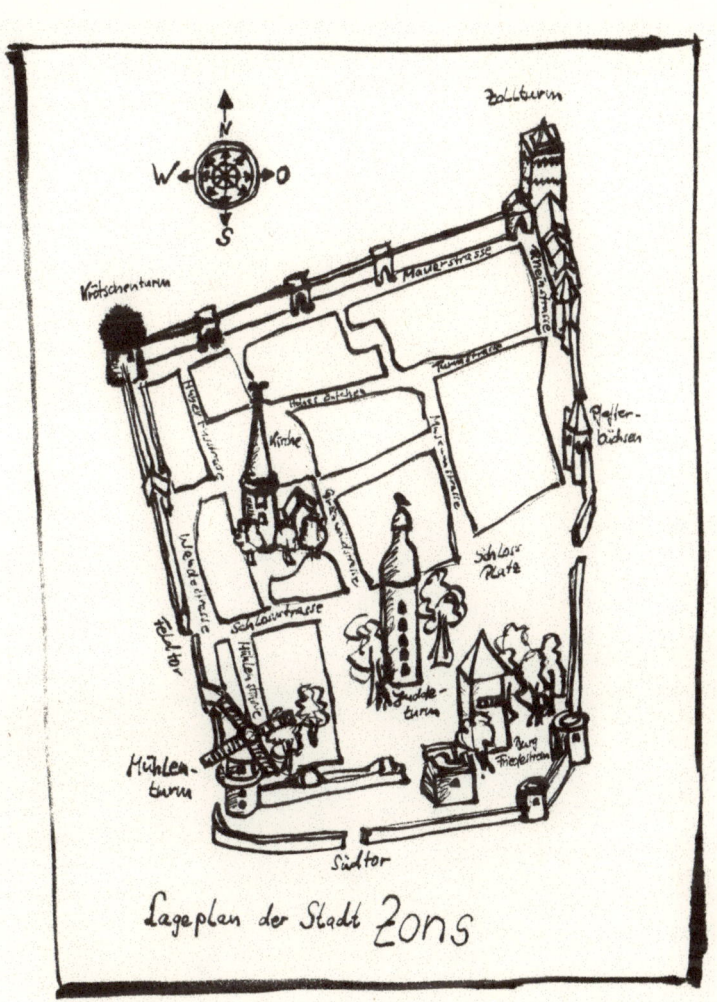

Lageplan der Stadt Zons

I

GEGENWART

Michelle öffnete die Augen. Rabenschwarze Dunkelheit umfing sie. Die Luft strömte kalt und feucht in ihre Nase. Sie fuhr sich langsam mit der Zungenspitze über die spröden, aufgerissenen Lippen, doch es half nichts. Ihre Schleimhäute waren ebenso ausgedörrt. Sie hatte schrecklichen Durst. Aber das war im Augenblick nicht ihr vordringlichstes Problem. Viel schlimmer waren die Schritte, die sie vernahm. Es waren seine Schritte, die unaufhörlich näher kamen. Sie zitterte am ganzen Leib, als er die schwere Eisentür öffnete. Das Metall schürfte unheilvoll über den nackten Betonboden. Michelle hatte gehofft, er würde nicht so schnell wiederkommen. Seit er sie auf der harten Unterlage festgebunden hatte, rieb sie unablässig das Seil um ihren Handgelenken an der Kante der Liege. Michelle spürte, wie es immer dünner wurde. Dennoch konnte sie es nicht zerreißen. Sie verlangsamte ihre Bewegungen. Auf keinen Fall durfte sie seine Aufmerksamkeit erregen. Mit klopfendem Herzen hörte sie in den Raum hinein. Neben ihr lag jemand. Sie konnte den unregelmäßigen Atem hören, der an das Röcheln eines Asthmakranken erinnerte. Mitunter glaubte sie auch, noch ein weiteres Atemgeräusch zu hören. Es klang sehr schwach und war unter dem lauten Rasseln ihres Nachbarn kaum wahrnehmbar. Sie hatte die Orientierung verloren, ebenso wie jedes Zeitgefühl. Michelle konnte sich nur vage daran erinnern, wie sie überhaupt in diese Situation geraten war. Sie konnte den Weg vor sich sehen, der sie wie jeden Tag nach Hause führen sollte. Gut gelaunt und auch ein wenig müde war sie die Straße entlang gelaufen. Ihr Tag hatte mit einem großen Erfolg geendet. Sie war beschwingt auf dem Bürgersteig gelaufen und hatte sich ausgemalt, wie sie in wenigen Minuten mit einem Glas Wein in ihrer Badewanne liegen und ihren Durchbruch feiern würde. Aber dann hatte sie Schritte gehört. Sie waren immer näher gekommen. Etwas an ihrem Klang hatte ihr Angst gemacht.

Genau wie jetzt. Der Mann hatte die Tür hinter sich geschlossen und lief durch die Dunkelheit. Der feste Tritt seiner Stiefel hallte von den Wänden ihres Gefängnisses wider und rief unwillkürlich das Bild eines marschierenden Soldaten in ihr wach. Die Präzision seiner Schritte war wie die eines Uhrwerkes oder einer tickenden Bombe, deren Zünder unwiderruflich betätigt worden war. Irgendwo raschelte es und Michelle rieb ihre Fesseln fieberhaft über die harte Kante. Der Mann hatte irgendetwas vor. Das spürte sie genau.

Etwas pochte laut, gleich neben ihr. Michelles Puls schoss weiter in die Höhe. Sie hatte keine Erklärung für dieses Geräusch. Was um Himmels willen hatte der

Mann vor? Unverständliche Worte drangen plötzlich an ihr Ohr. Sie erinnerte sich dumpf. Der Singsang war lateinisch. Sie konnte ihn nicht verstehen, denn mit dieser Sprache hatte sie lange nichts mehr zu tun gehabt. Ein unterdrücktes Stöhnen durchbrach für einen Moment die Predigt des Mannes. Es kam eindeutig nicht von ihrem Nachbarn mit dem rasselnden Atem. Also waren sie doch mindestens zu dritt an diesem kalten, dunklen Ort gefangen. Michelle schloss die Augen und konzentrierte sich auf das Seil an ihren Handgelenken. Gleich würde sie die Fesseln loswerden. Der Mann kam immer näher. Seine Stimme schien nur noch ein oder zwei Meter entfernt. Sie rieb unablässig und versuchte dabei möglichst lautlos vorzugehen. Als sein heißer Atem mit einem Mal an ihrem Ohr brannte, raubte die Panik ihr fast die Sinne. Immer noch murmelte er in lateinischer Sprache. Es klang wie eine Art Beschwörungsformel. Kaltes Metall presste sich auf ihre Stirn. Schon sah sie die Mündung einer Pistole aufblitzen, doch dann meinte sie ein Kreuz zu erkennen. Der Gegenstand war nicht rund, sondern länglich und wies im oberen Drittel eine Verstrebung auf. Sie hielt die Hände still, denn er sollte glauben, dass sie schlief oder ohnmächtig war. Seine Hände wanderten über ihren Körper und Michelle hielt mühsam den Atem an. Sie wollte schreien, diesen Mistkerl verfluchen – doch das hätte ihr Ende sein können. Sie war ihm hilflos ausgeliefert. Also tat sie das, was sie jahrelang beim Yoga geübt hatte. Sie beruhigte sich und regulierte ihren Atem, indem sie einfach von eins bis zehn zählte und dann erneut von vorne anfing. Mucksmäuschenstill lag sie da und ratterte ein ums andere Mal die simple

Zahlenfolge durch. Es war fast wie vor einem Wett-
kampf. Der komplette Fokus lag auf dem Moment vor
dem Start. Die Konzentration bündelte die Kraft zum
entscheidenden Schlag.

Der Mann nahm das Kreuz von ihrer Stirn und
entfernte sich wieder. Sofort bearbeitete Michelle leise
ihre Fesseln weiter. Etwas zischte. Er hatte ein Streich-
holz entzündet. Obwohl die Flamme kaum die Kraft
hatte, auch nur einen Bruchteil des Raumes zu erhellen,
musste Michelle die Augen zusammenkneifen. Sie hatte
zu lange in der Dunkelheit gelegen. Sie wartete einen
Moment und spähte dann zu dem Mann hinüber, der
damit beschäftigt war, eine Kerze anzuzünden. Es
wurde heller und Michelle konnte nach und nach ein
paar Konturen erkennen. Sie zuckte zusammen. Neben
ihr befand sich eine Frau auf einem Tisch. Kalter Edelstahl reflektierte den Kerzenschein. Der Tisch erinnerte
sie an einen Obduktionssaal oder ein Leichenschau-
haus. Der Atem ihrer Nachbarin rasselte nach wie vor.
Ansonsten lag sie völlig reglos da. Daneben bemerkte
Michelle eine weitere Frau. Der Mann ging mit der
Kerze in der einen Hand auf sie zu. Sein Gesang erfüllte
den muffigen Raum. Auch diese Frau rührte sich nicht.
In der anderen Hand hielt er etwas, was Michelle
zunächst nicht deuten konnte. Er warf es unter die
Liege. Dann griff er nach einem Gefäß, dessen Umrisse
Michelle nur schemenhaft erkennen konnte und goss
Flüssigkeit auf den Boden. Beißender Gestank breitete
sich aus. Der Mann ging hinüber zu der Frau mit dem
rasselnden Atem und wiederholte den Vorgang.
Michelle beobachtete ihn mit fast geschlossenen Lidern.
Erneut erhob sich eine stechende Dunstwolke. Ihre

Nachbarin hustete heftig. Ihr geschwächter Körper bäumte sich unter dem Anfall auf und der Mann drückte sie zurück auf den Tisch. Dann sah er auf und blickte direkt in Michelles Augen. Er wusste, dass sie ihn mit ihren Blicken verfolgt hatte. Wie ein Raubtier stand er regungslos da und starrte sie an. Panisch schloss sie die Augen. Ihr Atem ließ sich jetzt nicht mehr kontrollieren und die Angst schoss wie eine glühend heiße Lavawelle durch ihre Adern. Der Gestank legte sich auf ihre angeschlagenen Schleimhäute und brachte sie zum Husten. Genau in dieser Sekunde lösten sich ihre Handfesseln. Überrascht riss sie die Arme hoch. Die ruckartige Bewegung blieb nicht unentdeckt. Mit schreckgeweiteten Augen starrte Michelle den Fremden an, der abrupt die Kerze fallen ließ und einen mächtigen Satz auf sie zu machte. Sein heißer Atem stach ihr in die Nase. Ohne nachzudenken legte sie ihre gesamte Kraft in die Beine, befreite sich von dem Gurt, der sie fixierte, und warf sich zur Seite. Unsanft landete sie auf dem kalten Betonboden. Der Mann stieß fluchend die Liege um. Das harte Gestell traf Michelle an der Schläfe und verdunkelte für den Bruchteil einer Sekunde ihr Blickfeld. Benommen rappelte sie sich auf. Ihr Angreifer versuchte, sie an den Haaren zu packen, doch die Liege wirkte wie ein Schutzschild zwischen ihnen. Er zerrte das Hindernis beiseite. Hinter ihm begann es zu brennen. Der Qualm breitete sich rasend schnell aus und Michelle bekam kaum noch Luft. Sie kroch ein Stück voran, kam auf die Füße und rannte zur Tür. Der Mann schrie. Er war nur Zentimeter hinter ihr. Seine Faust traf sie am Hinterkopf. Michelle ignorierte den dumpfen Schmerz und drückte die Tür auf. Keuchend sprang sie hinaus. Vor ihr führte eine Treppe hinauf. Sie erklomm die ersten Stufen. Der Mann folgte ihr und bekam ihren Fuß zu fassen. Michelle wehrte sich aus Leibeskräften. Immer wieder trat sie nach unten und erwischte ihren Angreifer schließlich am Kopf. Er ließ von ihr ab. Sie stürmte weiter nach oben und sah eine Luke. Michelle hatte keine Zeit, sich über die merkwürdige Kellerkonstruktion zu wundern. Sie hatte keine Ahnung, wo sie eigentlich war. Mit aller Kraft stemmte sich Michelle gegen die Klappe, die augenblicklich nachgab. Ein frischer Luftzug umfing sie, als sie in die Nacht hinausstieg. Zweige streiften ihr Gesicht und zerkratzten ihr die Haut. Sie lief, so schnell sie konnte, bis sich das Dickicht endlich lichtete. Der Verfolger war dicht hinter ihr. Barfuß, wie sie war, schmerzten ihre Füße bei jedem Schritt. Michelle biss die Zähne zusammen. Ihre Sohlen berührten Kopfsteinpflaster. Zwei Scheinwerfer blendeten sie. Ein Auto. Michelle rannte darauf zu und schrie um Hilfe. Das Auto verlangsamte sein Tempo. Sie hatte es fast geschafft. Bremsen quietschten und die Fahrertür öffnete sich. Michelle war vielleicht noch zwei oder drei Schritte von ihrer Rettung entfernt, als ein Schuss durch die Nacht peitschte. Dann passierte alles wie in Zeitlupe. Verwundert bemerkte sie, wie sie zusammensackte. Zuerst gaben die Füße unter ihr nach, ihre Beine knickten ein und sie sank schwer zu Boden. Ihr Ellenbogen krachte auf das Pflaster, bevor ihr Oberkörper folgte. Sie lag da und wunderte sich über die warme Flüssigkeit, die sich auf ihrem Kopf ausbreitete.

Alles wurde schwarz.

II

Der Marktplatz wimmelte nur so von Menschen, die neugierig an den bunten Ständen vorbeischlenderten und die Waren in Augenschein nahmen. Esmeralda betrachtete ihre verdreckten Fingernägel. Vielleicht hätte sie sich die Hände noch vor Marktbeginn waschen sollen. Ein schwarzgrünlicher Belag hatte sich unter den Nägeln festgesetzt. Sie steckte einen Finger in den Mund und versuchte, den Dreck herauszusaugen. Sofort breitete sich ein bitterer Geschmack auf ihrer Zunge aus. Es war das Aroma der Kräuter, die sie in der Nacht klein gehackt und mit Öl aufbereitet hatte. Esmeralda verkaufte Kräuterpasten und Heilsalben. Es gab kaum ein Wehwehchen, gegen das sie kein Mittel vorrätig hatte. Sie saugte so fest, wie sie konnte. Der herbe Geschmack weitete sich im ganzen Mund aus. Als sie es nicht mehr aushielt, zog Esmeralda den Finger heraus und betrachtete ihr Werk. Ihre faltigen Mundwinkel verzogen sich bei dem Anblick nach unten. Es hatte überhaupt nichts gebracht. Ihr Speichel glänzte nass auf dem Dreck und verstärkte das Gelb der welligen Nägel. Angewidert spuckte sie aus.

»Ich brauche ein Mittel für mein geplagtes Kreuz.«

Esmeralda kniff schlagartig die Augen zusammen und blitzte den älteren Mann an, der ihre Waren begutachtete. Ihr Blick blieb ausgerechnet an seinen Fingerspitzen hängen. Wunderbar. Sie setzte augenblicklich ein scheinheiliges Lächeln auf.

»Ich habe eine ganz ausgezeichnete Salbe. Diese nach dem Aufwachen und abends vor dem Schlafengehen angewandt, verschwindet Euer Leiden binnen einer Woche«, erklärte sie und inspizierte währenddessen die Kleidung des potenziellen Käufers. Saubere Nägel bedeuteten Geld. Das Wams des Mannes wies edle Stickereien auf. Treffer, dachte Esmeralda und öffnete großzügig das Gefäß mit der Salbe, um ihren Kunden daran schnuppern zu lassen. Sie hatte Zitronenschalen unter die Kräuter gemischt, und die Lippen des Mannes verzogen sich alsbald zu einem begeisterten Lächeln, bei dem er seine kräftigen Zähne entblößte. Esmeralda starrte auf die vollen Zahnreihen und staunte. Heute war ihr Glückstag. Gepflegt, gut gekleidet und gesunde Zähne. Dass dieser Mann ein ernsthaftes Rückenleiden haben sollte, konnte sie beinahe ausschließen. Esmeralda lenkte ihren Blick auf die Oberschenkel des Mannes. Sie musste ihm unbedingt mehr, als diese eine Salbe aufschwatzen. Wenn sie es geschickt anstellte, dann könnte dieser Mann ihr die ganze nächste Woche und vielleicht sogar noch ein paar Tage darüber hinaus sichern.

»Wie steht es mit Eurer Frau?«, fragte sie und zog

wissend die Augenbrauen in die Höhe. Das Lächeln des Mannes wich einer leichten Verunsicherung. Esmeralda führte innerlich einen Tanz auf. Hatte sie es doch geahnt. Gar nichts lief da mehr mit seinem Weib. Eine einzige Frage hatte genügt, um ihr zu offenbaren, dass die Fleischeslust dieses Mannes im Tiefschlaf lag. Bevor ihr verdatterter Kunde etwas erwidern konnte, fuhr sie schnurrend fort: »Ich weiß, Ihr habt es gewiss nicht nötig. Aber ich kenne ein Mittel, das Eure Gattin jede Nacht in Eure Arme treiben wird. Ihr werdet ihr so zu Diensten sein, dass sie Euch nicht mehr widerstehen kann.«

Der Kehlkopf des Mannes hüpfte hoch und runter. Unsicher blickte er sich um. Schließlich beugte er sich zu Esmeralda vor und fragte: »Was könnt Ihr mir denn in dieser Hinsicht empfehlen?«

Esmeralda grinste und bückte sich. Sie kramte unter dem Ladentisch und holte ein kleines Fläschchen hervor.

»Ein paar Tropfen hiervon in den Wein, und Ihr werdet Euch fühlen wie ein Jüngling.« Sie hielt ihm die Flasche wie eine Mohrrübe vor die Nase und schwenkte sie leicht hin und her. Die Augen des Mannes folgten dem Elixier, als hinge sein Leben davon ab.

»Wie viel wollt Ihr dafür haben?«, fragte er, und Esmeralda wusste, dass sie gewonnen hatte.

»Nur einen Goldgulden«, verkündete sie und hielt die Hand auf.

»Das ist teuer.« Der Mann zögerte. Esmeralda setzte eine gleichgültige Miene auf. Sie wusste, dass sie nicht zu verhandeln brauchte. Diesen Mann hatte sie im Sack. Er konnte es sich leisten und er würde anbeißen.

Sie schwieg und wartete. Schließlich schlug der Mann ein.

»Ich habe noch eine Kleinigkeit für Euch. Als guter Kunde erhaltet Ihr ein Geschenk.« Esmeralda beschloss, aufs Ganze zu gehen. Dieser Mann konnte glatt zu einem Stammkunden werden. Doch ein wenig musste sie schon nachhelfen, damit er wiederkam. Sie reichte ihm eine weitere Flasche und erklärte, dass der Inhalt seine Verdauung anregen werde. Der Mann bedankte sich artig und nahm die Gabe an, die ihn in spätestens einer Woche wieder an ihren Stand führen würde. Esmeralda schaute ihm grinsend hinterher, die Münzen fest in der Hand. Was für ein Tag, dachte sie zufrieden und verstaute das Geld in ihren Unterröcken.

Der nächste Kunde ließ nicht lange auf sich warten. Auch ihm drehte Esmeralda das Geschenk an. Ein schlechtes Gewissen hatte sie deswegen nicht. Es war nur ein leichtes Präparat, das sie in Flaschen abgefüllt hatte. Es führte zu Unwohlsein, und sobald die Kunden erneut an ihrem Stand auftauchten, würde sie ihnen das Gegenmittel verkaufen. Natürlich kostete das Einiges, aber sie nahm schließlich keine Bettler aus. In den Genuss ihrer Mittel kamen ausschließlich wohlhabende Bürger. Dabei war es Esmeralda völlig egal, ob es sich um Männer, Frauen oder gar Kinder handelte. Hauptsache, sie konnten zahlen.

Es hatte Esmeralda Jahre gekostet, alleine wieder auf die Beine zu kommen. Sie war schon in jungen Jahren zur Witwe geworden und hatte es nicht geschafft, einen neuen Ehemann zu finden. Ihre Mitgift war zu schmal und niemand aus ihrer Familie wollte sie unterstützen. Zuerst hatte sie es mit Betteln versucht. Aber das hatte kaum zum Überleben gereicht. Ein paar Mal hatte sie ihren Körper verkauft, aber die Kerle waren nicht gerade zimperlich mit ihr umgegangen. Einer hatte ihr sogar ein paar Rippen gebrochen und Esmeralda hatte tagelang nicht mehr laufen können. Als sie nach ein paar Wochen feststellte, dass sie von dem Unhold auch noch schwanger war, glaubte sie, ihr Leben sei endgültig zu Ende. Sie rannte vollkommen kopflos in den Wald und setzte sich zum Sterben unter eine alte Eiche. Sie wollte dort so lange ausharren, bis sie durch Hunger und Durst aus dem Leben schied. Während sie auf den Tod wartete, kam eine Kräuterfrau vorbei. Sie hatte Mitleid mit Esmeralda und befreite sie von der unerwünschten Frucht, die sich in ihrem Bauch eingenistet hatte. Nie würde Esmeralda die höllischen Schmerzen vergessen, die sie dabei erleiden musste. Mit einer glühenden Eisennadel stieß ihr die Frau mehrfach in den Leib hinein. Blut und Schleim strömten aus ihr heraus und verwandelten den Boden in ein rotes, glitschiges Gemetzel. Im ersten Moment glaubte Esmeralda, in der Hölle gelandet zu sein. Doch dann versorgte ihre Helferin sie mit verschiedenen Salben sowie einem besonderen Trunk zur Stärkung, und bereits nach wenigen Tagen fühlte sie sich wie neugeboren. Sie empfand so viel Dankbarkeit für ihre Retterin, dass sie die nächsten Jahre mit ihr im Wald lebte. Die beiden Frauen ergänzten sich vortrefflich. Während sich die Kräuterfrau mit allen Pflanzen des Waldes auskannte, besaß Esmeralda die Gabe des untrüglichen Blickes. Schon aus großer Entfernung konnte sie giftige Pilze von ungiftigen, Heilkräuter von Unkraut und Todgeweihtes von Lebendigem unterscheiden. Ihr

Gedächtnis speicherte restlos alles, was ihre Lehrerin ihr beibrachte, und binnen kürzester Zeit war Esmeralda in der Lage, alleine im Wald zu überleben und bei jeglicher Gefahr unsichtbar zu werden. Ihre Kleidung unterschied sich nicht von den Farben des Waldes, und Menschen hörte sie, lange bevor diese in Sichtweite kamen. Die Waldhüter ahnten nicht das Geringste von ihrer Existenz.

Esmeralda bediente den nächsten Kunden, und auch ihn bedachte sie mit ihrem besonderen Geschenk. Sie mochte Zons. Es war eine reiche, gut geschützte Stadt mit freundlichen Einwohnern. Jedes Mal, wenn sie an den Markttagen ihren Stand in der Stadt aufbaute, erreichte sie Einnahmen, von denen sie anderenorts nur träumen konnte. Es war zu schade, dass der Markt nicht täglich stattfand.

Agnes, die ihre Waren ein paar Schritte weiter feilbot, schlenderte über die Straße.

»Seid gegrüßt, Esmeralda. Wie laufen die Geschäfte?« Agnes grinste und hielt eine Kristallkugel in die Höhe. »Schaut einmal, die habe ich heute erworben. Ist sie nicht wunderschön?«

Esmeralda betrachtete das glitzernde Ding. Es war wirklich ein Prachtstück. Schade, dass sie selbst die Kunst des Hellsehens nicht beherrschte. Agnes war stadtbekannt für ihre Visionen, mit denen sie die Zukunft vorhersagen konnte. Esmeralda mochte Agnes sehr. Obwohl ihre Marktstände recht dicht beieinanderlagen, machte Agnes ihr nie Kunden abspenstig. Ganz im Gegenteil, die Hellseherin hatte Esmeraldas Salben sogar dem einen oder anderen der eigenen Käufer empfohlen.

»Sie ist zauberhaft«, sagte Esmeralda und fuhr mit den Fingerspitzen über die glatte Oberfläche. »Sie wird Euch gute Dienste leisten.«

Agnes strahlte. »Ich hoffe es. Momentan läuft es wirklich hervorragend. Erst gestern ist wieder ein neuer Kunde zu mir gekommen, der sich vorher von Lambert, dem Seher, beraten ließ. Seine Vorhersagen sind nicht so treffsicher wie meine.« Stolz streckte Agnes die Brust heraus und lachte. »Um Euch steht es auch gut, oder? Ich sehe ständig Menschen an Eurem Stand.«

»Ich kann nicht klagen«, erwiderte Esmeralda. »Im Augenblick geht es uns wohl allen gut. Seht mal. Dort drüben ist Mathilda. Sie kann sich heute kaum vor Kunden retten.« Ihr Finger deutete auf den Marktstand einer befreundeten Kräuterfrau, mit der sie sich sehr oft unterhielt. Agnes drehte sich in Mathildas Richtung. Diese hatte sie längst bemerkt und winkte ihnen lachend zu. Esmeralda hob die Hand zum Gruß und beobachtete, wie Mathilda den nächsten Kunden bediente. Anschließend konzentrierte sie sich wieder auf Agnes.

»Wenn Ihr einen Blick in die Zukunft wünscht, kommt zu meinem Stand«, bot Agnes an und schlenderte weiter.

Esmeralda sah ihr noch eine Weile hinterher. Gedankenverloren leckte sie sich den Zeigefinger ab und spuckte den bitteren Geschmack aus. Sie betrachtete die durchsichtige Masse auf dem Boden und dachte an die wenigen netten Menschen, die sie in ihrem Leben kennengelernt hatte. Für einen winzigen Augenblick schob sich das Bild der Kräuterfrau in ihr Bewusstsein. Es war schon so viele Jahre her, dass sie gestorben war.

Seitdem hatte Esmeralda keine Menschenseele mehr in ihr Herz gelassen. Der Schmerz über diesen Verlust krallte sich mit einer solchen Wucht in ihre Kehle, dass ihr die Tränen in die Augen schossen. Flugs griff sie nach dem Kräuterschnaps, der stets griffbereit unter dem Tisch stand, und nahm einen kräftigen Schluck. Schon besser, dachte sie und setzte ein freundliches Gesicht auf. Sie musterte die vielen Leute, die schwatzend und gut gelaunt an ihrem Stand vorbeischlenderten.

Ein Mann verharrte regungslos in der Menge. Esmeraldas Blick blieb an seinem Wams hängen und wanderte von dort aus aufwärts, um auf seinem Gesicht zu verweilen. Der Mann starrte sie an. Sofort bemerkte sie die Dunkelheit, die ihn umfing. Natürlich gab es keine sichtbaren Anzeichen für das, was Esmeralda bei seinem Anblick wahrnahm. Aber tief in ihrem Inneren zogen sich die Eingeweide zusammen, weil sie eine unbekannte Gefahr spürte. Etwas, das so stark war, dass sie den Blick senkte und für einen Moment erwog, davonzulaufen. Doch der Mann kam schnell näher und hielt einen Lederbeutel hoch. Esmeralda leckte sich gierig über die Lippen, als sie sah, dass der Beutel voller Münzen war. Sie vergaß ihre Furcht von einem Augenblick auf den anderen.

»Womit kann ich Euch dienen?«, fragte sie lächelnd.

»Ich benötige Euren Hausbesuch«, erwiderte der Mann heiser.

Esmeralda blickte in seine kalten Augen und zuckte zusammen. Er griff nach ihrer Hand und legte das schwere Gewicht der Münzen hinein. Esmeraldas Finger umklammerten den Beutel, der ihr gut und gerne das Auskommen für einen ganzen Monat sichern könnte. Ach, was war schon dabei, dachte sie schließlich. Sie hatte bereits des Öfteren Hausbesuche gemacht. Es gab viele Kunden, die ihr Leiden lieber fernab eines öffentlichen Marktplatzes behandeln ließen. Sie nickte zögerlich.

»Wann wünscht Ihr meinen Besuch?«

»Jetzt gleich«, erwiderte der Mann und sah sie durchdringend an.

Kälte durchströmte sie und Widerwillen, der sich hartnäckig in ihr Bewusstsein krallte. Sie prüfte abermals das Gewicht der Münzen in ihrer Hand und schaute sich unterdessen auf dem Marktplatz um. Sollte sie das restliche Tagesgeschäft für diesen Kunden fahren lassen? Niemand näherte sich ihrem Stand. Außerdem war der Platz merklich leerer geworden. Esmeralda ignorierte die Furcht und fasste einen Entschluss.

»Lasst mich nur noch kurz meine Waren abdecken«, sagte sie und legte ein großes Leinentuch über den Stand. Dann folgte sie dem Mann mit klopfendem Herzen hinaus aus der Stadt.

* * *

»Also, was haltet Ihr nun von meinem Vorschlag?« Bastian Mühlenberg starrte den Gesandten im vornehmen Zwirn an und schüttelte den Kopf. »Nicht viel, offen gestanden. Ich werde Zons nicht verlassen und der Stadtwache keinesfalls den Rücken zukehren.« Er hob den Becher und nahm einen kräftigen Schluck Met.

»Aber ich zahle Euch fast das Doppelte«, erwiderte der Fremde und prostete Bastian zu.

»Ich bin hier geboren und habe mein Leben dem Schutz dieser Stadt verschrieben. Mit Geld könnt Ihr mich nicht ködern.« Bastians Stimme blieb fest. Trotzdem wollte sein Gegenüber noch nicht aufgeben.

»Ich habe gehört, dass Ihr eine Familie habt. Euer Weib hätte vermutlich nichts dagegen, die Schneider einer großen Stadt aufzusuchen. Es gäbe so viel Abwechslung, dass sie Euch sicher zutiefst dankbar wäre.« Der Mann schnurrte wie ein Kätzchen und wartete auf Bastians Reaktion. Aber dieser schwieg. Er hatte seine Antwort bereits gegeben. Sein Gesprächspartner, der zugegeben ein angesehener Gefolgsmann des Erzbischofs war, wollte ihn überzeugen, nach Köln zu kommen. Bastian könnte in der Leibgarde des Erzbischofs dienen, mit all den Versprechen, die der Gesandte ihm seit Beginn des Abends gemacht hatte. Doch Bastian wusste, dass er Marie nicht mit schönen Kleidern aus Zons weglocken könnte. Auch sie war hier zu Hause und fühlte sich der Stadt genauso verbunden wie er.

»Nun gut, Ihr müsst Euch nicht sofort entschließen. Ich bin in sieben Tagen wieder hier und werde Eure Antwort entgegennehmen. Überlegt gut und trefft die richtige Entscheidung, mein Freund.« Er schlug Bastian kräftig auf die Schulter und verabschiedete sich. Kaum dass er die Schenke verlassen hatte, gesellte sich Wernhart zu Bastian.

»Was wollte dieser Kerl von dir?«

»Ach, er will, dass ich in Köln in der Leibgarde des

Erzbischofs diene«, erklärte Bastian und bestellte einen weiteren Becher Met.

Wernhart pfiff leise durch die Zähne. »Wirklich? Das ist ja eine große Ehre.« Seine Augen leuchteten. Doch Bastians Gesicht verfinsterte sich.

»Jetzt fang du nicht auch noch an, Wernhart. Willst du mich loswerden?«

»Natürlich nicht. Trotzdem ist es eine einmalige Gelegenheit. Ich kenne niemanden sonst, dem jemals ein Platz in der Leibgarde des Erzbischofs angeboten wurde. Du kannst stolz auf dich sein.«

Wernhart erhob seinen Becher. »Auf goldene Zeiten.«

»Das will ich hoffen«, erwiderte Bastian und dachte an sein Weib. »Marie ist wieder guter Hoffnung.«

Wernhart grinste, doch Bastian brachte kaum die Zähne auseinander. Er wusste selbst nicht so richtig, warum er sich nicht mehr freuen konnte. Sein Herz war in den letzten Wochen zu einem steinernen Klumpen geworden, der scharfkantig in seiner Brust lag und ihn immer wieder schmerzhaft an Anna erinnerte. Anna, die Frau, die ihm in seinen Träumen erschienen war und die ganz und gar keine Ähnlichkeit mit Marie hatte. Ihre großen, grünen Augen, die glänzenden braunen Locken und ihr schwanengleicher Hals zogen ihn magisch an. Doch er sah auch diesen anderen Mann, der ihm zum Verwechseln ähnlich sah. Der Stachel der Eifersucht saß tief, und Bastian wusste, dass er Anna vergessen musste. Obwohl sie lediglich in seinen Träumen existierte, fühlte er sich innig mit ihr verbunden. Zwischen ihnen bestand etwas Besonderes. Etwas, das leider bereits vorbei zu sein schien. Schon vor Monaten hatte Bastian gespürt, dass die Verbindung immer schwächer und die Träume von Anna weniger intensiv wurden. Sobald er die Augen schloss, beschwor er ihr Bild herauf, aber es wirkte nur noch wie eine leblose Nachbildung. Bastian hoffte dennoch, dass sie sich weiterhin in seinen Träumen begegnen würden. Er nahm einen großen Schluck Met und seufzte.

»Alles in Ordnung mit dir? In letzter Zeit wirkst du so nachdenklich.« Wernhart betrachtete ihn besorgt. Endlich brachte Bastian ein Lächeln zustande. Er beschloss, seine trüben Gedanken beiseitezuschieben.

»Womöglich habe ich in den vergangenen Wochen einfach zu viel gearbeitet. Pfarrer Johannes plant einen Umbau in der Kirche, und ich habe kräftig mit ange-packt ...« Weiter kam Bastian nicht. Die Tür der Schenke flog auf und eine Gruppe junger Bauern stürmte herein.

»Da seid Ihr ja, Bastian Mühlenberg«, stieß der erste Bursche mit hochrotem Kopf hervor. »Wir haben eine Tote gefunden. Ihr müsst Euch das unbedingt ansehen.«

Bastian starrte die Burschen an, als hätte er einen Geist gesehen. Wernhart stellte langsam seinen Becher auf den Tisch und wischte sich ungläubig den Mund ab.

»Ihr wollt mich wohl zum Narren halten?« Bastian erhob sich und trat auf die Burschen zu. Sie waren augenfällig betrunken. »In wie viele Schenken seid Ihr heute Abend eingekehrt?«

Der Bursche mit den roten Wangen blickte betreten zu Boden. Bastian fing an zu lachen. Hatte er es doch gleich gewusst, dass die Ankömmlinge zu tief ins Glas geschaut hatten. Aber dann hob der Trunkenbold den Kopf. Seine Gesichtszüge hatten sich verändert. In den Augen stand Panik.

»Wir wollten ein Feuer entzünden, direkt neben der Scheune. Bauer Probst hat uns ein Fässchen spendiert. Als die Dunkelheit anbrach, wurde es uns allmählich zu kalt. Also sind wir herüber zum Sammelholz gelaufen und dort haben wir sie entdeckt. Ich ...« Er stotterte. »Ihr Anblick ist wirklich grauenvoll.«

»Sie kann nicht mehr sehen«, fügte ein anderer Bauernbursche hinzu. »Jemand hat sie auf einem Haufen vertrockneter Äste festgebunden. Es sieht beinahe aus wie ein Scheiterhaufen.«

»Und Ihr seid sicher, dass Eure vom Alkohol gelähmten Sinne Euch keinen Streich gespielt haben? Wie Ihr selbst sagtet, ist es mittlerweile draußen stockdunkel.« Bastian setzte sich wieder. Die Männer waren ihm einfach zu betrunken. Er glaubte ihnen nicht.

»Wir hatten Fackeln und konnten die Tote genau sehen.« Der vierte Bursche trat vor. Er wirkte weniger berauscht als seine Freunde, aber seine Stimme zitterte beträchtlich. »Die Augen waren grausam zugerichtet. Es ...«, der Bursche brach ab und schluckte heftig. »Es sah aus, als wären sie zugenäht. Sie war blind.«

Bastian hatte bisher keine Regung gezeigt und stattdessen ruhig seinen Met getrunken. Der letzte Satz ließ ihn allerdings aufhorchen. Die Burschen waren zwar betrunken, doch um sich eine solche Geschichte auszudenken, brauchte es mehr als nur ein Fässchen Met oder Wein. Wernhart, der ebenfalls still auf seinem Stuhl ausgeharrt hatte, kniff die Augen zusammen.

»Und da seid Ihr sicher?«, fragte er.

Die Männer nickten allesamt.

Bastian leerte seinen Becher und stand auf.

»Wenn Ihr einen Scherz mit uns treibt, werde ich

dafür sorgen, dass Ihr das bereut.« Er warf Wernhart einen Blick zu und auch dieser erhob sich. »Also gut, führt uns zu Eurer Toten.«

* * *

Zwar mussten Bastian und Wernhart die Stadt komplett durchqueren, doch Zons war so winzig, dass der Marsch nur kurze Zeit in Anspruch nahm. Die Bauernjungen führten sie durch das Feldtor hindurch, welches an der Westseite der Stadtmauer lag. Dahinter lagen die Felder eines der reichsten Bauern und die Burschen bekamen für die harte Arbeit gutes Geld. Sie waren allesamt kräftig und wohlgenährt. Bastians Kopf schwirrte. Er hatte einige Becher Met getrunken, und selbst die kalte Nachtluft konnte seinen kleinen Rausch nicht vertreiben. Die Burschen liefen aufgeregt voraus. Mittlerweile zweifelte er nicht mehr an ihren Worten. Trotzdem konnte er sich nicht vorstellen, dass hier ein Mord vorlag. Es wäre dumm, ein Opfer derartig zur Schau zu stellen, dass es innerhalb kürzester Zeit entdeckt werden würde. Dann waren die Spuren noch frisch, und der Täter lief Gefahr, sehr schnell entlarvt zu werden. Möglicherweise hatte sich ein Bettelweib zu Tode gesoffen oder war durch irgendein Unglück dahingeschieden. Der vermeintliche Zwirn auf ihren Augen, den einer der Burschen in der Schenke erwähnt hatte, war wahrscheinlich einfach nur Dreck. Davon gab es auf dem Acker schließlich reichlich. Zudem waren die Burschen allesamt angetrunken und nicht mehr völlig klar im Kopf. Da konnte die Fantasie schon einmal einen Streich spielen.

Bastian warf einen Blick in den nachtschwarzen

Himmel, der mit Sternen übersät war. Fasziniert verlangsamte er seine Schritte und genoss für einen Moment das Bild, das nur von Gotteshand erschaffen worden sein konnte. Hunderte von Sternen glitzerten hoch oben und umgaben den Mond in seinem sanften Licht. Heute Nacht zeigte der Mond sein Gesicht. Zwei dunkle Punkte, die sich auf der gelben Oberfläche abzeichneten, erinnerten Bastian an ein Augenpaar. Darunter saß eine Stupsnase und auch die Lippen konnte Bastian bei genauerem Hinsehen erahnen. Ob Gott dem Mond ein freundliches Gesicht geben wollte, damit sich die Menschen in der Nacht nicht fürchteten? Bastian nahm sich vor, Johannes danach zu befragen. Der Pfarrer von Zons kannte sich in diesen Dingen aus. Er hatte Bastian als kleinen Jungen in seine Obhut genommen und ihm das Schreiben und Lesen beigebracht. Bastian war der sechste Sohn des Zonser Müllers. Er liebte seinen Vater sehr, doch Pfarrer Johannes nahm einen mindestens ebenso großen Platz in seinem Herzen ein. Bastian hatte seine ganze Kindheit in Johannes' Gotteshaus verbracht und er verdankte dem Pfarrer sein weitreichendes Wissen. Bastian holte tief Luft und seufzte zufrieden. Doch dann kitzelte ihn etwas in der Nase, das seine Schritte instinktiv wieder beschleunigte. Bastian nahm nur einen winzigen Geruchsfaden auf, der kaum merklich in der Luft lag. Aber die Art des Geruchs war unverkennbar und bedeutete Gefahr. Je näher sie der Scheune des Bauern kamen, desto stärker wurde die rauchige Marke, die sich immer mehr in seiner Nase festsetzte. Er ahnte es, bevor sie das Gebäude umrunden und die Tote sehen konnten.

»Feuer«, rief Bastian und stürmte los, ehe Wernhart oder die Bauernburschen überhaupt begriffen, was geschah.

Bastian rannte um die Scheune herum und erblickte die Flammen, die am unteren Rand eines großen Holzhaufens züngelten. Qualm vernebelte ihm die Sicht. Bastian konnte keine Leiche ausmachen. Erst als er direkt vor dem Holzstoß stand, sah er ein Bündel, das obenauf lag. Es hätte eine Vogelscheuche oder etwas in der Art sein können. Die Burschen schoben ihm einen Schemel vor die Füße.

»Seht selbst nach«, forderte der Mann mit den roten Wangen. Bastian zögerte nicht lange und stieg auf den Schemel. Der Qualm biss in den Augen. Die Flammen schlugen höher und leckten bereits am oberen Rand des Haufens. Trotz der Hitze griff Bastian fest zu und zog das Bündel kurzerhand herunter. Das Gewicht ließ ihn schaudern. Es war ein Mensch. Der Leichnam landete auf dem Boden und fing auf der Stelle Feuer. Wernhart reagierte sofort und drosch mit einem alten Sack auf den leblosen Körper ein. Bastian sprang vom Schemel und zerrte die Leiche weg vom Feuer. Er hatte zu viel Qualm eingeatmet. Husten schüttelte ihn. Trotzdem blieben seine Augen voller Entsetzen auf den Leichnam gerichtet. Die Tote war genauso zugerichtet, wie die Burschen es beschrieben hatten. Er kannte dieses Weib nicht.

Vor ihnen lag eine alte Frau mit zotteligen, roten Haaren, gehüllt in einfache, vollkommen verschmutzte Kleider. Der Mund in ihrem faltigen Gesicht stand halb offen und ließ faulige Zähne erkennen. Doch das Schlimmste waren ihre Augen. Bastian hatte schon so einige Tote gesehen. Es kostete ihn stets Überwindung, einem Verstorbenen ins Gesicht zu blicken, insbesondere dann, wenn der Tod durch Gewalt eingetreten war. Das Leid und der Schrecken des Opfers brannten sich in den letzten Lebensminuten in die Mimik und die leblosen, erstarrten Augen ein. Immer wenn ihn solche seelenlosen Augen ansahen, überlief Bastian eine Gänsehaut. Er war jedes Mal froh, sobald die Augen geschlossen wurden. Eigentlich hätte Bastian aufatmen können, da die Lider der Toten verschlossen waren. Doch er blieb weiter angespannt. Ihre Augen waren tatsächlich mit Zwirn zugenäht und verwandelten das Gesicht in eine nahezu teuflische Maske. Trotzdem hatte Bastian das unerträgliche Gefühl, von der Toten angestarrt zu werden. Er schluckte und zwang sich, den Blick nicht abzuwenden. Blut war aus den Nahtstellen ausgetreten und über die Wangen gelaufen. Ein wirres Muster getrockneter, roter Linien zog sich über die faltige Haut und jagte Bastian einen Schauer über den Rücken.

»Wir brauchen Josef Hesemann«, stieß er hervor und hustete kräftig. Wernhart stand kreidebleich neben ihm. Er nickte langsam, mit völlig leerem Blick.

»Wer tut so etwas?«, flüsterte er heiser und fuhr mit dem Finger über die Nähte. »Es sind mindestens fünf Stiche in jedem Augenlid. Die arme Frau muss fürchterliche Qualen ausgestanden haben.«

»Meint Ihr etwa, sie war noch am Leben, als der Mörder ihr das angetan hat?«, fragte einer der Burschen, die sich ein wenig abseits hielten.

»Ich befürchte, sie lebte noch«, erklärte Bastian und

23

deutete auf das Blut. »Ihr Herz hat kräftig geschlagen, daher kommt das viele Blut.«

Bastian kniete nieder und schob den Mantel auseinander. Er wollte die Todesursache herausfinden. Alleine die Stiche in den Augenlidern konnten nicht zum Tode geführt haben. Das mittlerweile lichterloh brennende Feuer lieferte ausreichend Licht. Trotzdem erkannte Bastian keine Verletzung am Oberkörper der Alten. Die Kleidung war zwar verschmutzt, wies jedoch weder Beschädigungen noch Blut auf. Erst als Bastian den Hals freilegte, entdeckte er Würgemale. Hässliche schwarze Striemen, die sich tief in das weiche Fleisch geschnitten hatten, zeichneten ein grausames Muster. Die Striemen waren extrem schmal, und Bastian fragte sich, mit welchem Seil der Täter sein Opfer stranguliert hatte. Ein Würgelaut ließ Bastian aufsehen. Er bemerkte, dass einer der Burschen sich heftig übergeben musste. Die anderen sahen ebenso elend aus. Mit weit aufgerissenen Augen beobachteten sie ihn aus blassgrünlichen Gesichtern.

»Kennt jemand dieses Weib?«, fragte Bastian, doch keiner der Burschen rührte sich.

»Wir sollten morgen bei Tageslicht weitermachen«, erklärte Bastian nach einer Weile. Zum einen schienen die Burschen nicht viel länger durchzuhalten, zum anderen gingen Bastians Untersuchungen sie ab diesem Zeitpunkt auch nichts mehr an. Zudem war es ratsam, Josef Hesemann hinzuzuziehen. Der Zonser Arzt entdeckte oft Kleinigkeiten, die entscheidende Hinweise auf den Täter lieferten. Trotz des hellen Feuers war die Sicht auf den Leichnam eingeschränkt. Die Flammen tanzten so heftig, dass sie kein gleichmäßiges Licht spendeten. Die Leiche sah dadurch jeden Augenblick ein wenig anders aus. Mit Tagesanbruch wäre dieses Problem verschwunden.

»Lass uns einen Karren besorgen und den Leichnam in Josefs Hof bringen«, sagte Bastian zu Wernhart. »Die Burschen sollen sich schlafen legen, und morgen, wenn sie wieder klar im Kopf sind, befragen wir sie ausführlich.«

Wernhart nickte und tat, wie ihm geheißen. Die Bauernburschen waren froh, als Bastian sie entließ. Nach kurzer Zeit kam Wernhart, immer noch kreidebleich, mit einem Karren an, den er in der Scheune gefunden hatte. Sie hievten die Tote auf die Bretter und marschierten stumm zurück nach Zons. Als Bastian schon glaubte, sie würden den gesamten Weg schweigend zurücklegen, sagte Wernhart plötzlich: »Mir gehen ihre Augen nicht aus dem Kopf. Diese blinden Augen und das viele Blut. Ich weiß nicht, ob ich diese Nacht überhaupt schlafen kann.«

Bastian wusste genau, wovon Wernhart sprach. Er hätte es nie laut ausgesprochen, doch auch er konnte den Anblick der alten Frau nicht verdrängen. In seinen Gedanken flimmerte beharrlich der Zwirn auf ihren zugenähten Lidern. Und zum wiederholten Male fragte er sich, warum der Mörder seinem Opfer auf diese grausame Art das Augenlicht genommen hatte. Was sollte diese Frau nicht sehen? Oder vielleicht auch: Wen sollte sie nicht erkennen? Weshalb musste sie blind in den Tod gehen? Bastian wusste es nicht.

Aber er würde es mit Sicherheit herausfinden.

III

GEGENWART

»Hallo Schatz, wie geht es dir?«, fragte ein Mann, den Michelle noch nie zuvor gesehen hatte.

»Wer sind Sie?« Ihre Stimme klang belegt. Ein stechender Schmerz pochte an ihre Schädeldecke und machte jegliche Konzentration zunichte. Michelles Augen wanderten unruhig umher. Neben ihr piepste ein Gerät. Bei genauerem Hinsehen bemerkte Michelle einen dünnen Plastikschlauch, der aus einem Beutel oberhalb des Geräts hinunter zu ihrem Arm führte, wo er in eine Kanüle mündete, die tief in ihrer Armbeuge steckte. Sie stöhnte.

»Ich bin es, Schatz.« Seine Augen blickten besorgt. Eine Falte hatte sich auf seiner Stirn gebildet. »Wie fühlst du dich?« Eine Hand legte sich weich auf ihren Arm. Die Berührung war ihr unangenehm, aber Michelle hatte nicht die Kraft, sie abzuschütteln. Die Hitze seiner Haut verstärkte ihren Kopfschmerz.

»Ich weiß nicht«, erwiderte sie wahrheitsgemäß. Sie wusste es wirklich nicht. Sie wusste überhaupt nichts mehr. Angestrengt versuchte sie, das Pochen in ihrem Kopf zu ignorieren und einen der vielen Gedanken festzuhalten, die ruhelos hinter ihrer Stirn kreisten.

»Du bist überfallen worden. Man hat dich mit einer Schusswunde am Hinterkopf ins Krankenhaus eingeliefert«, erklärte er.

Augenblicklich hörte Michelle den Schuss krachen. Sie war einfach zusammengesackt, die Scheinwerfer eines Autos im Visier. Und dann war da noch Rauch gewesen, viel Rauch und Feuer. Es hatte lichterloh gebrannt. Sie spürte die Hände des Fremden auf sich, die sie mit brutaler Härte niederdrückten.

Michelles Augen wanderten zu dem Mann neben ihrem Bett. Er kam ihr plötzlich doch bekannt vor. Ob das der Kerl aus dem Keller war? Sie versuchte, sich an sein Gesicht zu erinnern. Nase, Augen und Ohren verschwammen zu einer schemenhaften Maske. Sie konzentrierte sich, konnte jedoch nicht mehr als ein Allerweltsgesicht vor ihrem inneren Auge heraufbeschwören. Er könnte jeder sein.

»Die Ärzte sagen, dass du wahnsinniges Glück hattest. Es war nur ein Streifschuss. Ein paar Zentimeter weiter nach rechts und du hättest das nicht überlebt.« Der Besucher nahm Michelles Hand, führte sie an den Mund und drückte ihr einen Kuss auf den Handrücken. »Schatz, ich bin so froh, dass du wieder okay bist. Ich könnte niemals ohne dich leben.«

Michelle erwiderte nichts. Ihre Gedanken drehten sich um den Überfall. Irgendwann drang der letzte Satz des Unbekannten zu ihr durch. *Schatz* hatte er sie genannt. Aber er sah überhaupt nicht aus wie Mark. Das war ihr Freund. Er hatte dunkles Haar und leuchtend blaue Augen. Sie betrachtete den Mann neben sich genauer. Haar- und Augenfarbe stimmten, auch die Stimme kam ihr bekannt vor. Trotzdem konnte sie sein Gesicht nicht erkennen. Müde schloss sie die Augen.

»Du solltest dich jetzt ausruhen. Ich schaue heute Nachmittag noch einmal vorbei.« Der Mann, der höchstwahrscheinlich Mark war, küsste sie auf die Wange und verließ das Zimmer. Diesmal kam ihr die Berührung vertraut vor. Verwirrt und gefangen in ihrer konfusen Gedankenwelt schlief Michelle ein.

* * *

»Tut mir leid. Es wird ein paar Tage dauern, bis wir das alles analysiert haben.« Ingrid Scholten hielt sich ein Tuch vor die Nase. Das war eigentlich nicht ihre Art. Als Leiterin der Spurensicherung war sie einiges gewohnt, doch diesen Gestank konnte selbst der abgebrühteste Beamte nicht aushalten. Kommissar Oliver Bergmann hatte sich die Mentholpaste gleich mehrfach unter die Nase gerieben, aber der Geruch nach verbranntem Menschenfleisch ließ sich nicht so einfach abhalten. Er blickte sich in dem weiten Raum um. Die Feuerwehr hatte den Brand recht schnell löschen können. Trotzdem waren die Wände überzogen von schwarzem Ruß und bis auf drei Sektionstische hatte das Feuer alles vernichtet. Auf zweien lagen bis zur Unkenntlichkeit verkohlte menschliche Überreste. Der Anblick war grauenhaft. Die Körper hatten sich unter der Feuersbrunst zusammengekrümmt. Die Arme der Leichen ragten in die Luft, als wenn von dort irgendeine Art Hilfe zu erwarten wäre.

»Verdammt, ich dachte immer, dieser Luftschutzbunker ist überhaupt nicht mehr zugänglich«, krächzte
Klaus und hielt sich ein Taschentuch vor die Nase.
Olivers Partner, dessen Haar von Tag zu Tag mehr
ergraute, trat heran und stockte, als seine Augen über
die Metalltische fuhren. »Du meine Güte, was ist denn
hier passiert?«

»Ich tippe auf zwei weibliche Leichen.« Ingrid
Scholten deutete auf die Mitte einer Liege. »Es ist nicht
viel von den Beckenknochen übrig geblieben, aber es
sieht danach aus. Wie schon gesagt, es wird einige Zeit
dauern, bis das alles untersucht ist.«

»Was ist mit dem dritten Tisch?«, fragte Oliver und
näherte sich dem liegenden Sektionstisch. »Er ist umge-
kippt, aber ich sehe keine Knochenreste.«

»Richtig. Dort hat wahrscheinlich niemand gelegen«, erwiderte Scholten, ohne aufzublicken. Ihre ganze
Aufmerksamkeit galt den menschlichen Überresten.

»Was ist denn das hier?«, brummte Oliver und hob
einen verkohlten Fetzen vom Boden auf. »Sieht aus wie
Stoff.«

Ingrid Scholten sah auf und kam näher. Sie nahm
Oliver das faserige Objekt aus der Hand und begutachtete es. »Ich würde eher auf ein Seil tippen. Sehen Sie
die Strukturen? Man kann noch erkennen, dass es
geflochten ist.«

Olivers Augen wanderten zwischen dem umge-
stürzten Tisch und dem Seil hin und her. In seinem
Kopf ratterte es. Ohne dass er es beeinflussen konnte,
lief plötzlich eine Szene des Grauens vor ihm ab. Er
blickte zur ersten Sektionsliege und sah eine gefesselte
Frau vor sich, die sich in der Feuersbrunst aufrichtete

und erbärmlich um ihr Leben schrie. Die Frau daneben tat es ihr gleich. Und dann sah Oliver eine dritte Frau, die sich mit Macht aufbäumte und ihre Fesseln sprengte. Die Liege kippte um. Sie fiel hinunter und floh kriechend unter den Flammen hindurch aus dem Raum.

»Wir müssen sofort alle Krankenhäuser in der Umgebung kontaktieren. Ich könnte wetten, dass hier drinnen drei Frauen gefangen waren.«

Klaus hob fragend die Augenbrauen. Auch Ingrid Scholten sah verwirrt aus.

»Eine von ihnen ist entkommen«, erklärte Oliver und zeigte abwechselnd auf die Liege und das verkohlte Seil, das Scholten nach wie vor in der Hand hielt. Er konnte sich zwar nicht sicher sein, dass die dritte Frau ein Krankenhaus aufgesucht hatte, aber eine Chance war es allemal.

»Und wie kommst du darauf, dass wir diese Frau im Krankenhaus finden könnten?«, wollte Klaus wissen.

»Es ist zumindest eine Möglichkeit«, fuhr Ingrid Scholten dazwischen. »Wenn eine Frau es tatsächlich hier heraus geschafft hat, wird sie ja wohl kaum einfach nach Hause gelaufen und wieder zur normalen Tagesordnung übergegangen sein. Da sie offensichtlich nicht zur Polizei gegangen ist, halte ich die Idee mit dem Krankenhaus für recht wahrscheinlich.«

Klaus griff zum Telefon. »Ich überprüfe die Krankenhäuser«, erklärte er und verließ den Bunker.

»Das Grauen hat wohl nie ein Ende«, seufzte Ingrid Scholten. Sie war blass und wirkte mit einem Mal um Jahre gealtert. Tatsächlich dürfte sie stramm auf die sechzig zugehen. Normalerweise sah man ihr das Alter nicht an. Ihr Auftritt war stets perfekt. Jede Haarsträhne hatte einen festen Platz in Scholtens strenger Frisur. Ihr Gesichtsausdruck strahlte meist Zuversicht und Kompetenz aus, und auch ihre Körperhaltung war kraftvoll und kerzengerade. Doch heute konnte Oliver von all dem nichts erkennen. Vor ihm stand eine alte Frau, müde von den vielen grauenvollen Verbrechen, die sie ihr Leben lang untersucht hatte. Mitgefühl erfasste ihn und er legte die Hand auf ihre Schulter.

»Es wird zu allen Zeiten böse Menschen geben, die alles zerstören, was ihnen in die Quere kommt. Und wir sind diejenigen, die das Böse aufhalten und für Gerechtigkeit sorgen.«

»Aber wir kommen immer zu spät«, widersprach Scholten und schüttelte seine Hand ab.

Oliver blickte sich um und dachte an die Frau, die dieser Hölle möglicherweise entkommen war. »Nicht für alle«, sagte er und zeigte auf die umgekippte Liege. »Wenn tatsächlich jemand überlebt hat, haben wir einen Zeugen. Und mit dessen Hilfe schnappen wir den Kerl, der das hier getan hat, schneller als gedacht.«

Scholten lächelte. »Sie sind ein unverbesserlicher Optimist.« Die Müdigkeit schien ein wenig aus ihren Zügen zu weichen. Sie kniff die Augen zusammen und griff mit der Pinzette nach einem verkohlten Fetzen von der ersten Liege.

»Ich kann es zwar noch nicht hundertprozentig sagen, aber diese Frau hier war höchstwahrscheinlich ebenfalls mit solch einem Seil gefesselt.«

Oliver nickte. Doch er sah Scholten nicht an. Sein Blick war auf etwas anderes gerichtet. Aus einem

Haufen Asche blitzte ein Metallstück auf. Er hockte sich hin und zog es vorsichtig heraus.

»Ein Kreuz«, murmelte er und drehte das Schmuckstück, um es genauer in Augenschein zu nehmen. Dann fegte er die Asche zur Seite. Darunter kam ein weiterer Gegenstand zum Vorschein. Es war der Metalleinband eines Buches. Die Ränder waren geschmolzen, aber die Schrift in der Mitte kam Oliver in geprägten Lettern entgegen und war noch gut lesbar.

»Die Bibel«, flüsterte Scholten, die dicht hinter Oliver stand und ihm über die Schulter schaute.

»Meinen Sie, dass wir es mit einem religiösen Fanatiker zu tun haben?«

»Ich weiß es nicht«, erwiderte Oliver und richtete sich auf. »Zumindest war diese Bibel ein Sonderexemplar, das es nicht in jedem Laden gibt. Auf alle Fälle haben wir es mit jemandem zu tun, der viel in seinen Glauben investiert.« Oliver blickte gedankenversunken auf den Einband. »Ich werde einen Experten zurate ziehen. Die Ausgabe muss ziemlich alt gewesen sein.«

Er steckte die Überbleibsel in eine Plastiktüte und wandte sich den menschlichen Überresten zu. »Wie lange werden Sie brauchen, um die Leichen zu identifizieren?«

»Ein paar Tage oder, wenn es schlecht läuft, auch Wochen. Es hängt ganz davon ab, ob wir anhand des Zahnstatus weiterkommen oder ob es Übereinstimmungen in der Vermisstendatei gibt.«

Oliver nickte nachdenklich. »Glauben Sie, dass die Frauen vor ihrem Tod lange misshandelt wurden?«

Scholten hob die Achseln. »Das kann ich erst nach der Obduktion sagen. Die Leichen sind so stark verkohlt, dass es schwierig sein wird, äußere Verletzungen nachzuweisen. Wir bräuchten schon Schädigungen an den Knochen, um zu einer verlässlichen Aussage zu kommen.«

Oliver sah die Kriminaltechnikerin an. Er versuchte, etwas von der Abgeschlagenheit, die sie noch vor ein paar Minuten gezeigt hatte, wiederzuentdecken. Aber vor ihm stand auf einmal wieder die Ingrid Scholten, die ihn schon seit so vielen Jahren tatkräftig begleitete. Sie war die graue Eminenz der Spurensicherung, und niemand wagte es jemals, ihr Urteil anzuzweifeln. Oliver kannte keinen einzigen Kollegen, der nicht gerne mit ihr zusammenarbeitete oder je auch nur einen Funken Unzufriedenheit an ihrer Arbeit erkennen ließ. Doch auch hinter dieser professionellen Erscheinung steckte am Ende nur ein Mensch. Eine Frau, die so viel Böses in ihrem Leben gesehen hatte wie kaum ein anderer, und auch eine Mutter, die vielleicht in jedem dieser Opfer das eigene Kind sah.

»Melanie, meine Tochter, hat mich gestern versetzt, und als ich heute Morgen den Anruf bekam, habe ich eine schreckliche Sekunde lang gedacht, dass sie hier verunglückt sein könnte«, erklärte Ingrid Scholten plötzlich, und ein Schatten huschte über ihr Gesicht. Oliver schluckte betroffen. Scholten sprach weiter: »Wissen Sie, wenn man Kinder hat, ändert sich das ganze Leben. Man ist auf einmal angreifbar und verletzlich. Es ist völlig egal, ob sie noch klein oder schon erwachsen sind. Manchmal fällt es schwer, die privaten Sorgen im Beruf beiseitezuschieben.«

»Hat sich Ihre Tochter denn inzwischen gemeldet?«

»Ja, bereits heute Nacht. Sie hat mir eine Nachricht

geschickt, aber ich habe sie erst heute früh gesehen. Da war ich schon fast am Tatort.«

Kein Wunder, dass sie angeschlagen wirkte. Oliver hatte noch keine Kinder, aber auch der Gedanke daran, dass seiner Freundin Emily etwas zustoßen könnte, schnürte ihm die Kehle zu. Er verstand Scholten nur zu gut. Es gab nichts Schlimmeres im Leben, als einen geliebten Menschen zu verlieren. Er warf einen letzten Blick auf die verkohlten Frauenleichen und prägte sich die Einzelheiten ins Gedächtnis ein. Zwar wurden von allen Details Fotos gemacht, aber diese Aufnahmen spiegelten nur einen Teil der Wirklichkeit wider. Die Gerüche und die Atmosphäre eines Tatortes konnte man nicht auf einem Bild festhalten. Dafür musste man schon selbst vor Ort gewesen sein.

»Ich schaue mir noch die Umgebung an«, erklärte Oliver und verabschiedete sich von Ingrid Scholten, die bereits wieder hoch konzentriert mit der Pinzette in der Asche unter der ersten Liege stocherte. Sie war völlig in ihrem Element. Oliver nahm die Treppe nach oben. Ein Polizist hatte den Zutritt mit rot-weißem Absperrband blockiert.

»Seit wann ist dieser Bunker zugänglich?«, fragte Oliver den Beamten, der das Band anhob, damit er hindurchschlüpfen konnte.

»Laut Aussage der Stadt ist dieser Bunker seit Jahren nicht mehr begehbar. Die haben keine Erklärung dafür.« Beim letzten Satz nickte der Polizist in Richtung des Eingangs.

»Hat denn niemand bemerkt, dass sich dort unten jemand zu schaffen gemacht hat?« Oliver schüttelte ungläubig den Kopf. Der Polizist zuckte nur mit den

Schultern und schwieg. Oliver nahm sich vor, mit einem Vertreter der Stadtverwaltung zu sprechen. Er brauchte dringend eine Liste mit allen Personen, die Zugang zu diesem Luftschutzbunker hatten. Er ließ den Kollegen stehen und blickte sich um. Vor ihm lag die nördliche Stadtmauer von Zons. Der Zollturm erhob sich gleich einem Riesen an ihrem anderen Ende. Seine kleinen Fenster wirkten wie leere Augen, die blind auf das Grauen zu seinen Füßen starrten. Für einen winzigen Moment glaubte Oliver, eine Bewegung hinter einer Scheibe zu sehen. Er starrte auf das obere Fenster, das nur halb so groß war wie die anderen.

»Der Turm steht seit Jahren leer.«

Oliver zuckte zusammen. Die Stimme des Polizisten drang direkt an sein Ohr. Er hatte gar nicht bemerkt, dass er ihm gefolgt war. »Ich habe davon gehört«, erwiderte er und betrachtete den jungen Kollegen genauer. Oliver kannte das Gesicht nicht. Wahrscheinlich war er noch nicht lange bei der Polizei.

»Der Turm steht im Eigentum der Kirchengemeinde Sankt Martinus. Die versucht seit Jahren, ihn loszuwerden. Der Unterhalt ist einfach zu teuer.«

»Woher wissen Sie das?«, fragte Oliver erstaunt.

»Habe ich in der Zeitung gelesen. Ich stamme aus Zons, da bekommt man so etwas mit«, erklärte der junge Polizist. Sein Funkgerät knatterte, und er ging zur Seite, um mit seiner Einheit zu sprechen. Oliver hob den Blick wieder zu dem massiven Turm. Die düstere Zeit des Mittelalters lag wie ein unsichtbarer Schleier auf dem Bauwerk. Noch immer strahlte der Turm Macht und Autorität aus. Oliver konnte sich gut vorstellen, dass der beeindruckende Bau im Mittelalter viele Menschen von vorneherein vom Zollbetrug abgehalten hatte. Der Turm war so hoch, dass die Schiffe auf dem Rhein bereits lange, bevor sie die Stadt erreichten, von oben zu sehen waren. Es war unmöglich, sich unbemerkt vorbeizumogeln. Selbst wenn manch ein Kahn vorher entladen wurde, um die Zollgebühren zu umgehen, dürfte sich der Transport auf dem Landweg nicht gelohnt haben. Dieser war erheblich länger und beschwerlicher. Aufgrund des Zolls gehörte Zons im Mittelalter zu den wohlhabenden Städten. Die überdurchschnittlich gesunde Bevölkerung genoss eine hohe Lebenserwartung und zeichnete sich durch eine außergewöhnlich geringe Kindersterblichkeit aus. Oliver drehte sich in die andere Richtung. Die Stadtmauer von Zons maß an der Nordseite gerade einmal zweihundertfünfzig Meter Länge. Der Krötschenturm markierte ihr nordwestliches Ende. Oliver stand in dem ehemaligen Wassergraben, der die Stadt vor vielen Hundert Jahren vor Angreifern von der Nordseite schützte. Bis zum heutigen Tag hatte er nicht gewusst, dass es überhaupt Luftschutzbunker in Zons gab. Seine Augen suchten das Gras nach möglichen Spuren ab. Der Täter hatte sich einen gut getarnten Ort für seine Verbrechen ausgesucht. Oliver stellte sich vor, wie er die drei Frauen im Schutze der Dunkelheit in den Bunker gebracht und darin eingesperrt hatte. Aber warum hatte er dann das eigene Versteck angezündet? Das ergab irgendwie keinen Sinn. Oliver grübelte über die umgekippte Liege. Ob die dritte Frau dem Täter einen Strich durch die Rechnung gemacht hatte? War der Brand ein Unfall gewesen oder hatte der Täter damit seine Spuren verwischen wollen? Oliver blickte auf die nahe gelegene

Straße und dachte an die Frau, die vielleicht entkommen war. Weit laufen musste sie nicht, um vor das nächste Auto zu stolpern. Er machte ein paar Schritte in Richtung Straße, als Klaus seinen Namen rief.

»Oliver, ich habe alle Krankenhäuser in Dormagen, Neuss und dem Kölner Norden abtelefoniert. Nichts«, brüllte Klaus, während er näher kam. Er hatte sich für die Telefonate hinter die Kapelle, die an den Zollturm grenzte, zurückgezogen. »Ich denke, du liegst falsch mit der dritten Frau.«

Oliver runzelte die Stirn. »Gab es irgendwelche besonderen Einlieferungen?«, hakte er nach.

»Na ja, im Lukaskrankenhaus in Neuss ist heute Nacht eine Frau mit einer Schussverletzung eingeliefert worden. Ich habe extra nach Verbrennungen gefragt. Aber es gab keine.« Klaus hob beim letzten Satz die Stimme an, so als duldete er keinen Widerspruch. Davon ließ sich Oliver allerdings nicht beeindrucken. Eine Schusswunde passte zwar nicht ins Bild, dennoch war es ein merkwürdiger Zufall. Eine so schwere Verletzung kam nicht allzu häufig vor.

»Ich will mit dieser Frau sprechen«, erklärte er. Klaus folgte ihm nicht sofort. Erst als Oliver sich nach ihm umdrehte und fragte: »Oder hast du etwas anderes vor?«, setzte er sich zögernd in Bewegung.

Sie hatten auf dem großen Parkplatz schräg gegenüber des Zollturms geparkt und legten die Strecke bis zu ihrem Dienstwagen schweigend zurück. Oliver war in Gedanken immer noch in dem dunklen Luftschutzbunker. Die verbrannten Frauen, deren verzweifelte Schreie in der Nacht niemand gehört hatte, streckten ihre toten

Finger nach ihm aus und jagten Oliver Schauer über den Rücken. Er hastete über das Kopfsteinpflaster und war froh, als er die Wagentür zuschlagen konnte.

Oliver ließ sofort die Seitenscheiben des Dienstwagens hinunter und inhalierte den frischen Fahrtwind. Es dauerte eine ganze Weile, bis der Geruch nach verbranntem Fleisch sich endlich aus seiner Nase verflüchtigte.

Sie brauchten knapp dreißig Minuten und parkten mitten auf dem Gelände des Krankenhauses. Es war fast Mittag und entsprechend hektisch ging es zu. Patienten und Angestellte strömten aus den verschiedenen Gebäuden, um sich an den ersten warmen Sonnenstrahlen des Jahres zu erfreuen. Oliver sah eine leere Bank unter einem Baum und hätte sich am liebsten dort hingesetzt. Der Himmel über ihnen war wolkenlos und strahlend blau. Die Luft hatte noch etwas von der Winterkälte in sich, aber im Gegensatz zu dem Bunker in Zons kam Oliver das Krankenhausgelände nahezu wie das Paradies vor.

Eine dunkelhaarige Frau drängte sich an ihnen vorbei und setzte sich auf die freie Bank. Sie hob den Blick und schenkte Oliver ein Lächeln, das ihn unwillkürlich an Emily erinnerte. Sein Herz machte einen Satz und seine Hand glitt unauffällig zu dem Gegenstand, den er jetzt schon seit Tagen in der Hosentasche mit sich trug. Er hatte sich immer noch nicht getraut, ihn zu übergeben. Es lag weniger daran, dass er an der Richtigkeit seines Plans zweifelte, sondern eher an der Angst vor einer möglichen Zurückweisung. Vermutlich waren seine Sorgen völlig unbegründet, aber Oliver konnte sie nicht verdrängen. Er gehörte sonst nicht zu der ängstlichen oder unentschlossenen Art von Mann, doch sein jüngstes Vorhaben verunsicherte ihn. Oliver hatte eigentlich überhaupt keinen Grund, an Emilys Liebe zu zweifeln. Sie waren seit geraumer Zeit ein Paar und es lief jeden Tag immer besser. Er hatte nicht die geringsten Bedenken, dass sie die Richtige für ihn war. Die erste Frau, die ihn so fesselte, dass er nicht mehr nach rechts oder links schaute. Auch die hübsche Brünette auf der Parkbank konnte ihn mit ihrem einladenden Lächeln nicht aus der Reserve locken. Noch vor zwei Jahren hätte er sich auf der Stelle neben sie gesetzt und sie zu einem Kaffee eingeladen. Sein männliches Ego hätte so stark nach Bestätigung verlangt, dass er diese Gelegenheit niemals hätte verstreichen lassen. Doch seit Oliver sich in Emily verliebt hatte, war alles anders. Er hatte nur noch Augen für sie.

Trotzdem, der nächste Schritt in ihrer Beziehung, der unmittelbar mit dem Objekt in seiner Hosentasche zusammenhing, machte ihm einfach Angst. Er hatte sich in dieser Woche dreimal mit Emily verabredet, und das hatte seinen Grund. Oliver wollte sichergehen, den richtigen Moment zu erwischen. Er wollte, dass alles perfekt war. So perfekt, dass Emily im Traum nicht auf die Idee käme, Nein zu sagen.

Unglücklicherweise hatte er das erste dieser Dates bereits vermasselt. Er war den ganzen Abend so verkrampft gewesen, dass ihre Gesprächsthemen nur mühsam vor sich hin holperten. Als dann endlich die passende Stimmung aufkam und er allen Mut zusammengenommen hatte, klingelte sein Diensttelefon. Die Gelegenheit war auf einen Schlag vorüber, und nun musste er alles auf den zweiten geplanten Abend setzen.

Oliver war froh, dass er noch einen Tag bis dahin Zeit hatte. Seine Finger umklammerten erneut den Gegenstand. Bevor er ihn herausziehen konnte, boxte Klaus ihm in die Seite.

»Spielst du heute den schweigenden Denker oder was ist los mit dir?« Klaus' Stimme klang flapsig, aber seine Augen blickten ernst.

Oliver schluckte. »Nein, ich fand die verbrannten Leichen nur ziemlich schrecklich. Ich habe immer noch den scheußlichen Geruch in der Nase, und das verdirbt mir die Laune.« Oliver konnte Klaus ansehen, dass dieser ihm die Lüge nicht abnahm.

»Ist es, weil ich nicht glaube, dass die Frau mit der Schussverletzung etwas mit unserem Fall zu tun hat?«, fragte Klaus. Er war stehen geblieben und musterte Oliver.

»Ach Quatsch. Wie kommst du denn darauf?« Oliver war froh, dass Klaus seine Gedanken offensichtlich doch nicht lesen konnte. Ein Grinsen huschte über seine Lippen. »Hör zu, es hat überhaupt nichts damit zu tun.« Als er die Enttäuschung in Klaus' Miene sah, fügte er hinzu: »Es ist wegen Emily.«

Schlagartig entspannten sich Klaus' Gesichtszüge. Er warf Oliver einen langen Blick zu und presste nachdenklich die Lippen zusammen. »Lass mich raten. Du willst es ernst mit ihr machen.«

Oliver spürte, wie ihm die Hitze ins Gesicht schoss. Er wollte dieses Thema eigentlich nicht mit Klaus diskutieren. Was Beziehungen anging, war Klaus ein schlechter Ratgeber. Seine langjährige Freundin hatte ihn verlassen, weil er sich auf eine Prostituierte eingelassen hatte, und seitdem herrschte in Klaus' Beziehungsleben ziemliche Ebbe. Es gab eine neue Kollegin, mit der er ab und zu flirtete, aber bis heute hatte Klaus es nicht geschafft, Nägel mit Köpfen zu machen. Dabei war die Neue ganz offensichtlich bis über beide Ohren in ihn verschossen. Oliver war froh, dass sie die Drehtür des Krankenhauses erreicht hatten. Er stürmte voran zur Information, ohne sich nach Klaus umzudrehen. Bevor dieser die Chance bekam, weitere Fragen zu stellen, fragte er die Mitarbeiterin nach der Frau mit der Schussverletzung. Als diese mit einer Antwort zögerte, legte er ungeduldig seinen Polizeiausweis auf den Tisch.

»Wir müssen dringend mit dieser Patientin sprechen. Es wäre also nett, wenn Sie uns zu ihr führen könnten.«

Die Frau errötete leicht und tippte hektisch auf der Tastatur ihres Rechners herum. Nach wenigen Sekunden gab sie Oliver die gewünschte Auskunft.

»Michelle Henrich liegt auf Station drei, Zimmer einhundertfünfzehn. Es geht dort entlang.«

* * *

Es war alles schiefgelaufen. Im Grunde hätte es überhaupt nicht mehr schlechter laufen können. Sein perfektes Versteck war komplett ausgebrannt. Normalerweise beherrschte er den Umgang mit Feuer. Er hatte es kontrolliert einsetzen wollen, doch diese dumme Schlampe hatte ihn völlig aus dem Konzept gebracht. Er hatte sie verloren. Ausgerechnet seine neueste Eroberung, mit der er noch einiges vorgehabt hatte. Das Schlimmste jedoch war, dass sie sein Gesicht gesehen hatte. Wütend schlug er mit der Faust auf das Lenkrad seines Wagens. Er hätte besser aufpassen müssen. Zum tausendsten Male spulte er die Ereignisse vor seinem inneren Auge ab. Er war zu siegessicher gewesen und hatte die Hure einfach unterschätzt. Sie war ihm schwach und unfähig vorgekommen, aber sie hatte es geschafft, sich von den Fesseln zu befreien. Das war natürlich seine Schuld. Er hätte vorher prüfen müssen, ob die Fesseln fest genug saßen. Außerdem hatte er ihr offensichtlich zu wenige Schlaftabletten ins Getränk gemischt. Sie hätte noch stundenlang im Tiefschlaf liegen müssen. Abermals grübelte er darüber, ob er die richtige Dosis verabreicht hatte. Verdammt! Er hatte gleich mehrere Fehler auf einmal begangen, und jetzt saß er in der Klemme. Wenn diese Frau ihn identifizierte, dann war er dran. Er würde lebenslang im Gefängnis schmoren und seine Mission könnte er vergessen. Dabei hatte er so viel zu tun, dass es für einen einzelnen Menschen eigentlich nicht zu bewältigen war. Er müsste sich schon klonen, um all seine Vorhaben zu realisieren.

Nervös wippte er mit dem rechten Bein und überlegte, was er jetzt machen sollte. Er musste diese Frau finden und ausschalten. Vielleicht lebte sie ja auch gar nicht mehr. Er war sich ziemlich sicher, dass er sie getroffen hatte. Er hatte sie taumeln sehen. Wäre nicht dieses verflixte Auto gekommen, hätte er sie gehabt. Wieder fluchte er und schlug auf das Lenkrad ein. Er traf die Hupe und ein Passant drehte sich nach seinem Auto um. Verflucht! Er musste höllisch aufpassen und sein Temperament zügeln. Er brauchte einen kühlen Kopf. Verärgert biss er sich heftig auf die Unterlippe. Ein metallischer Geschmack breitete sich augenblicklich in seinem Mund aus. Der Schmerz und das Blut beruhigten ihn auf eine unerklärliche Weise. Sie lenkten ihn von den vielen Gedanken ab, die wie ein ungestümer Bienenschwarm Chaos in seinem Kopf anrichteten. So schlimm war er doch gar nicht dran. Die Frau war verletzt, so viel stand fest. Ob sie ihn überhaupt beschreiben konnte, wusste er letztendlich nicht. Selbst wenn, sie kannte weder seinen Namen noch seine Adresse. Sie hatte ihn mit Sicherheit noch nie zuvor im Leben gesehen. Diese Fakten brachten ihm einen klaren Vorteil: Zeit. Er hatte alle Zeit der Welt, diese Hure zum Schweigen zu bringen. Außerdem hatte er noch einen weiteren Trumpf in der Hand. Ein gehässiges Grinsen huschte über sein vernarbtes Gesicht. Er blickte in den Rückspiegel und leckte sich das Blut von den Lippen. Ja, er besaß den entscheidenden Joker, es hatte ihn ein paar Telefonate gekostet, aber jetzt wusste er, wo er diese Frau finden würde.

Entschlossen stieg er aus seinem Wagen und lief auf das schmucklose graue Gebäude zu. Die Sonne stand hoch am Himmel. Es war ein herrlicher Frühlingstag. Auf einer Bank saß eine attraktive Brünette. Er sah sie an. Ihre Blicke trafen sich. Er lächelte. Um ihre Mundwinkel zuckte es. Sie starrte ihn an und er sah etwas in ihren Augen, das er immer bei Frauen auslöste. Sie senkte eilig den Blick und ignorierte ihn fortan. Verdammte Schlampe, dachte er und hastete auf den Eingang zu. Erst im Inneren des Krankenhauses, kurz vor dem Empfangstresen, blieb er stehen. Gerade noch rechtzeitig, wie sich herausstellen sollte. Vor ihm warteten zwei Männer. Der Jüngere war hochgewachsen und muskulös. Seine schwarzen Haare waren kurz geschnitten, standen jedoch verstrubbelt vom Kopf ab. Der Mann drehte sich und er konnte ein markantes Profil mit Dreitagebart erkennen. Dann glitt sein Blick zu einer Krankenschwester, die eine Patientin stützte und den Typen beinahe mit den Augen verschlang. Neidvoll musste er anerkennen, dass er mit seinen verwaschenen Jeans und der Lederjacke wirklich attraktiv war. Er ging ein paar Schritte näher und blieb dann wie angewurzelt stehen. Sein Blick wanderte zwischen dem Schwarzhaarigen und dem älteren Typen mit leicht grauen Haaren hin und her. Verdammt. Er hätte es erkennen müssen. Das waren Polizisten. Fassungslos starrte er auf den Dienstausweis, den der Jüngere gerade vorzeigte, und taumelte auf Zehenspitzen rückwärts. Er musste hier raus, bevor sie ihn sehen konnten. Mit unablässig auf den schwarzhaarigen Polizisten gerichteten Augen trippelte er zum Ausgang. Der Schweiß brach ihm aus und in seinen Ohren rauschte das Blut. Endlich hatte er die Drehtür erreicht. Mit dem Rücken drückte er gegen die Scheibe, die surrend nachgab und ihn wieder nach draußen spuckte. Ein letztes Mal vergewisserte er sich, dass ihn niemand beobachtete. Dann erst drehte er sich um und rannte los, als wäre der Teufel persönlich hinter ihm her.

* * *

Schon wieder lauter unbekannte Gesichter, dachte Michelle und ließ sich kraftlos ins Kissen sinken. Der Arzt hatte ihr überhaupt nicht zugehört. Er war begeistert von ihrer schnellen Erholung, aber ihr eigentliches Problem hatte er ignoriert. Sie solle geduldig sein, sich

Zeit lassen und bald käme alles in Ordnung. Dieses Gefühl hatte sie allerdings gar nicht. Etwas stimmte nicht mit ihr, und sie wusste, dass es sich nicht von alleine lösen würde. Sie brauchte dringend Hilfe, einen Arzt, der sie ernst nahm und in der Lage war, die richtige Diagnose zu stellen. Stattdessen kamen ständig Menschen in ihr Krankenzimmer, die sie nicht zuordnen konnte. Sie fühlte sich hundeelend. Bis vor wenigen Minuten hatte ihre Mutter sie besucht – Michelle hatte ihr Gesicht nicht erkannt. Es war der reinste Albtraum. Sie konnte die Stimme identifizieren, auch die Berührung und der Geruch ihrer Mutter waren ihr vollkommen vertraut gewesen. Doch das Gesicht ihrer eigenen Mutter war ein fremdes. So sehr sie sich auch bemüht hatte, die alte Vertrautheit wiederzufinden, sie vermochte es nicht. Minutenlang hatte Michelle geblinzelt und sich zunächst auf die Augenpartie konzentriert. Doch es wollte und wollte ihr nicht gelingen, ihre Mutter wiederzuerkennen. Es kam ihr vor, als hätte sie diese Frau noch nie gesehen. Selbst das Lachen war ihr gänzlich fremd.

Michelle fühlte sich gefangen in einer Welt, in der plötzlich alle Menschen mit Masken herumliefen. Alle Gesichter formierten sich zu einer einzigen unkenntlichen Flut aus Mündern, Nasen und Augen. Michelle konnte anhand des Gesichts nicht einmal mit Sicherheit das Geschlecht ihres jeweiligen Gegenübers deuten. Sie wurde das Gefühl nicht los, dass die Pistolenkugel ein großes Loch mitten in ihr Gehirn gerissen hatte. Etwas Dunkles breitete sich unaufhaltsam in ihr aus und hielt sie wie eine klebrige Masse fest, um letztendlich ihre Seele zu ersticken. Ob sie langsam wahnsinnig wurde?

Wie konnte dieser Arzt behaupten, ihr fehle nichts? Dass es ein reiner Streifschuss gewesen war, der noch nicht einmal den Schädelknochen ernsthaft verletzt hatte. Natürlich führe die Schlagkraft der Kugel zu einem Trauma, das noch eine geraume Zeit von einer gewissen Benommenheit begleitet sein könnte, doch alles würde sich in absehbarer Zeit regenerieren.

Zwei Männer traten an ihr Bett. Der eine hatte etwas gesagt, doch Michelle war so mit ihren Gedanken beschäftigt, dass sie überhaupt nicht hingehört hatte.

»Wir möchten mit Ihnen über die Ereignisse in der letzten Nacht sprechen.«

Michelle starrte die verschwommene Visage ihres Gegenübers an und versuchte sich an die Stimme zu erinnern. Ob das Mark war? Zumindest passte die dunkle Haarfarbe und auch die Augen des Mannes waren blau. Sie war unsicher.

»Können Sie uns genau erzählen, was passiert ist?«

Michelle schloss die Augen. Mark hatte auch einen leicht rheinischen Akzent. Sie öffnete die Lider einen Spaltbreit und hoffte, dass sich das schemenhafte Gesicht in ein scharfes Bild verwandelt hätte. Stattdessen tauchte gleich die nächste verschwommene Maske daneben auf. Immerhin konnte Michelle anhand der grauen Haare ausschließen, dass das Mark war. Dann fiel ihr ein, dass Stimme Nummer eins sie gesiezt hatte. Dann war es nicht ihr Freund, schloss sie und seufzte.

»Geht es Ihnen gut? Wir können auch später wiederkommen.«

Michelle starrte in das namenlose Gesicht. Wer war dieser Mann? Dann entdeckte sie den Ausweis, den er auf die Bettdecke gelegt hatte. Lesen funktionierte noch. Oliver Bergmann von der Kriminalpolizei. Das Foto war genauso verschwommen wie das lebende Exemplar, das vor ihr stand. *Kriminalpolizei*, fuhr es ihr durch den Kopf. Ob die den Verrückten, der sie in diesen schrecklichen Keller geschleppt hatte, schon inhaftiert hatten?

»Haben Sie ihn?«, fragte sie hoffnungsvoll und richtete sich auf. Ein Blitz zuckte durch ihren Schädel und augenblicklich katapultierte der Schmerz sie zurück aufs Kissen.

»Vorsichtig. Der Arzt hat gesagt, sie müssen sich schonen. Bleiben Sie ruhig liegen und versuchen Sie, sich zu entspannen.«

Die große, schwere Hand des Kriminalkommissars legte sich auf ihre Schulter. Michelle mochte die Berührung.

»Wen sollen wir haben?«, fragte der Mann behutsam nach.

»Na, den Kerl, der mich in diesen schrecklichen Keller geschleppt hat.«

Ihr Gegenüber schüttelte den Kopf. Angst stieg in ihr auf. »Und wenn er nach mir sucht?«, stieß sie nervös hervor. Der Mann verstärkte den beruhigenden Druck auf ihre Schulter.

»Wenn er Sie hätte suchen wollen, hätte er es bestimmt schon längst getan.«

Die Antwort bohrte sich in Michelles Gehirn. Richtig, das hätte er tun können. Genauso gut war es denkbar, dass er sie für tot hielt. Schließlich hatte er auf sie geschossen.

»Ich kann Personenschutz beantragen, aber dazu müssen wir erst Ihre Gefährdungsstufe festlegen«, sagte der Mann jetzt und lächelte sanft. »Hier im Krankenhaus gibt es so viele Ärzte und Personal, dass sie sich keine Sorgen machen müssen. Sie stehen unter Beobachtung. Niemand kann Sie gewaltsam und ungesehen aus diesem Zimmer entführen.«

»Ich würde mich trotzdem besser fühlen, wenn jemand aufpasst«, erklärte sie schwach. Sie blickte in das verschwommene Gesicht. Endlich erkannte Michelle eine Veränderung in der Mimik des Mannes. Sie triumphierte innerlich. Vielleicht würde doch wieder alles gut werden. Aber dann verschwammen die Konturen erneut und Oliver Bergmann verwandelte sich zurück in eine namenlose Maske.

»Ich werde es versuchen, kann es jedoch leider nicht versprechen«, erwiderte er. »Können Sie uns genau sagen, wo sich dieser Keller befindet?«

Die Frage des Kriminalkommissars frustrierte Michelle. Offenbar hatte die Polizei nicht die geringste Ahnung von ihrer Entführung. Sie erläuterte eingehend, was passiert war, und die beiden Polizisten machten sich jede Menge Notizen. Als sie am Ende ihrer Ausführungen angekommen war, stellte der Kommissar mit den grauen Haaren die Frage, auf die Michelle schon die ganze Zeit gewartet hatte: »Können Sie uns den Täter detaillierter beschreiben?«

Ihre Situation war vollkommen hoffnungslos. Nein. Sie schüttelte den Kopf. Sie konnte den Mann nicht beschreiben. Sie erkannte sogar ihre eigene Mutter nicht wieder und sie konnte sich an den Täter nicht erinnern.

»Das bekomme ich nicht mehr hin«, schluchzte sie, und eine Träne rollte dabei über ihre Wange.

»Wie wäre es, wenn wir morgen noch einmal mit einem Phantombildzeichner wiederkommen? Bis dahin geht es Ihnen vielleicht besser«, schlug der nette Schwarzhaarige vor.

»Ich befürchte, irgendetwas stimmt nicht mit mir«, antwortete Michelle mit erstickter Stimme. Ihre Augen suchten in der verschwommenen Masse nach einem Erkennungsmerkmal. Aber weder Augen noch Nase oder Mund unterschieden sich signifikant von anderen Gesichtern, die sie heute gesehen hatte. Bevor sie weitere Erklärungen hervorbringen konnte, verabschiedeten sich die beiden Polizisten. Michelle prägte sich die Kleidung der beiden ein. So würde sie beim nächsten Besuch zumindest einen Anhaltspunkt haben. Der Schwarzhaarige trug verwaschene Jeans und eine Lederjacke. Der Ältere eine helle Stoffhose und dazu ein weißes Hemd. Der Arzt, der ihr versichert hatte, dass alles in Ordnung sei, hatte auch ein weißes Hemd getragen. Sie konnte sich nicht mehr an die Farbe seiner Hose erinnern. Verzweifelt kramte sie in ihrem Gedächtnis, doch es war vergeblich. Etwas in ihr war kaputtgegangen. Leise weinte sie vor sich hin. Irgendwann schaltete sie den Fernseher an der Wand ein und starrte resigniert auf die Leute, die alle gleich aussahen und die sie nicht mehr voneinander unterscheiden konnte.

IV

VOR FÜNFHUNDERT JAHREN

Agnes stieß die Glaskugel fort und blies die Kerzen aus. Sie hatte genug. Sie wollte die Zukunft heute nicht mehr sehen. Normalerweise machte es ihr Spaß, in das leuchtende Kristall zu schauen und die Schwingungen aufzunehmen, die sich ihres Geistes bemächtigten. Agnes liebte es, Menschen in einer anderen Zeit ausfindig zu machen. Sie hatte diese Gabe in den letzten Jahren perfektioniert. Aber seit Kurzem zeigte die Kugel häufig Visionen von ihr selbst, und das gefiel ihr gar nicht. Ganz im Gegenteil, es erschreckte sie und jagte ihr fürchterliche Angst ein. Wenn sie ihrer Begabung vertraute und die Glaskugel tatsächlich die Zukunft widerspiegelte, dann sah es nicht gut für sie aus. Überhaupt lagen dunkle Schatten auf der Stadt, die sie sich nicht so richtig erklären konnte. Jemand, den sie sehr mochte, war verschwunden. Doch ihre Erscheinungen verrieten ihr weder den Namen, noch was genau geschehen war. Die Vergangenheit konnte sie sowieso nicht heraufbeschwören, aber auch in der Zukunft klaffte ein schwarzes Loch voller Unklarheiten.

Agnes stand auf und verließ die dunkle Kammer, in die sie sich zurückgezogen hatte. Sie ging nach draußen und bemerkte den nahenden Frühling, der den Himmel bereits viel blauer machte und die ersten zarten Knospen an den Pflanzen hervorlockte. Diese Jahreszeit zauberte ihr normalerweise ein Lächeln auf das Gesicht, aber im Augenblick konnte nichts ihre schlechte Stimmung aufhellen. Eigentlich musste sie für einen guten Kunden arbeiten. Er brauchte ihre Hilfe, um sich für das richtige Geschäft zu entscheiden. Agnes wusste, dass er jahrelang zu Lambert gegangen war, einem Seher aus der Nachbarschaft. Als Mann genoss dieser ein viel höheres Ansehen als sie. Sogar Kirchenleute ließen sich gelegentlich von ihm beraten, und er konnte mit ein paar erstaunlichen Visionen aufwarten, die sich alle erfüllt hatten. Doch bei Agnes' Kunden hatte Lambert mehrfach falschgelegen, und das war ihre Chance gewesen. Bisher hatte sie zweimal richtiggelegen und ihrem Kunden zu einer günstigen Entscheidung raten können. Es handelte sich um einen Tuchhändler, der es oft mit weit gereisten Anbietern zu tun hatte. Das war ein schwieriges Geschäft, denn die Qualität der Ware musste zum einen richtig eingeschätzt werden – was nicht so einfach war – und zum anderen konnte schon der nächste Handelsreisende ein ähnliches Tuch viel preiswerter anbieten. Deshalb kam der Tuchhändler vor größeren Geschäften zu Agnes, um von ihr einen Blick in die Zukunft zu erhaschen. Diesmal hatte er ihr ein paar Stoffproben dagelassen. Sie nahm gerne Gegenstände von Kunden entgegen, da diese meist ihre

Visionen verstärkten. Manchmal schnüffelte sie auch daran oder legte sich den Stoff aufs Gesicht. Wenn sie dann in einer Eingebung eine hochgestellte Persönlichkeit darin gekleidet sah, wusste sie, welchen Stoff ihr Kunde kaufen musste.

Doch heute blieben die Bilder aus. Agnes lief zu einem Apfelbaum, der noch kahl im Garten stand. Den Stoffrest hielt sie fest in den Händen, so als ob sie die richtige Vision dadurch herausquetschen konnte. Sie setzte sich an den Baumstamm und schloss die Augen. Das Blau des Himmels verschwand allmählich und Agnes fand sich in vollkommener Leere. Eine undefinierbare Farbe umhüllte sie. Vielleicht konnte man sie am ehesten als milchiges Grau bezeichnen. Die ersten Gedanken zogen wie Wolken auf. Sie handelten von einer Mahlzeit. Agnes spürte, dass ihr Magen knurrte, und schob die Wolken schnell beiseite. Stattdessen beschwor sie die Beschaffenheit der verschiedenen Stoffe vor ihrem inneren Auge herauf und begann, daraus wallende Kleider zu schneidern. Edle Damen schlenderten in ihnen durch den Sonnenschein, aber bevor Agnes erkennen konnte, aus welchem der Stoffe die Gewänder bestanden, waren die Bilder wieder verschwunden. Dafür zog eine riesige dunkle Wolke direkt über ihren Kopf und nahm sie gefangen. Agnes ahnte, was jetzt kommen würde, und öffnete schlagartig die Augen. Nein, das reichte für heute. Vielleicht brauchte sie etwas Wein. Das half oft.

Sie ging wieder ins Haus und fand in der Küche ein kleines Fass. Unglücklicherweise war der Inhalt jedoch zur Neige gegangen. Ein paar Tröpfchen ließen sich noch herauslocken, doch sie genügten nicht einmal, um die Zunge zu befeuchten. Agnes stellte das Fass auf den Boden und gab ihm einen Tritt. Es fiel polternd um und rollte bis zur Eingangstür der bescheidenen Hütte. Als sie das Fass wieder aufstellen wollte, hörte sie draußen Schritte. Hatte sie sich im Tag geirrt? Wollte der Tuchhändler womöglich heute schon eine Antwort haben? Verflucht. Sie war noch nicht so weit, und einen Rat hatte sie erst recht nicht. Sie duckte sich und verharrte lautlos in der Hocke. Die Schritte näherten sich, die Holzstufen zu ihrer Haustür knarrten. Jeder Schritt ließ Agnes' Herz schneller schlagen. Bitte dreh wieder um, dachte sie und hielt den Atem an. Aber die Schritte stoppten vor ihrer Schwelle. Als es klopfte, zuckte sie zusammen. Sie wartete darauf, dass der Besucher umkehrte. Er musste doch denken, dass sie nicht zu Hause war. Stattdessen klopfte es erneut. Irgendetwas an dem Rhythmus beunruhigte Agnes. Plötzlich schien es gar nicht mehr von Bedeutung, dass sie ihre Visionen nicht wie üblich empfangen hatte. Nein, etwas stimmte wirklich nicht. Ihr Herz pochte auf einmal so laut, dass es das Klopfen an der Tür übertönte. Agnes wurde schwindlig.

Die Vision kam so schnell und mit solcher Wucht, dass Agnes sie nicht mehr mit Willenskraft vertreiben konnte. Sie wurde fortgerissen von dem milchig grauen Schleier, der sie diesmal nicht nur umfing, sondern an ihr klebte wie dicker Honig. Jede einzelne Pore wurde von der klebrigen Masse verschlossen, die sie von Kopf bis Fuß lähmte. Ihre Beine steckten knietief im Schleim und es gab kein Vor oder Zurück. Agnes schrie, doch ihr Schrei war stumm. Ihre Kehle brachte nichts als Luft hervor, die leise röchelnd verwehte. Panisch blickte sie sich um. Sie wollte fliehen, doch sie konnte nichts sehen. Schreckliche, brutale Stiche bohrten sich in ihre Augäpfel und Agnes erbrach sich. Blut floss ihr über das Gesicht, in den Mund. Der Geschmack löste einen erneuten Brechreiz aus. Sie spürte kräftige Männerhände an ihrem Hals. Sie drückten unbarmherzig zu und nahmen ihr jegliche Luft. Die Übelkeit, die sich ihren Weg nach draußen bahnen wollte, landete in ihrer Mundhöhle. Der Weg hinaus wurde von einer klobigen Hand versperrt. Die saure Flüssigkeit suchte sich einen anderen Weg und schoss zurück in Agnes' Kehle, um von dort aus durch die Luftröhre in ihre Lungen zu fließen. Die Säure brannte unbeschreiblich in ihrem Inneren. Agnes spürte, wie ein unkontrolliertes Zucken von ihr Besitz ergriff. Sie war blind und doch konnte sie eines ganz klar sehen. Sie hatte den eigenen Tod vor Augen. Er trat genau so ein, wie sie es in ihren Visionen vorhergesehen hatte. Das Zucken ebbte ab und die letzten Lebenskräfte verließen ihre sterbende Hülle. Mit einem lauten Schrei öffnete sie die Augen. Das Blut rauschte in ihren Ohren. Es flüsterte ihr unheimliche Dinge zu. Dinge, die gar nicht existierten. Sie zog die Beine heran. Sie lebte.

Die Wirklichkeit pulsierte durch ihre Adern und Agnes fühlte jeden Herzschlag. Steif erhob sie sich und richtete den Blick auf die Eingangstür. Sie war geschlossen. Nichts von dem, was sie gerade durchlebt hatte, war tatsächlich geschehen. Ob sie langsam verrückt wurde? Woher kam diese heftige Vision, die sich so real angefühlt hatte, als wäre Agnes eben wahrhaftig gestorben?

Sie schlurfte in die Küche und rieb sich müde die Augen. Das war eine Erklärung. Sie hatte in den letzten

Nächten nicht sonderlich gut geschlafen, wahrscheinlich litt sie unter Schlafmangel. Sie schaute durch das Fenster hinaus in den Garten. Ein Schatten huschte zwischen den Bäumen. Agnes schloss die Augen und schüttelte den Kopf. Nein. Jetzt war es genug mit diesem Schabernack. Sie musste dringend ein wenig schlafen. Dieser Schatten entsprang ihrer Einbildung. Er war nicht real.

Sie vergewisserte sich, dass die Tür verschlossen war, und schleppte sich müde die Treppe hinauf. Oben drückte sie die Tür zu ihrem Schlafgemach auf und seufzte zufrieden, als sie in ihr weiches Bett sank. Der Schreck saß ihr immer noch in den Gliedern. Nach ein wenig Schlaf würde es ihr besser gehen. Agnes schloss die Augen. Eine Holzdiele knarrte. Sie beschloss, das Geräusch zu ignorieren, und drehte sich auf die Seite. Die Erschöpfung führte sie bald in den Halbschlaf. Kurz bevor sie völlig in die Traumwelt hinüberglitt, knarrte es erneut. Diesmal ganz dicht neben ihr. Geschockt schlug sie die Augen auf.

Panik peitschte sie aus dem Bett. Da war jemand. Das war kein Traum. Jemand war im Haus, in ihrem Zimmer – schlimmer noch, er stand direkt neben ihrem Bett. Agnes schrie und preschte aus dem Zimmer. Der Fremde griff nach ihr. Sie konnte seinen grässlichen, heißen Atem im Nacken spüren. Sie fiel die Treppe mehr hinunter, als dass sie lief. Ein Haarbüschel wurde ihr ausgerissen. Der Mann schnitt ihr den Weg ab. Agnes prallte gegen seinen starken Körper und ging im Flur zu Boden. Einen verzweifelten Moment lang hoffte sie, dass sie in einer erneuten Vision gefangen war. Die Schrecken wiederholten sich auf grausame Art. Aber die

Pein saß diesmal noch tiefer. Sie begriff, dass sie nicht träumte, das war die Wirklichkeit. Der Mann vor ihrer Haustür war real gewesen, genauso wie der Schatten im Garten zwischen den Bäumen. Es war nicht der Tuchhändler. Der Fremde hatte ihr aufgelauert, sich in ihrem Haus versteckt, um ihr den Tod zu bringen. Er drückte ihr die Kehle zu, fester und fester. Sie wehrte sich aus Leibeskräften, doch ihr Gegner war einfach zu stark. Sie kämpfte, bis sie keine Kraft mehr hatte. Der Mann kannte kein Erbarmen. Die Augen schmerzten ihr, sie blutete im Gesicht und am Hals und allmählich ging ihr die Luft aus.

Mit einem durchdringenden Zucken löste sich ihre Seele von dem zermarterten Körper. Agnes schwebte hinauf und für einen kurzen Moment sah sie sich selbst leblos auf dem Boden liegen. Über ihr kniete ein Mann, mit beiden Händen zog er fest an einer Schnur, die mehrfach um ihren Hals gewickelt war. Er hob den Kopf und blickte nach oben. Seine schwarzen Augen fixierten sie, gerade so, als ob er sie sehen könnte.

Ein letzter Schrecken durchfuhr Agnes und dann entglitt sie in endloses weißes Licht.

* * *

Bastian blinzelte. Kühler Morgentau lag auf den Pflanzen und auf den runden Steinen, mit denen Josef Hesemanns Innenhof gepflastert war. Selbst das Leinentuch, das den Körper der Toten über Nacht bedeckt hatte, war von einer kalten, glitzernden Schicht überzogen. Die Sonne war noch vom Winter geschwächt. Die zaghaften Strahlen, die Bastians Nasenspitze kitzelten, fühlten sich frisch an. Er fröstelte müde. Der Met und die wenigen Stunden Schlaf hatten ihre Spuren auf seinem Gesicht hinterlassen. Die markanten Wangenknochen traten schärfer hervor als sonst und auch die dunkelbraunen Augen verbargen sich tiefer in ihren Höhlen. Wieder blinzelte er und versuchte, den Anblick der Leiche mit Gelassenheit zu ertragen. Im Tageslicht sahen die zugenähten Augen nicht minder gespenstisch aus als am Abend zuvor im flackernden Schein des Feuers. Josef Hesemann beugte sich konzentriert über die Tote, deren Körper vollständig entkleidet war. Wernhart hatte sich in eine Ecke zurückgezogen und starrte Löcher in die Luft. Bastian kannte dieses Verhalten seines Freundes. Die Leichenbeschau bereitete Wernharts Magen jedes Mal große Schwierigkeiten. Zu allem Überfluss hatte Josefs Weib belegte Brote auf einem Tisch in der Ecke bereitgestellt. Bisher waren sie unangetastet, und vermutlich würden sie es auch bleiben. Der Anblick des Todes verscheuchte jeden Anflug von Hunger.

Bastian sah dem Arzt genau über die Schulter. Er hatte sein Notizbuch gezückt und zeichnete das Nahtmuster der zugenähten Lider nach. Womöglich war dies noch von Nutzen. In seinem Notizbuch notierte Bastian stets die Details zu seinen Fällen. Schon oft war es hilfreich gewesen, eine ordentliche Bestandsaufnahme durchzuführen. Spuren, die am Anfang vielleicht völlig unbedeutend erschienen, konnten zu einem späteren Zeitpunkt von immenser Bedeutung sein. Dann leisteten seine Notizen hervorragende Dienste.

»Sie wurde erdrosselt«, erklärte Josef jetzt und löste währenddessen den Zwirn, der die Augenlider der

Toten verschlossen hielt. »Ich wette, sie ist mit demselben Zwirn stranguliert worden, mit dem der Mörder ihr die Augen zugenäht hat.« Der Arzt schaffte es, den Faden in einem Stück zu entfernen. Er hielt ihn über die Striemen, die sich am Hals gebildet hatten und inzwischen schwarz unterlaufen waren. Die Würgemale waren unterschiedlich verfärbt. Die tiefer liegenden Blutergüsse entsprachen in Breite und Musterung dem mehrfach gedrehten Zwirn, der extrem widerstandsfähig war und die Reißfestigkeit einer Schnur erreichen dürfte. Die darüberliegenden Verfärbungen stellten sich großflächiger dar. Offenbar hatte der Täter nicht nur den Zwirn, sondern auch seine Hände zum Würgen benutzt.

»Ich denke, es ist derselbe Zwirn«, murmelte Josef vor sich hin und kroch noch näher an den Leichnam heran. »Gebt mir einmal die Pinzette, Bastian. Ich habe etwas entdeckt.«

Bastian durchsuchte eine Schale voller medizinischer Instrumente nach einer Pinzette und reichte sie Josef. Dieser sah gar nicht auf, stattdessen griff er blind nach dem Instrument und zupfte etwas vom Hals des Opfers.

»Hier haben wir es«, triumphierte Josef. Er hielt die Pinzette hoch, sodass Bastian die Schnur erkennen konnte, die darin hing.

»Tatsächlich«, sagte Bastian staunend. »Er hat die Alte also mit dem Zwirn umgebracht.« Er trat so dicht an das Beweisstück heran, dass es beinahe seine Nase berührte. »Die Schnur muss aber besonders gut gearbeitet sein. Ich hätte eher vermutet, dass sie reißt, sobald man zu viel Kraft anwendet.«

Josef schwenkte den Zwirn nachdenklich hin und her. »Ihr habt recht, Bastian. Es ist nicht so einfach, jemanden mit einer so dünnen Schnur zu erwürgen. Ich kann am Hals aber auch Fingerabdrücke erkennen. Vermutlich hat er abwechselnd mit den Händen und dem Zwirn gewürgt. Trotzdem müssen wir nach Zwirn von außerordentlich fester Qualität suchen.«

Bastian nickte. »Das ist immerhin ein Anhaltspunkt.«

»Ansonsten ist die Frau schon verhältnismäßig alt. Ich schätze sie auf weit über vierzig Jahre. Außerdem war ihr Gesundheitszustand nicht sonderlich gut. Fast alle Zähne sind verfault und übel riechend. Gewaschen hat sie sich auch nicht allzu oft. Ihre Haut ist verdreckt und mit Ekzemen übersät. Ich kann mir nicht vorstellen, dass sie aus Zons stammt. Dann wäre sie sicher einmal zu mir gekommen. Trotzdem kommt sie mir irgendwie bekannt vor.« Josef löste während der letzten Worte auch den Zwirn aus dem anderen Auge und öffnete die Lider. Bastian erstarrte bei dem grauenvollen Anblick. Die Augäpfel waren über und über mit geronnenem Blut bedeckt. Es war ein teuflischer Anblick, und Bastian bekreuzigte sich unwillkürlich. Aus dem Augenwinkel nahm er wahr, wie Wernhart sich noch ein Stückchen weiter in seine Ecke verzog. Einzig Josef Hesemann schien die düstere Aura des Teufels nicht zu spüren. Er untersuchte die Leiche mit einer beneidenswerten Ruhe. Was er als Nächstes tat, ließ Bastian das Blut in den Adern gefrieren. Er tauchte ein Leinentuch in einen Wassereimer und begann, die Augen zu säubern. Das Blut der Toten schien zu neuem Leben zu erwachen. In dünnen, hellroten Bächen floss es über die

Schläfen und tropfte auf das Kopfsteinpflaster des Innenhofs. Bastian starrte wie hypnotisiert auf die Pfütze, die sich unter dem Tisch bildete. Tropf, tropf, tropf.

»Blau.«

»Was?«, schreckte Bastian hoch.

»Ihre Augen sind blau.« Der Arzt warf das Tuch in einen Korb und rieb sich nachdenklich das Kinn. »Wenn ich diese Frau bei Tageslicht betrachte, könnte schwören, dass ich sie schon einmal gesehen habe.« Er strich die Haare des Opfers glatt, als würde eine ordentliche Frisur seinem Gedächtnis auf die Sprünge helfen.

»Ich weiß es.« Wernhart war plötzlich aufgesprungen und kam näher. »Es ist die Kräuterfrau Esmeralda. Sie hat ihre Waren immer auf dem Markt feilgeboten.«

Josef schlug sich mit der flachen Hand gegen die Stirn. »Richtig. Das ist sie. Ich wusste doch, ich kenne die Frau irgendwoher.«

»Was könnte Esmeralda also getan haben, dass man ihr die Augen zunäht und sie anschließend erdrosselt?«, fragte Bastian grübelnd. Auch er erinnerte sich jetzt an die schmuddelig wirkende Kräuterfrau, die an jedem Markttag in Zons anzutreffen war. Sie war eine arme, alte Frau gewesen, die mit den kläglichen Einnahmen aus ihren Kräuterzubereitungen gerade so über die Runden kam. Warum war sie Opfer dieses grausamen Verbrechens geworden? Hatte Satan selbst sich an der Frau ausgelassen? Oder gab es ganz irdische Gründe für ihren Tod?

»Habt Ihr schon einmal etwas bei der Alten erworben?«

»In Gottes Namen, nein!«, rief Josef. »Keine zehn Pferde könnten mich dazu bringen, Kräuter zu kaufen, deren genaue Zusammensetzung ich nicht kenne.«

Bastian sah zu Wernhart, dessen Gesicht eine verdächtig rote Färbung angenommen hatte. »Hast du etwa bei der Alten gekauft?«

Wernhart stotterte: »Nur ein paarmal. Ich hatte es im Rücken.« Seine Gesichtsfarbe änderte sich zu einem noch kräftigeren Rot. Bastian kniff die Augen zusammen und musterte seinen Freund. »Es war nicht nur wegen des Rückens«, gab Wernhart zu und schnaufte. »Esmeraldas Sachen waren gut. Mir haben sie geholfen. Auch wenn ich nicht genau weiß, was eigentlich in den Salben drin war.« Er warf Josef einen schnippischen Seitenblick zu.

»Soso. Ihr habt also Salben erstanden?« Josef grinste und Wernhart senkte den Blick. Bastian schaute irritiert von einem zum anderen. Offensichtlich entging ihm gerade der Sinn dieser Konversation. Als sich Josefs Grinsen verbreiterte, erkannte Bastian plötzlich den Grund für Wernharts Unbehagen.

»Jetzt sag nicht, dass es etwas mit deiner Manneskraft zu tun hat«, feixte Bastian.

Wernhart funkelte ihn wütend an. »Du hast gut reden mit deinem schwangeren Weib«, fauchte er.

Wernhart hatte vor wenigen Monaten geheiratet, und bisher hatte Bastian geglaubt, dass die Ehe problemlos funktionierte.

»Dein Weib ist eine Schönheit. Ihr Anblick sollte Verlangen in dir auslösen.« Bastian versuchte, seiner Stimme einen ernsten Klang zu geben. Er wollte seinen Freund nicht bloßstellen oder gering schätzen.

Wernhart seufzte. »Sie ist schön, sogar sehr schön. Daran liegt es nicht.«

Jetzt schaltete sich Josef ein. »Ihr solltet Euch nicht so stark unter Druck setzen. Schöne Frauen sind anspruchsvoll, nicht wahr?« Wernhart zuckte mit den Achseln und blieb stumm. Josef fuhr fort: »Warum seid Ihr nicht zu mir gekommen, Ihr Narr? Lasst mich raten: Sie will ein Kind und ist immer noch nicht guter Hoffnung. Sie hat geglaubt, eine Nacht würde ausreichen, um neues Leben zu zeugen.«

Wernhart hob erstaunt den Kopf und nickte. »Ja, und ich bekam nach und nach Zweifel. Nicht sofort, aber als nach mehreren Wochen nichts passiert war, fing ich an, mich zu sorgen. Ich dachte, ein paar kräftige Kräuter würden das Problem aus der Welt schaffen, doch bislang blieb alles ohne Erfolg.«

»Warum habt Ihr mich nicht gefragt?« Josef Hesemann klang gekränkt.

»Ich ..., ich weiß es nicht«, stotterte Wernhart erneut. »Es war mir unangenehm.«

»Und zu dieser schmuddeligen Alten hattet Ihr Vertrauen?«

Wernhart schwieg betreten.

»Ich war viel länger mit Marie verheiratet, bis wir unsere Tochter bekamen«, warf Bastian ein. »Das wird schon werden.«

»Bleibt nachher noch ein Weilchen hier. Ich gebe Euch einen Trank aus Brennnesselsamen mit, der wird bestimmt helfen. Und diese Salbe werft Ihr am besten sofort weg.« Wernhart hob skeptisch die Augenbrauen. Josef lächelte. »Ich war lange genug im Kloster und habe den Kräutergarten gepflegt. Ich kann es mit jeder Kräuterfrau aufnehmen. Glaubt mir.«

Wie zur Bestätigung seiner Manneskraft hüpfte plötzlich Josefs jüngste Tochter die Stufen von der Tür in den Hof hinunter. Josef brachte die Kleine so schnell hinaus, dass sie die tote Frau auf der Liege nicht bemerkte. Das Mädchen sauste in Windeseile ins Haus zurück und ließ sich nicht mehr blicken.

»He, du solltest dein Weib zu ein wenig mehr Geduld anhalten.« Bastian boxte Wernhart in die Seite. Dieser beschloss, lieber das Thema zu wechseln.

»Josef, könnt Ihr uns etwas von dem Zwirn mitgeben? Es gibt so viele Weber und Schneider in Zons, vielleicht handelt einer von ihnen mit diesem Zwirn und kann uns die Käufer benennen.«

Josef schnitt ein Stück ab und wusch es in dem Wassereimer aus.

»Das Blut hat leider stark gefärbt. Aber an der einen oder anderen Stelle kann man erkennen, dass es eine helle Schnur gewesen ist.« Josef gab Wernhart den Zwirn, doch bevor dieser zugreifen konnte, schnappte Bastian sich das Beweisstück.

»Das ist kein einfacher Zwirn. Er ist aus mehreren Garnen zusammengedreht.« Bastian drehte die Schnur zwischen den Fingern und betrachtete sie konzentriert. Er überlegte, wo er am besten mit der Befragung beginnen sollte. Es gab viele Handwerker in Zons und jeden einzeln aufzusuchen, würde eine Menge Zeit in Anspruch nehmen. Bastian kam eine andere Idee. »Lasst uns mit dem Bruderältesten der St.-Antonius-Bruderschaft sprechen. Jeder Weber oder Schneider ist dort Mitglied. Meister Lodewich kennt sie alle, und er weiß bestimmt, wer von ihnen mit hochwertigem Zwirn arbeitet.«

»Das ist eine gute Idee«, stimmte Wernhart ein und nahm Bastian den Zwirn aus der Hand, um ihn ebenfalls genauer in Augenschein zu nehmen.

Josef Hesemann bedeckte den Leichnam mit einem Leinentuch und wusch sich die Hände.

»Habt Ihr etwas dagegen, wenn wir zunächst den Marktstand des Opfers durchsuchen? Ich würde mir gerne ansehen, was Esmeralda für Kräutermixturen zusammengebraut hat.« Josef sah Bastian erwartungsvoll an.

»Warum nicht. Wir hätten uns dort sowieso umgesehen. Dann lasst uns losgehen.«

* * *

Esmeraldas wackliger Marktstand stand einsam in einer Häusernische der Schloßstraße. Der Markt war lange vorbei und alle Händler hatten ihre Stände abgebaut. Nur die alte Kräuterfrau hatte keine Gelegenheit mehr gehabt, ihre Sachen zusammenzupacken und fortzuschaffen. Es war ein einfaches Holzgestell mit einem löchrigen Leinentuch zum notdürftigen Schutz vor Regen oder Sonne. Unter dem Tisch befanden sich verschiedene Schubladen, die alle prall gefüllt mit Tinkturen und Salben waren. Josef Hesemann kramte einige Dosen hervor, öffnete sie und roch an dem Inhalt.

»Ich kann mir nicht vorstellen, dass diese Mixturen besonders gut geholfen haben. Es scheint mir alles ziemlich abgestanden zu sein.«

Bastian durchsuchte den oberen Teil des Marktstandes. Er war auf der Suche nach irgendeinem Hinweis, der zum Mörder der Kräuterfrau führen konnte. Für wen könnte Esmeralda ihren Stand verlassen haben? Ob der Täter ein Bekannter oder gar ein Kunde gewesen war? Bastian grübelte. An den Markttagen wimmelte es in den Straßen nur so von Menschen und es war gefährlich, einen Stand voller Waren unbeaufsichtigt zu lassen. Langfinger gab es überall, auch in Zons. Zwar waren die Diebstähle seit Bastians Amtsantritt stark zurückgegangen, doch das Gesindel ließ sich immer wieder neue Kniffe einfallen. Die meisten Diebe kamen von weit her und arbeiteten sich von Stadt zu Stadt vor. Sobald man ihrer habhaft werden wollte, waren sie längst weitergezogen. Immerhin hatte Esmeralda die Waren abgedeckt. Trotzdem fand Bastian Esmeraldas Verhalten merkwürdig. Wie könnte es ein Bekannter oder Kunde geschafft haben, die Kräuterfrau von ihrem Stand wegzulocken? Esmeralda war auf jede Münze angewiesen. Es musste also schon etwas Entscheidendes passiert sein. Vielleicht war die Alte zu einem Notfall gerufen worden oder jemand hatte ihr möglicherweise viel Geld geboten.

Bastian tastete unter dem löchrigen Dach die dünnen Streben ab. Die Alte hatte daran Kräuter und Zweige festgebunden. Dazwischen fanden sich verschiedenen Tinkturen, die an Fäden in der Luft hingen und Käufer schon von Weitem anziehen sollten. Der Stand war zwar einfach, aber durchdacht aufgebaut. Bastian warf einen Seitenblick auf Wernhart, der bisher kein einziges Wort gesagt hatte. Seine Miene war ausdruckslos. Wahrscheinlich war ihm die ganze Sache mit der Salbe immer noch unangenehm.

Seine Augen verfolgten den Arzt, der interessiert die Schubladen durchstöberte. Bastian musste grinsen. Vermutlich hoffte Wernhart insgeheim, Josef würde die Salbe, die die Alte ihm für seine Männlichkeit untergejubelt hatte, nicht finden. Mit großer Sicherheit wollte er nichts vom Zonser Arzt darüber hören, was diese angebliche Medizin so alles enthielt. Bastians Blick verharrte auf einem der Fäden. Es waren kräftige, grobe Strippen, die gewiss nichts mit dem Zwirn am Leichnam zu tun hatten. Seine Augen glitten über die Ablagen und blieben an einem Knäuel hängen. Neugierig zog er es hervor und musterte es.

»Wernhart, kannst du mir bitte einmal den Zwirn vom Leichnam geben? Ich glaube, ich habe hier etwas gefunden.«

Wernharts Miene erwachte zum Leben. Zügig kramte er den Zwirn aus seinem Wams und hielt diesen neben das lose Ende, das Bastian aus dem Knäuel zog. Bastian kniff die Augen zusammen und verglich die beiden Schnüre.

»Nein, dieser Zwirn ist nicht vergleichbar mit dem von der Leiche.« Bastian reichte das Garn an Josef weiter, der an seine Seite getreten war. Josef begutachtete den Zwirn und kam zum selben Schluss.

»Die Alte hätte sich das teure Garn auch gar nicht leisten können«, erklärte Josef und drückte Bastian das Knäuel wieder in die Hand.

Dieser kratzte sich nachdenklich am Kinn. »Richtig, wir suchen also nach jemanden, der gut betucht ist oder leichten Zugriff auf den Zwirn hat. Vielleicht ist der Täter mit der Herstellung oder dem Transport des

Garns befasst. Wenn wir das herausfinden, können wir den Kreis der Verdächtigen einengen.«

Wernhart nickte. »Aber zuerst sollten wir das Haus der Alten durchsuchen. Ich weiß, wo sie wohnt.«

Bastian zog erstaunt die Augenbrauen in die Höhe. »Woher weißt du das?«

»Ich hatte an den Markttagen nicht immer Zeit, und daher bin ich zu ihr nach Hause gegangen, um dort die Medizin zu erstehen«, erklärte Wernhart.

»Da musst du aber ein ziemlich guter Kunde gewesen sein. Ich weiß nicht, wo sie wohnt«, mischte sich Josef ein und grinste. In der linken Hand hielt er ein kleines Holzgefäß, in dem sich eine milchig weiße Salbe befand. »Hat die Alte dir das hier verkauft?«

Wernharts Gesichtsfarbe wechselte schlagartig ins Dunkelrote. Er nickte zögerlich.

»Nun, dann musst du dir zumindest keine Sorgen machen. Sie enthält nur harmlose Kräuter und besteht hauptsächlich aus Hühnerfett.« Josef steckte seine Nase in das Gefäß. »Riecht ziemlich übel.«

Bastian nahm Josef die Salbe aus der Hand und schnupperte vorsichtig daran. Ein dumpfes Aroma stieg ihm in die Nase. »Puh, es wundert mich nicht, dass du damit in Schwierigkeiten mit deinem Weib geraten bist. Du solltest dich wirklich lieber an Josef wenden. Schlimmer als dieses Zeug hier kann seine Brennnessel-samentinktur nicht sein.«

Wernhart riss Bastian das Töpfchen aus der Hand und schleuderte es wütend auf den Boden. »Wenn du noch ein Wort zu diesem Thema verlierst, dann schwöre ich dir bei Gott, ich rede kein Wort mehr mit dir.«

»Schon gut, schon gut«, Bastian hob beschwichtigend die Hände. »Ich sage nichts mehr dazu. Versprochen.« Er steckte den Zwirn in sein Wams. »Du führst uns jetzt am besten zum Haus der Alten. Vielleicht finden wir dort ja noch weitere Hinweise.«

Wernhart war froh über den Themenwechsel. Sie sattelten die Pferde und ritten über die Schloßstraße hinaus aus der Stadt in den Wald, der nördlich von Zons lag. Es dauerte nicht lange, und sie hielten vor einer unscheinbaren brüchigen Hütte, die am Ende nicht mehr als ein Bretterverschlag war. Die winzige Behausung lag gut versteckt hinter mannshohem Gestrüpp. Aus der Ferne war sie kaum sichtbar. Wer die Lage der Hütte nicht genau kannte, konnte leicht daran vorbeilaufen. Sie stiegen von ihren Pferden und banden sie an einem Baum fest. Bastian lief voran, dicht gefolgt von Wernhart und Josef. Als er das Haus erreichte, hörte er drinnen ein Geräusch. Abrupt blieb er stehen und spitzte die Ohren. Der Wind säuselte durch die kahlen Äste der Bäume. Hier und da knackten Zweige, ein Vogel zwitscherte, und direkt hinter ihnen schrie plötzlich irgendein Tier auf, dessen Stimme gleich wieder verstummte. Eine Gänsehaut überlief Bastian. Im Wald herrschte eine unheimliche Atmosphäre. Die mit Moos bewachsenen Wände der Hütte taten ihr Übriges zum fauligen, feuchten Geruch des Waldes.

Bastian schlich über morsche Bretter, die den Weg zum Eingang bildeten. Er ging ganz außen. Dort war das Holz nicht so stark angegriffen und er schaffte es lautlos bis zur Tür. Wernhart folgte ihm. Josef blieb auf ein Zeichen hin stehen und verharrte an einer großen Eiche. Bastian drückte vorsichtig die Tür auf. Doch das Knarren des alten Holzes hätte einen Toten zum Leben erwecken können. Bastian fluchte leise und trat ein, dicht gefolgt von Wernhart. Das Innere der Hütte war ein einziges Durcheinander. Überall hingen Kräuter von den Deckenbalken. Gefäße lagen verstreut auf den Dielen. Der Inhalt hatte sich über den Boden ergossen und verströmte eine eigenartige Mischung aus lieblichen Duftnoten und düsterem Aroma. Bastian brauchte nur einen Moment, um die Situation zu erfassen.

»Da ist jemand im Haus. Josef, lauft zur Rückseite«, brüllte er und stürmte durch den ersten Raum zu einer Tür, die offenbar in einen weiteren Raum führte. Er drückte den hölzernen Riegel hoch und stieß die Tür so heftig auf, dass das Holz gegen die Wand flog und am Rand zersplitterte. Ein Unbekannter von schmächtiger Statur stand vor ihm, die Augen zu schmalen Schlitzen verzogen. Mehr von dem Gesicht konnte Bastian nicht erkennen. Es war hinter einem Schal verborgen, der quer über Mund und Nase lag. Der Unbekannte hob den Arm zum Angriff. In seiner Hand blitzte eine scharfe Klinge auf. Bastian stürzte sich auf den Eindringling, bekam ihn jedoch nicht zu fassen und ging stattdessen zu Boden. Er hatte sich verschätzt. Sein Gegner war geschickter, als der erste Eindruck es vermuten ließ. Blitzschnell schlug er einen Haken und rannte hinaus durch die Tür. Ein Schrei ließ Bastian das Blut in den Adern gefrieren. Er sprang auf und lief hinterher. Wernhart lag blutend auf dem Boden. Ein Messer steckte tief in seiner Seite. Der Anblick war so grauenvoll, dass Bastian auf der Stelle stehen blieb. Um nichts in der Welt hätte er den Eindringling weiter verfolgen können. Wernhart hatte es schlimm getroffen. Von draußen vernahm Bastian Kampfgeräusche. Er zog das Messer aus der Wunde, griff ein Leinentuch von einem Bottich und presste es Wernhart auf die Seite. Das Blut musste in seinem Leib bleiben. Bastian wusste genau, wie das Sterben durch Stichwunden vonstatten- ging. Der Lebenssaft strömte hinaus und mit ihm die Existenz. Er drückte mit aller Kraft zu und hoffte, dass Josef den Eindringling erwischt hatte. Wernhart lag zu seinen Füßen und stöhnte.

»Ruhig, mein Freund«, flüsterte Bastian heiser.

Wernhart war kreidebleich. Seine Augen blickten ruhelos umher.

»Bastian, sag meinem Weib …«

»Nein, hör auf damit!«, unterbrach Bastian ihn unwirsch. »Du sprichst jetzt kein Wort mehr. Du brauchst deine Kraft. Wernhart, du wirst das schaffen. Sieh mich an.« Bastian beugte sich dicht zu seinem Freund herunter. Wernharts Augen hörten auf zu wandern und blieben ins Leere gerichtet stehen.

»Ich sehe dich nicht«, flüsterte Wernhart schwach. »Bastian, mein Freund. Ich kann dich nicht mehr sehen.«

V

GEGENWART

Michelle starrte den Mann an, der sich als ihr
Arzt ausgab. Irgendetwas an ihm beunruhigte sie. Vielleicht war es aber auch
einfach nur die Tatsache, dass sie ihn schon wieder
nicht erkannte. Dabei hatte sie sich fest eingeprägt,
welche Kleidung er trug und eigentlich auch wie sein
Parfum roch. Doch der Mann, der neben ihrem Bett
stand und den Monitor mit den vielen Schläuchen
überprüfte, kam ihr überhaupt nicht bekannt vor. Er
trug ein blaues T-Shirt, heute Morgen war es ein weißes
Hemd gewesen. Michelle überlegte. Die letzte Visite war
über sechs Stunden her. Da konnte er durchaus das
Oberteil gewechselt haben. Der Arztberuf brachte mit
Sicherheit etliche Situationen mit sich, die das Wechseln der Kleidung notwendig machten. Automatisch
griff sie sich an den Kopf und tastete den dicken
Verband ab. Dabei bemerkte sie, wie der Arzt neben ihr
einen der durchsichtigen Plastikschläuche aus der

Verankerung zog. Das Gerät fing an zu piepsen. Der Mann drückte eine Taste und der Ton verstummte so schnell, wie er gekommen war. Seine Bewegungen wirkten ruhig und routiniert. Es sah aus, als wüsste er genau, was er tat. Die Tür flog auf und eine Schwester, die Michelle an ihrer Körperfülle und der dicken, schwarzen Hornbrille wiedererkannte, stürmte ins Zimmer. Sie warf Michelle einen prüfenden Blick zu und verlangsamte ihre Schritte, als sie den Doktor ansprach.

»Spinnt das Gerät wieder?«, fragte sie mit einer so tiefen Stimme, dass Michelle an ihrem Geschlecht zweifelte. Der Arzt mit der Cordhose drehte sich langsam zu ihr um.

»Alles in Ordnung«, erklärte er und verließ ohne Eile das Krankenzimmer.

Die Krankenschwester trat an das Gerät und studierte die Werte auf dem Monitor.

»Die Dinger spinnen einfach viel zu häufig. Hoffentlich kauft die Klinik endlich mal neue Maschinen. Diese dauernden Fehlalarme gehen mir wirklich mittlerweile auf den Geist.«

»Sind die Überwachungsmonitore denn schon so alt?«, fragte Michelle skeptisch und versuchte sich nicht auszumalen, wie oft sie im Notfall versagten. Ein falscher Alarm zu viel war ihr persönlich lieber als ein notwendiger Alarm zu wenig.

»Eigentlich haben wir dieses Modell erst seit zwei Jahren. Aber es ist von irgendeinem chinesischen Hersteller und nicht besonders zuverlässig.« Die Krankenschwester schüttelte den dicken Kopf, dessen Haarpracht so üppig war, dass sie die Luft durch das Zimmer wirbelte. Der Duft eines Rosenshampoos erfüllte Michelles Nase. Es war ein zarter Geruch, der irgendwie nicht zur korpulenten Erscheinung der Krankenschwester passen wollte. Sie drückte ein paar Tasten und nickte zufrieden. »So, jetzt passt alles. Morgen können wir Sie von diesem Ding trennen. Sie brauchen es nicht mehr.« Ihre Augen hafteten dabei auf der dicken Kanüle, die in Michelles Ellenbeuge steckte. Michelle folgte ihrem Blick und spürte prompt das unnatürliche Stechen der dicken Nadel, die unablässig Flüssigkeit in ihre Adern pumpte.

»Das wäre schön, wenn ich die Nadel endlich loswerden könnte«, antwortete sie und seufzte bei der Vorstellung, den Arm wieder schmerzfrei anwinkeln zu können. Der Gedanke an den spitzen Edelstahl in ihrer Vene verursachte Michelle eine Gänsehaut. Er erinnerte sie unerbittlich an den Grund, warum sie überhaupt im Krankenhaus gelandet war. Jemand hatte auf sie geschossen und sie um ein Haar getötet. Die Polizei hatte bis zu dem Gespräch mit ihr von der Entführung nicht die geringste Ahnung gehabt. Michelle konnte von Glück sagen, dass sie noch am Leben war. Sie musste unbedingt den Autofahrer finden, der sie gerettet hatte. Wäre er nicht sofort aus seinem Wagen gesprungen, läge sie jetzt wahrscheinlich unter der Erde. Sie verdankte diesem Mann ihr Leben. Plötzlich fragte sie sich, was aus den beiden anderen Frauen in dem Verlies geworden war. Kriminalkommissar Oliver Bergmann hatte sie mit keinem Wort erwähnt. Unruhe erfasste Michelle. Sie richtete sich ein wenig auf und die Krankenschwester warf ihr einen letzten prüfenden Blick zu.

»Alles in Ordnung?«, fragte sie und hielt kurz inne. Michelle nickte.

»Ich komme in zwei Stunden wieder nach Ihnen gucken«, flötete sie munter und riss schwungvoll an der Türklinke. Die Tür flog auf und schlug geräuschvoll wieder zu. Ein Schwall des Rosenshampoos wehte zu Michelle herüber, und mit einem Mal erinnerte sie sich an das Parfum des Arztes. Heute Morgen hatte es definitiv anders gerochen als gerade eben. Passte es denn zum Arztberuf, nicht nur die Klamotten, sondern auch das Parfum mitten am Tage zu wechseln? Und war es überhaupt typisch für einen Mann, mehrere Düfte zu besitzen? Weder Michelles Freund noch ihr Vater nannte mehr als ein Parfum sein Eigen. Unruhig drehte Michelle den Kopf und starrte auf das Gerät neben ihrem Bett. Der Plastikschlauch steckte erneut in der Verankerung. Warum hatte der Arzt den Schlauch eigentlich abgezogen, fragte sie sich mit bangem Herzen. Und wer hatte ihn wieder aufgesteckt, er oder die Schwester? Unbehagen machte sich in Michelles Magengrube breit. Sie musste etwas unternehmen. Sie brauchte dringend Hilfe, jemanden, der ihre Sehfähigkeit wiederherstellte.

* * *

Das Herz raste in seiner Brust. So schnell, dass ihm ganz flau war. Seine Knie waren noch immer butterweich. Es war geradezu ein Wunder, dass er es zurück zum Wagen geschafft hatte. Als die Autotür zuschlug, ließ er sich in den Sitz sinken und schloss die Augen. Der Moment, als die korpulente Krankenschwester in das Zimmer gestürmt kam, spulte sich wieder und wieder in seinen Gedanken ab. Jedes Mal versetzte die Panik ihm einen Stromschlag, der ihn erzittern ließ. Er wusste selbst nicht genau, warum er nicht aufgeflogen war. Die Krankenschwester hätte ihn sofort entlarven können. Entweder hatte sie ihn verwechselt, oder es war heutzutage tatsächlich normal, dass sich Schwestern und Ärzte untereinander nicht mehr kannten. Er hatte im Fernsehen gehört, dass das Pflegepersonal den Ärzten im Krankenhaus meist nicht mehr direkt unterstellt war. Außerdem war das Verhältnis zwischen den beiden Berufsgruppen nicht immer das beste. Da konnte es schon sein, dass der eine nichts vom anderen wusste.

Verdammt, er schlug mit der flachen Hand aufs Lenkrad. Er hatte sich nur die geplanten Visiten angeschaut und einen Zeitpunkt ausgesucht, an dem keine Untersuchungen vorgesehen waren. An die Schwestern hatte er überhaupt nicht gedacht. Klar, zu den Essenszeiten liefen sie in den Fluren herum und trugen Tabletts aus. Morgens waren sie ebenfalls beschäftigt, aber am frühen Nachmittag, so hatte er es sich zumindest ausgemalt, saßen sie in ihrem Schwesternzimmer und tranken Kaffee. Niemals hätte er vermutet, dass sie sofort auf ein Alarmsignal reagieren würden. Schon gar nicht, wenn es im Bruchteil einer Sekunde wieder erlosch. Er hatte sich getäuscht. Es war doch nicht so einfach, an die Schlampe heranzukommen. Wenigstens hatte das Miststück ihn nicht erkannt. Er hatte sich die Haare kürzer geschnitten und schwarz gefärbt. Als er das Zimmer betrat, war er zunächst an der Tür stehen geblieben und hatte auf ihre Reaktion gewartet. Sie lag in ihrem Bett mit einem dicken Verband um den Kopf und starrte ihn sekundenlang an. Es hatte ihn einige Beherrschung gekostet, ruhig zu bleiben und sich als ihr Arzt vorzustellen. Den Namen hatte er vorher auf der Homepage des Krankenhauses herausgesucht. Er war allerdings keinesfalls überzeugt gewesen von seiner Verkleidung. Die Frisur hatte zwar einen beträchtlichen Anteil am äußerlichen Erscheinungsbild, aber alles andere konnte er auf die Schnelle nicht verändern. Auf einen Bart hatte er letzten Endes verzichtet. Er fand, dass die künstlichen Haare zu auffällig gewesen wären und er dadurch nur unnötige Blicke auf sich gezogen hätte.

Jedenfalls hatte er Mut gefasst, als die Frau ihn nicht sofort wiedererkannte. Schon kurz nach Betreten des Zimmers fiel ihm auf, dass sie intravenös versorgt wurde. Die dicke Kanüle in ihrem Arm war nicht zu übersehen. Plötzlich hatte er ein Hochgefühl verspürt, denn alles schien sich in Wohlgefallen aufzulösen. Diese Kanüle würde sein Vorhaben um ein Vielfaches erleichtern. Hätte er der Frau selbst eine Spritze verabreichen müssen, wäre alles viel schwieriger gewesen. Er hätte sie irgendwie ruhigstellen müssen. Doch so hatte er die Gelegenheit das Mittel einfach über einen der Schläuche direkt in ihre Adern zu pumpen. Die Sache hätte innerhalb weniger Minuten erledigt sein können. Allerdings bereitete ihm das Gerät einiges Kopfzerbrechen. Er wollte den Plastikschlauch nicht anstechen und riskieren, dass sie misstrauisch werden würde. Deshalb löste er einen der Schläuche. Trotz extremer Nervosität schaffte er es, den Alarm sofort wieder auszustellen. Doch gerade als er das Gift injizieren wollte, stürmte diese verdammte Schwester herein. Blitzschnell ließ er die Ampulle in seiner Hosentasche verschwinden und steckte den Schlauch wieder auf. Der Schock saß so tief, dass er das Zimmer nach einer lapidaren Abschiedsfloskel umgehend und unverrichteter Dinge verließ.

Wütend schlug er erneut auf das Lenkrad ein. Sein Plan war so perfekt gewesen, und diese dumme Kuh hatte ihn vereitelt. Seine Hand umfasste die Ampulle in der Hosentasche. Wenigstens hatte er das Gift noch. Seine Gabunviper war schon alt und in letzter Zeit kränklich. Er wusste nicht, wie viel Lebenszeit ihr noch beschieden war. Ein einziger Biss dieser Schlange genügte, um einen Menschen zu töten. Ihr Gift ließ das Blut sofort gerinnen und führte unmittelbar zum Tod. Jedenfalls, wenn kein Gegenmittel zur Hand war. Er hatte die Schlange vor Jahren gekauft. Er liebte den fleischigen glatten Körper, der behäbig über den Boden glitt. Die Gabunviper stammte ursprünglich aus Westafrika. Sie gehörte zu den schwersten Giftschlangen der Welt. Das hatte einen entscheidenden Vorteil. Das Tier war faul und schwerfällig und somit sehr leicht zu handhaben. Es gab nur wenige tödliche Vorfälle unter den Haltern dieser Schlange. Er zog die Hand aus der Hosentasche und atmete tief durch. Langsam ging es ihm besser. Die Gedanken in seinem Kopf folgten wieder einer gewissen Struktur. Er würde sich einen neuen Plan ausdenken müssen. Noch war es nicht zu spät, und solange diese Frau im Krankenhaus lag, war es relativ einfach, an sie heranzukommen. Das nächste Mal wäre er optimal vorbereitet. Er würde sein Ziel erreichen und diese Mitwisserin ausschalten. Schade nur, dass er sich vermutlich nicht mehr an ihr erfreuen konnte, bevor sie starb. Er überlegte und korrigierte sich. Vielleicht bot sich ja doch noch die Gelegenheit, ihrer habhaft zu werden. Er wollte sie schreien hören und die Angst in ihren Augen genießen. Sie sollte hungern und dursten, bis sie sich den Tod herbeisehnte. Er würde ihn so lange wie möglich hinauszögern. Diese Vorstellung gefiel ihm. Sie erregte ihn.

»Ja«, sprach er zu sich selbst. Er würde sich etwas einfallen lassen.

* * *

Oliver starrte auf seinen Computer und rätselte. Er hatte die gesamte Nacht unruhig geschlafen und war heute Morgen ungewöhnlich früh im Büro erschienen. Immer wieder sah er die Aufzeichnungen durch, doch irgendwie wollte sich die Teile des Bildes nicht zu einem Ganzen zusammenfügen. Michelle Henrich war stark traumatisiert und ihre Aussage wenig glaubhaft. Olivers Instinkt vertraute der Frau, aber sein Chef Hans Steuermark zweifelte daran, dass sie tatsächlich mit den anderen beiden Opfern in dem Luftschutzbunker gefangen gewesen war. Sie behauptete, den Täter und auch die Frauen gesehen zu haben, konnte diese jedoch nicht im Ansatz beschreiben. Laut ihren Angaben hatte der Täter Kerzen angezündet, sodass es in dem Schutzraum heller war. Trotzdem war Michelle Henrich noch nicht einmal in der Lage, die Haarfarbe des Mannes zu benennen. Sie konnte sich weder auf hell oder dunkel noch auf Glatze oder volles Haar festlegen. Die Ärzte hatten Oliver gesagt, dass derartige Gedächtnislücken nach einer Kopfverletzung völlig normal seien. Doch an dieser Aussage störte Oliver sich ebenfalls, denn die Frau konnte sich ansonsten lückenlos an den Tathergang erinnern. Ingrid Scholten konnte auch nicht bestätigen, dass sich tatsächlich ein drittes Opfer an dem Tatort befunden hatte. Sämtliche Beweismaterialien waren durch den Brand so stark beschädigt, dass keine DNA-Spuren herausgefiltert werden konnten. Das war sehr schade, denn dann hätten sie einen handfesten Beweis für Michelle Henrichs Aufenthalt in dem alten Bunker gehabt. So kamen auch andere Möglichkeiten in Betracht. Sie könnte den Vorgang einfach nur beobachtet haben oder sogar die Komplizin des Täters sein. Der letztere Punkt war die große Sorge von Hans Steuermark. Er befürchtete, dass die Frau gar nicht zu den Opfern zählte. Und es gab einen weiteren Aspekt, der noch nicht vollständig geklärt war. Michelle Henrich hatte weder Brandverletzungen noch eine Rauchvergiftung erlitten. Sie hustete nicht einmal. Es war schwer vorstellbar, dass sie sich bei Ausbruch des Brandes in dem Raum befunden haben sollte. Nur geübte Feuerwehrleute wussten, wie man sich am Boden unter dem giftigen Qualm hindurchbewegte und in Sicherheit brachte. Vielleicht hatte Michelle Henrich bei ihren Schilderungen des Brandes auch nur übertrieben. Es konnte durchaus sein, dass sie schon draußen gewesen war, als das Feuer ausbrach, und ihre Erinnerung durch die Traumatisierung verfälscht wurde. Oliver klickte das Bild Michelle Henrichs weg und schloss entnervt die Augen. Er rieb sich die Schläfen und vertrieb für einen Moment alle Gedanken aus seinem Kopf. Er fühlte sich wie ein Gefangener in einem Spinnennetz, der den Überblick über die vielen Fäden verloren hatte.

»He, wir sollten los.«

Klaus' Stimme brachte Oliver dazu, die Augen wieder zu öffnen. Er hatte eigentlich wenig Lust auf den Besuch bei der Stadtverwaltung. Der Termin diente im Grunde genommen nur dem Protokoll. Sie mussten jeder Spur nachgehen. Aber Oliver empfand das im Augenblick als vertane Zeit. Er konnte sich nicht vorstellen, dass die Stadt Zons einen kompletten Überblick über die Zugangsberechtigung zu den alten Luftschutzbunkern hatte.

»Jetzt komm schon. Sonst sind wir zu spät.«

»Wäre das schlimm?«, stöhnte Oliver und erhob sich lustlos. »Es ist ohnehin reine Zeitverschwendung. Ich würde viel lieber noch einmal mit Michelle Henrich sprechen. Vielleicht geht es ihr heute schon besser«.

Klaus blieb im Türrahmen stehen und musterte Oliver. Dann kam er zurück und packte Oliver an den Schultern. »Das können wir später noch. Steuermark macht uns die Hölle heiß, wenn wir die Liste nicht sauber abarbeiten.«

Oliver nickte gequält und ließ sich von Klaus zur Tür hinausschieben. Klaus hatte natürlich recht. Er durfte sich nicht nur auf seinen Instinkt verlassen. Sein Bauchgefühl war schon häufig sehr hilfreich gewesen, funktionierte aber nur in Kombination mit gründlicher Polizeiarbeit. Ansonsten konnte man leicht aufs Glatteis geraten und in eine völlig falsche Richtung schlittern. Sie standen schließlich noch ganz am Anfang der Ermittlungen und Oliver musste ein wenig mehr Geduld aufbringen. Das wusste er, doch diese

Eigenschaft gehörte nicht unbedingt zu seinen Stärken.

Sie nahmen die Autobahn. Ihr Gesprächspartner in der Stadtverwaltung war ein kleiner, untersetzter Mann mit schmaler Nickelbrille, der sie freundlich empfing.

»Ich habe von dem schrecklichen Feuer erfahren und kann es immer noch nicht fassen. Der Bunker ist seit Jahren nicht mehr begehbar. Er ist von einer dicken Grasdecke überzogen und niemand kümmert sich darum. Die einzigen Personen, die regelmäßig mit dem Objekt zu tun haben, sind die Gärtner, die das Gras mähen.« Der Mann schob Oliver eine Visitenkarte über den Tisch, auf der sich die Kontaktdaten des Landschaftsgärtners befanden.

»Hätte den Gärtnern nicht auffallen müssen, dass sich jemand Zugang zu dem Bunker verschafft hat? Der Rasen muss an dieser Stelle beschädigt worden sein. Aber wir können das jetzt wegen des Brandes nicht mehr genau feststellen«, erklärte Oliver und steckte die Karte in die Tasche.

»Das Frühjahr hat gerade erst begonnen. Wir haben im vergangenen Jahr wegen des knappen Budgets die Arbeiten stark reduziert.« Der Beamte griff in einen der vielen Ablagekörbe auf seinem Schreibtisch und holte ein paar Papiere heraus. »Das sind die letzten Abrechnungen. Demnach war die Firma zuletzt im September vor Ort und der nächste Einsatz ist erst Ende April beziehungsweise Anfang Mai geplant. Das hängt von der Wetterlage ab.«

»Das heißt also, es gab niemanden, der etwas hätte mitbekommen können«, schlussfolgerte Klaus.

»Das ist richtig«, entgegnete der Mann und schob

die Zettel wieder in den Korb zurück. »Die Eingangsluke zum Bunker befindet sich gut geschützt im Stadtgraben, sodass weder die Besucher der Kapelle, noch Mitarbeiter des benachbarten Restaurants oder dessen Gäste etwas bemerkt haben. Dadurch, dass der Bunker komplett zugewachsen ist, sind keine Wartungsarbeiten nötig. Auch zukünftig ist keine Nutzung vorgesehen, deswegen hat die Erhaltung des Gebäudes keine Relevanz. Der Zustand im Inneren ist uns deshalb völlig unbekannt. Mehr kann ich Ihnen leider dazu nicht sagen.«

»Was ist mit dem zweiten Luftschutzbunker am Anfang der Schloßstraße?«, erkundigte sich Klaus. »Ist der noch begehbar?«

Der Beamte griff abermals in einen Korb und zog einen Zettel heraus. »Der ist offiziell ebenfalls nicht zugänglich, aber an der Seite zur Schloßstraße gibt es eine Tür.« Er blätterte durch die Unterlagen und befeuchtete dabei die Fingerspitzen mit der Zunge. »Nummer achtundfünfzig«, murmelte er vor sich hin und stand auf, um zu einem grauen Metallschrank hinüberzugehen. Er öffnete die Türen und holte einen Schlüssel hervor.

»Hiermit kann die Tür geöffnet werden. Sie können gerne einen Blick hineinwerfen.« Er lächelte und hielt den Schlüssel verheißungsvoll in die Luft.

»Ist der Bunker baugleich mit dem anderen?«, fragte Oliver und griff nach dem Schlüssel, den er zu den Kontaktdaten des Landschaftsgärtners in die Tasche schob.

»Ja, bis auf den Eingangsbereich sind beide Objekte gleich. Der Bunker hinter der Kapelle am Rheinturm ist nur durch eine Bodenklappe begehbar und der andere hat eine Stahltür. Beide wurden im Zweiten Weltkrieg errichtet. Sie sind relativ groß, weil möglichst viele Leute dort Schutz finden sollten.« Der Beamte nahm die Brille ab und rieb sich den Nasenrücken. »Bringen Sie mir den Schlüssel bitte zügig wieder. Er ist der einzige, über den die Verwaltung verfügt«, sagte er nach einer Weile, als Oliver und Klaus keine weiteren Fragen stellten.

Der letzte Satz machte Oliver neugierig. »Heißt das, es gibt noch andere Schlüssel?«

»Wir wissen es nicht genau. Aber der Schlüssel der Stadtverwaltung ist mit Sicherheit nicht der einzige. Schon damals in den Kriegswirren sind Schlüssel verloren gegangen und Duplikate angefertigt worden. Auch unser Exemplar ist kein Original. Wer vielleicht noch Zugang zu den beiden Bunkern besitzt, kann ich nicht sagen.« Der Beamte legte die Stirn in Falten und überflog den Zettel, den er immer noch in der Hand hielt.

»Die Wartungsarbeiten im Innenraum wurden vor Jahren eingestellt. Auf dem Dach des zweiten Bunkers ist ein Bouleplatz angelegt worden. Es gab in den vergangenen Jahren keine Meldung über Beschädigungen oder unberechtigte Zutrittsversuche.«

Oliver machte sich ein paar Notizen und bedankte sich bei dem Beamten. Das Gespräch war letztendlich doch interessanter gewesen als zunächst angenommen. Wenn die Bunker baugleich waren, konnte ein Blick in den zweiten jedenfalls nicht schaden. So würde er sich einen besseren Eindruck von dem ursprünglichen Zustand machen können und vielleicht neue Hinweise entdecken, die durch den Brand in dem Bunker hinter der Kapelle am Rheinturm zerstört worden waren.

Klaus und Oliver verließen zügig das Verwaltungsgebäude und stiegen in ihren Dienstwagen.

»Hast du eigentlich schon etwas Neues von Ingrid Scholten gehört? Wie sieht es mit der Identifizierung der Leichen aus?«, wollte Oliver wissen, als er in die Schloßstraße einbog und unmittelbar vor dem Eingang zum Luftschutzbunker parkte.

»Nein, Scholten ist noch nicht so weit. Das wird noch dauern. Sie hat bisher lediglich bestätigt, dass die beiden Frauen durch den Brand umgekommen sind«, entgegnete Klaus und schwang sich aus dem Wagen. Sie befanden sich kurz vor der beeindruckenden mittelalterlichen Stadtmauer an der Westseite der Stadt. Auf der gegenüberliegenden Seite lagen der Schweinebrunnen und eine Gaststätte. Sie konnten auch noch Reste des ehemaligen Feldtors erkennen. Die Doppeltoranlage hatte bis zu ihrem Abriss vor ungefähr einhundertfünfzig Jahren den Zugang zur Stadt geschützt. Früher führte hier ein Wassergraben entlang, dessen Verlauf man heute nur noch erahnen konnte. Immer wenn Oliver nach Zons kam, musste er an Emily denken. Seine Freundin war Journalistin und arbeitete für die Rheinische Post. Mit ihren Reportagen über mittelalterliche Morde in Zons hatte sie in der Region einen hohen Bekanntheitsgrad erreicht. Ohne dieses entzückende kleine Städtchen hätte Oliver Emily nie kennengelernt. Sein erster Fall als Kriminalkommissar hatte ihn in diese Stadt und somit direkt zu der Frau seines Herzens geführt. Ein Lächeln machte sich auf seinem Gesicht breit. Er ließ den Blick über die alten Steine schweifen, die so viele Geheimnisse bargen, und schlug die Wagentür zu. Klaus steckte gerade den Schlüssel in die Stahltür des Bunkers. Er schien in das Schloss zu passen, aber offenbar konnte Klaus den Schlüssel nicht drehen. Er ruckelte an der Tür, doch nichts passierte.

»Das Schloss ist vollkommen verrostet«, fluchte er und zog den Schlüssel wieder heraus. »Probiere du es mal.«

Oliver steckte vorsichtig den Schlüssel in das Schloss und drehte. Nichts. Die Mechanik reagierte überhaupt nicht. Er drückte den Schlüssel tiefer hinein, doch das brachte genauso wenig. Dann warf er sich mit der Schulter gegen die Tür, in der Hoffnung, die Blockade zu lösen. Aber sie bewegte sich kein Stück. Oliver probierte es erneut mit mehr Feingefühl. Er zog den Schlüssel heraus und schob ihn nur einige Millimeter in die Öffnung. Dabei versuchte er, ihn zu drehen und gleichzeitig weiter hineinzuschieben. Stück für Stück arbeitete er sich voran und plötzlich klackte es blechern.

»Wie hast du das angestellt?«, fragte Klaus gespielt empört und verzog die Lippen.

Die Tür sprang nur einen Spaltbreit auf. Ein bekannter Geruch ließ in Olivers Kopf alle Alarmglocken schrillen. Modrig, süßlich, ekelhaft. Ein mulmiges Gefühl beschlich ihn. Seine Hand glitt zur Waffe. Langsam zog er sie aus dem Halfter. Angespannt öffnete er die Tür und streckte die Waffe vor den Körper. Dann bewegte er sich katzengleich zuerst nach links, wo er stehen blieb und wartete, bis sich seine Augen an die Dunkelheit gewöhnt hatten. Klaus gab ihm von hinten Deckung. Der Strahl von Klaus' Taschenlampe warf einen unheimlichen Lichtkegel in das dunkle Bunkerloch. Kalter Beton, staubige, verschmierte Wände und überall Ungeziefer, das sich in den Ritzen und Vertiefungen des maroden Betons verkapselt hatte. Schemenhaft leuchteten die Wände auf, um gleich wieder von der Dunkelheit verschluckt zu werden, sobald der Lichtstrahl auf eine andere Stelle fiel. Oliver entspannte sich ein wenig und gab Klaus ein Handzeichen, ihm weiter zu folgen. Die Waffe hielt er immer noch schussbereit in beiden Händen. Unter seinen Schuhen knirschte es. Sand, Steine und undefinierbarer Dreck hatten im Laufe der Zeit eine dicke Schicht auf dem eigentlichen Betonboden gebildet. Seine Augen prüften den Untergrund. Er schien unberührt zu sein. Der Lichtkegel bewegte sich tiefer in das Innere hinein und blieb an einem Gegenstand hängen. Der Verwesungsgeruch verstärkte sich. Obwohl Oliver übel wurde, zog der Geruch ihn unaufhaltsam an. Mechanisch steuerte er auf den am Boden liegenden Fund. Der Lichtschein strich zitternd darüber. Zuerst sah er zerfressenen Stoff. Ausgefranste Löcher, ein Wirrwarr von Fäden und darunter etwas, das Olivers Herzschlag zum Aussetzen brachte. Er blieb stehen, schluckte und versuchte zu begreifen, was er dort sah. Der Lichtstrahl flackerte über die Entdeckung. Olivers Augen registrierten Knochen, verwestes Fleisch, braune Hautfetzen und eine Hand, die sich nach oben streckte. Er schluckte abermals und starrte auf das Grauen, das ihn mit seinen Klauen festhielt. Er umklammerte den Griff seiner Dienstwaffe und wartete regelrecht darauf, dass die Hand zum Leben erwachte und nach ihm schnappte. Klaus trat hinter ihn. Der Atem seines Partners ging stoßweise. Die warme Feuchtigkeit, die dabei Olivers Nacken streifte, ließ ihn glauben, in einem Horrorfilm gelandet zu sein. Erst jetzt fiel Oliver der verrostete Eisenring auf, an dem der Arm der Leiche festgekettet war. Sein trainiertes Gehirn schaltete von Entsetzen auf Sachlichkeit um. Der erste Schock war überstanden und er senkte langsam die Waffe, ohne den Blick von der Leiche zu nehmen.

»Die Frau liegt aber nicht erst seit gestern hier«, krächzte Klaus, der die Sprache schneller wiedergefunden hatte als Oliver.

»Die Frau?«, fragte Oliver heiser.

Erneut betrachtete Oliver den völlig zerfressenen Stoff und die Knochen, die teilweise vollkommen freigelegt waren. Der Lichtstrahl bewegte sich über den Leichnam und blieb auf den Füßen stehen. Ein Paar High Heels sprang Oliver ins Auge. Wenn diese Schuhe zu dem Leichnam gehörten, dann lag vor ihnen tatsächlich eine Frau. Er trat näher an die schon fast vollständig verweste Leiche. Sie lag auf der Seite, den Kopf nach vorne abgeknickt. Das Handgelenk des rechten Armes war über dem Kopf fest an dem Eisenring in der Wand fixiert. Die unnatürliche Streckung des Körpers ließ Oliver nur erahnen, welchen Schmerzen die Frau vor ihrem Tod ausgesetzt gewesen sein musste. Der Mund oder das, was davon noch übrig war, erstarrte in einem einzigen Schrei. Teile des Unterkiefers fehlten, die Augäpfel ebenfalls und leere Höhlen stierten Oliver an.

»Ja. Und wie lange sie hier wohl schon liegt?« Klaus hatte sich hingehockt und leuchtete die Details des toten Körpers ab.

»Ich tippe auf mehrere Wochen«, antwortete Oliver und ging auch in die Hocke. »Ich werde gleich mal

Ingrid Scholten anrufen. Sie muss sich das unbedingt ansehen.«

Er erhob sich und tastete die Hosentasche ab, in der sein Handy stecken musste. Klaus richtete seine Taschenlampe unterdessen auf den Schädel des Opfers. Etwas Metallisches blitzte auf, das sofort eine Assoziation in Oliver auslöste.

»Nicht bewegen«, bat er Klaus, der daraufhin den Strahl weiter auf die Stelle fixierte. Lange, verfilzte Haarsträhnen hingen wirr vom Kopf, der an vielen Stellen kahl war. Oliver mochte sich nicht vorstellen, wie es dazu gekommen war. Entweder hatte der Täter Haarbüschel herausgerissen, um sein Opfer zu quälen, oder Tiere hatten sich über den Leichnam hergemacht. Beides erschien ihm zu diesem Zeitpunkt gleichermaßen wahrscheinlich.

Doch unter einem dickeren Haarbüschel hatte er etwas Silbernes aufblitzen sehen. Oliver holte einen Kugelschreiber hervor und schob damit die Haare zur Seite. »Habe ich es mir doch gedacht«, brummte er und stieß den Stift gegen das Metall, das dadurch gänzlich zum Vorschein kam. »Ein Kreuz.« Er beugte sich weiter hinunter, obwohl der widerliche Verwesungsgeruch ihn fast umbrachte. »Ich glaube, es ist genau so ein Kreuz wie in dem anderen Bunker.«

»Puh, das ist ja nicht auszuhalten!«, zischte Klaus und erhob sich. Er war ebenfalls dichter herangerückt, um das Kreuz inspizieren zu können, aber der Gestank warf ihn schnell wieder zurück. Aus dem toten Körper entwichen immer noch Gase. Jede einzelne Faser des sich langsam zersetzenden Gewebes verströmte das grässliche Gemisch, das sich in den Poren seiner Nasenschleimhaut festsetzte. Es kribbelte und ätzte, doch Oliver schien recht zu haben. Das Kreuz stellte einen direkten Zusammenhang zu den beiden Leichen im ersten Bunker dar. Offenbar war der Täter – seit der Befragung von Michelle Henrich gingen sie jedenfalls von einem Einzeltäter aus – bereits seit geraumer Zeit zugange. Vielleicht war die Frau, die vor ihnen lag, sogar ein Opfer von mehreren in einer ganzen Reihe von Verbrechen. Vermutlich hatten sie es mit einem gefährlichen Serientäter zu tun, der es speziell auf Frauen abgesehen hatte.

»Lass uns den Bunker gründlich durchsuchen. Ich will sichergehen, dass hier nicht noch mehr Opfer verborgen sind«, sagte Oliver und erhob sich ebenfalls. Er wählte Ingrid Scholtens Nummer und Klaus sah sich mit der Taschenlampe in der Hand weiter in der übel riechenden Dunkelheit um.

* * *

»Maximilian also?« Ein breites Grinsen erhellte Emilys Gesicht. Sie rührte versonnen in ihrer Kaffeetasse, schöpfte ein wenig vom luftigen Milchschaum ab und ließ den Löffel wie in Zeitlupe über die Lippen gleiten, bevor sie den Schaum genüsslich ableckte. Ihr Blick lag dabei die ganze Zeit auf Anna und registrierte jede Veränderung in deren Miene.

Anna spürte die Hitze, die sich unwillkürlich auf ihren Wangen ausbreitete. Sie hatte bereits vorher gewusst, wie ihre beste Freundin auf die Neuigkeiten reagieren würde. Es gab keinen Grund, rot anzulaufen, schon gar nicht hier – mitten in ihrem Lieblingscafé auf der Schloßstraße in Zons. Aber in der Realität sah vieles oft doch völlig anders aus, dann konnte es vorkommen, dass ihre Gefühle sie einfach überrumpelten. Anna war normalerweise eine faktenbasierte Analytikerin, eine toughe Bankerin, die sich nur selten von Emotionen leiten ließ. Allerdings gab es in letzter Zeit immer mehr Vorfälle, bei denen sich diese bisher zutreffende Beschreibung dieser Eigenschaft überhaupt nicht bestätigte. In den vergangenen Wochen und Monaten war in der Tat ein Gefühlschaos in ihrem Inneren ausgebrochen. Die Karrierefrau war zu einem Teenager mit Schmetterlingen im Bauch geworden. Anna hatte keine Erklärung dafür. Nun gut, eigentlich schon. Sie wusste es im Grunde sehr genau. Aber früher hatte sie ihre Gefühle eben stets im Griff gehabt. Sie war die Beste in ihrem Job. Ihr Pokerface war undurchdringlich und nichts konnte ihre Fassade zum Einstürzen bringen. Jetzt reichte schon ein einziger schelmischer Blick ihrer Freundin. Eine simple Frage, und Anna verwandelte sich in eine Tomate.

»Ach komm, Anna. Erzähl mir mehr. Ich will jedes einzelne Detail wissen«, maulte Emily und schleckte abermals Milchschaum von ihrem Löffel.

»Er heißt Maximilian und ich habe eine Beule in sein Auto gefahren, das weißt du doch«, entgegnete Anna zögerlich. Sie wusste, dass Emily sich nicht mit dieser ausweichenden Antwort zufriedengeben würde. Eine kleine Falte in der Mitte ihrer Stirn zeigte ihr das. Also fuhr Anna fort: »Ich habe nicht nach hinten gesehen und bin rückwärts aus der Parklücke raus. Dann war es auch schon passiert. Es hat mächtig gescheppert. Wobei Maximilian weniger abbekommen hat als ich. Ich war ein bisschen konfus nach dem Aufprall.« Sie nahm einen großen Schluck Kaffee und überlegte, wie sie am besten fortfahren konnte. Sollte sie Emily erzählen, dass Maximilian ein Nachfahre des Zonser Stadtsoldaten Bastian Mühlenberg war? Emily würde sie für vollkommen verrückt halten. Vor allem, wenn sie ihr die Einzelheiten auftischte. Sie war ja nicht rein zufällig Bastians Nachfahren in die Arme gelaufen. Schon lange, bevor es passiert war, hatte sie Träume, in denen Bastian ihr diesen Mann gezeigt hatte, der ihm wie aus dem Gesicht geschnitten war und der sich eigentlich nur durch seine moderne Frisur von ihm unterschied. Doch das war noch lange nicht alles. Nicht nur sie hatte es vorher gewusst, sondern auch Maximilian. Jedes Mal fing ihr Herz wie verrückt an zu klopfen, sobald sie an das Porträt dachte, das Bastian von ihr hatte anfertigen lassen, um es von Generation zu Generation weiterzugeben. So lange bis letztendlich einer seiner Nachfahren auf sie treffen würde. Es war letztlich so gut wie ausgeschlossen, dass so etwas passieren konnte. Die Wahrscheinlichkeit – und damit kannte sie sich als Bankerin schließlich aus – ging gegen null. Ja, verdammt. Dass es Maximilan gab und er sie auch noch gefunden hatte und zudem von ihr wusste, war im Grunde genommen völlig unmöglich. Aber es entsprach den Tatsachen. Maximilian war ein Mann aus Fleisch und Blut und unverkennbar mit Bastian Mühlenberg verwandt.

Anna hatte mit Emily seit Ewigkeiten nicht mehr über Bastian gesprochen. Ihr waren diese Träume vor ihrer besten Freundin peinlich. Annas Verstand beharrte darauf, dass alles nur auf reiner Einbildung basierte. Aber ihr Herz wusste, dass es eine Verbindung zwischen ihr und Bastian Mühlenberg gab. Sie liebte diesen Mann, der vor über fünfhundert Jahren hier in Zons gelebt hatte. Mehr als einmal hatte er sie beschützt. Ohne ihn läge sie heute wahrscheinlich tief unter der Erde in einem morschen Holzsarg, der irgendwann über ihr zusammenbrechen würde. Bastian hatte sie vor einem der schlimmsten Frauenmörder gerettet, der jemals in Zons sein Unwesen getrieben hatte.

Er war ihr bisher beinahe in jeder Nacht im Traum erschienen. Nur in der letzten Zeit war die Verbindung schwächer geworden. Genauer gesagt, seit Maximilian aufgetaucht war. Anna seufzte. Sie hatte immer noch keinen blassen Schimmer, was sie Emily von der ganzen Sache erzählen sollte.

»Er sieht genauso aus wie Bastian Mühlenberg«, plapperte sie schließlich drauflos, und als sie Emilys interessierten und keineswegs abweisenden Blick sah, sprudelte es nur so aus ihr heraus. »Er ist tatsächlich ein Nachfahre von Bastian Mühlenberg und ...«, sie machte eine bedeutungsvolle Pause und vergewisserte sich noch einmal, dass Emily sie nicht für verrückt hielt. Doch ihr Blick war offen und neugierig. Wahrscheinlich hatte Anna gerade die Historikerin in Emily geweckt, denn sie hing regelrecht an ihren Lippen und sprach tonlos Bastians Namen nach. Anna beugte sich weiter vor und flüsterte: »... er besitzt ein Porträt von mir. Es ist ein uraltes Ölgemälde. Es stammt von Bastian.« Plötzlich hatte Anna ihre Gefühle gar nicht mehr im Griff. Eine Träne rollte ihr über die Wange, als sie sich noch einmal klarmachte, was ihr letzter Satz eigentlich bedeutete. Das Gemälde war der faktische Beweis für die Verbindung, die zwischen ihr und Bastian bestand. Woher sollte Bastian Mühlenberg, der im Mittelalter gelebt hatte, wissen, wie Anna heute aussah? Es lag fast ein halbes Jahrtausend zwischen ihnen und es gab nur eine Erklärung für das Ganze. Sie hatte sich nichts von all dem eingebildet.

»Wow«, hauchte Emily. »Ich weiß gar nicht, was ich dazu sagen soll. Wärst du keine Bankerin, würde ich dich glatt als Lügnerin abstempeln. Aber ich glaube dir.« Emily ließ gedankenverloren ihren Löffel in den Kaffee plumpsen. Der leckere Milchschaum war fürs Erste vergessen. »Kannst du mir das Bild einmal zeigen? Und natürlich auch Maximilian?«

»Er hat mich noch nicht angerufen«, antwortete Anna und senkte den Blick. Das war der Teil, der ihr Kopfschmerzen bereitete.

»Dann ruf du ihn doch an.«

»Ich habe seine Nummer nicht.«

»Was? Da läuft dir der Mann deiner Träume über den Weg, und du fragst nicht nach seiner Nummer?« Emily schnaubte.

»Er hat meine Visitenkarte«, erklärte Anna und zuckte mit den Achseln. »In dem ganzen Durcheinander habe ich vergessen, nach seiner Telefonnummer zu fragen. Ehrlich gesagt kenne ich nicht einmal seinen Nachnamen.« Anna rieb sich angestrengt die Schläfen. Es war genau zwei Wochen her, dass sie Maximilian begegnet war, und mit jedem Tag schwand ihre Hoffnung auf einen Anruf ein bisschen mehr.

Doch in diesem Augenblick fiel ihr siedend heiß ein, dass auf ihrer Visitenkarte nur ihre beruflichen Kontaktdaten standen. Daran hatte sie überhaupt nicht gedacht.

Anna hatte nach dem Autounfall Urlaub genommen. Maximilian konnte sie bisher gar nicht erreicht haben. Wie von einer Hornisse gestochen sprang sie auf und ergriff Emilys Arm.

»Wir müssen sofort in mein Büro.«

VI

VOR FÜNFHUNDERT JAHREN

Bastian wälzte sich unruhig im Schlaf. Alles, was er sah, war rot. Blutrot. Es war Wernharts Blut, das in Strömen floss. Bastian schwitzte, presste mit aller Kraft beide Hände auf die Wunde und hoffte, dass die Blutung aufhörte. Doch der Strom war so stark, dass er ihn mit sich riss. Ein Strudel aus unbezähmbaren Kräften, der sich in einen reißenden Fluss verwandelte, in dem auch der stärkste Mann keinerlei Chance besaß. Er drohte zu ertrinken. Keuchend und um sich schlagend griff er nach Ästen und Zweigen, die in das blutrote Wasser ragten, aber er war zu schwach, um sich herauszuziehen. In seinem Inneren breitete sich eisige Kälte aus. Er fröstelte, trotz der Anstrengung und des Schweißes, der wie Wasser seine Stirn herunterlief und ihm in den Augen brannte. Bastian kämpfte gegen die Fluten, die in seine Mundhöhle eindrangen und ihm die Luft nahmen. Er hustete und spuckte. Er spürte den ekelhaften Geschmack des Blutes auf der Zunge und schüttelte sich. Wernharts Blutung war nicht aufzuhalten. Sie riss alles Leben mit sich, einschließlich Bastians. Etwas zog ihn an den Füßen nach unten. Die Flüssigkeit drang bis tief in seine Lungen und hinderte ihn am Atmen. Bastian strampelte gegen den Sog an, der unbarmherzig an ihm zerrte. Gleich würde er ersticken. Das Blutrot verwandelte sich in hässliche Schwärze. Die Welt verschwamm vor seinen Augen, es wurde kälter und Bastian ließ los. Er schwamm nicht mehr, sondern ließ sich treiben.

Wofür sollte er noch kämpfen? Was für einen Sinn hatte sein Leben ohne seinen besten Freund? Der Tod griff mit eisigen, feuchten Fingern nach ihm und Bastian ließ es geschehen. Er fiel, immer tiefer, immer schneller, und kurz bevor das Ende nahte und der Strom ihn endgültig zu verschlucken drohte, sah er ihr Gesicht. Anna. Sein Herzschlag reagierte. Sein Herz machte einen Satz und beschleunigte sich ruckartig. Smaragdgrüne Augen blickten direkt in seine Seele, und plötzlich wusste Bastian wieder, wofür es sich lohnte, zu leben. Er schrie ihren Namen, spannte alle Muskeln an und ergriff den dicken Ast, den sie ihm hinhielt. Er hangelte sich hinauf und kämpfte, bis er festen Boden unter den Füßen spürte. Anna lächelte. Es war das verheißungsvolle Lächeln einer Frau, die er begehrte. Etwas regte sich in ihm. Bevor er sie berühren konnte, stolperte er und schlug hart auf dem Boden auf. Verwirrt öffnete er die Augen. Anna war weg. Stattdessen umfing ihn Dunkelheit.

»Alles in Ordnung?«

Die Stimme gehörte dem Zonser Arzt. Bastian schluckte. Langsam kehrte die Erinnerung zurück. Er vernahm unregelmäßiges Atmen. Es kam nicht von Josef

Hesemann. Unbändige Erleichterung durchströmte Bastian, als ihm klar wurde, dass es von Wernhart kam. Er war nicht tot. Noch nicht, rief eine mahnende Stimme in seinem Inneren. Wernhart war schwer verletzt. Doch Bastian hatte die Blutung stoppen können. Natürlich hatte sein Freund trotzdem eine Menge Blut verloren. Aber das Leben war in ihm geblieben. Bastian hatte es mit aller Macht zurückgepresst und mit beiden Händen fest in Wernharts Körper verschlossen. Wernhart war sein bester Freund. Er konnte ihn nicht verlieren.

»Ja, ich hatte nur einen Albtraum«, flüsterte Bastian tonlos und erhob sich. Er war auf einem Stuhl neben Wernharts Bett eingeschlafen und heruntergerutscht.

»Wie geht es ihm?«, fragte Bastian und zündete eine Kerze an.

Sein Freund lag kreidebleich im Bett. Die Haare klebten verschwitzt am Kopf und die Brust hob sich zitternd bei jedem Atemzug.

»Ich muss dafür sorgen, dass sich die Wunde nicht entzündet. Dann wird er durchkommen. Der Stich ging glücklicherweise nicht durch die Körpermitte. Die Klinge hat ihn nur an der Seite getroffen. Aber er hat viel Blut verloren und wird ein paar Tage brauchen, bis er wieder zu Kräften kommt.«

Bastian musterte Josef und suchte in dessen müdem Gesicht nach einer eindeutigen Antwort. Es gab keine. Bastian kannte diese Art von Verletzungen. Sobald sich das Fleisch entzündete und am Ende gar schwarz verfärbte, war es vorbei. Das musste er mit allen Mitteln verhindern.

»Soll ich den Verband wechseln?«, fragte er und schob seine Ärmel hoch.

»Lasst bloß Eure Finger von ihm. Fasst die Wunde bitte nicht an.« Josef hatte auf einer Liege gekauert und setzte sich auf. »Im Ernst, Bastian. Eure Finger können die Wunde vergiften. Ich habe meine eigene Methode«, erklärte er und deutete auf ein kleines Holzfässchen. »Diese Salbe ist eine reinigende Tinktur aus Knoblauch, Wein, Zwiebeln und Ochsengalle. Ein Freund aus dem englischen Königreich hat mir die Mixtur einst für entzündete Augen gegeben, doch ich habe bei Wunden allerlei Art gute Erfahrungen damit gemacht. Die meisten Patienten wurden geheilt, ohne dass lebensgefährliche Entzündungen auftraten.«

Bastian testete den Geruch des Fässchens und rümpfte die Nase. Er verstand nicht viel von Medizin, aber er vertraute dem Arzt. »Also wird Wernhart wieder gesund?«

»Ich kann es Euch nicht versprechen, doch ich werde mein Bestes tun«, erwiderte Josef und lächelte schwach. »Wir sollten schlafen. Es nützt Wernhart überhaupt nichts, wenn wir morgen vor Müdigkeit kaum auf den Beinen stehen können.«

Bastian blies die Kerze aus und machte es sich auf dem harten Schemel so gemütlich wie möglich. Heute Nacht würde er nicht von Wernharts Seite weichen. So viel war er seinem treuen Freund schuldig.

* * *

Meister Lodewich war ein komischer Kauz. Das stellte Bastian immer wieder fest, sobald er ihm über den Weg lief. Nach einer kurzen, unruhigen Nacht neben Wernharts Krankenbett war er mit dem ersten Sonnenstrahl aufgebrochen und hatte sich unmittelbar zum Haus des Brudermeisters der St.-Antonius-Bruderschaft begeben. Lodewich van Syberg stammte nicht aus Zons. Der Zöllner Wilhelm von Reys hatte ihn auf Geheiß des Erzbischofs vor vielen Jahren in die Stadt gelockt, um das Schneiderhandwerk in Zons anzusiedeln. Das war gelungen. Heute gab es so viele Schneider und auch Weber in Zons, dass man sie fast nicht mehr zählen konnte. Das Handwerk blühte und brachte allen Beteiligten reichlichen Handel mit den umliegenden Städten ein. Meister Lodewich hatte langes, dünnes Haar. Es war vollkommen weiß. Ein gezwirbelter Bart zierte seine Oberlippe und ein langer Kinnbart vollendete die merkwürdige Erscheinung des dürren, hochgewachsenen Mannes, der nach Bastians Empfinden die längste Nase von ganz Zons besaß. Im Profil war das Ausmaß seines Riechkolbens erst richtig beeindruckend. Der kräftig gebogene Zinken zog so viel Aufmerksamkeit auf sich, dass man Lodewichs Fliehkinn kaum bemerkte. Bastian lenkte seinen Blick auf die Kleider des Mannes. Sie waren kostbar und spiegelten seinen Wohlstand wider. Er lebte komfortabel in einem Haus an der Vorburg, das ihm zur Erbpacht übertragen worden war. In die Bruderschaft wurden nur Schneider oder Weber aufgenommen, die Haus und Hof besaßen. Die Schneider fertigten nicht nur Kleidungsstücke an, sondern betrieben auch reichlich Tuchhandel.

»Was führt Euch zu mir?«, fragte Lodewich freundlich und bot Bastian einen Platz in der großen Stube an.

Bastian legte den Zwirnsfaden, mit dem der Kräuterfrau die Augenlider zugenäht worden waren, auf den Tisch. »Kennt Ihr diesen Zwirn, und könnt Ihr mir vielleicht sagen, wer aus Eurer Bruderschaft damit Handel betreibt?«

Lodewich ergriff die Schnur und musterte sie. »Dieser Zwirn ist aus mehreren zusammengedrehten Garnen hergestellt und dadurch besonders fest. Die Farbe ist merkwürdig. Wo habt Ihr ihn her?«

»Eine Kräuterfrau, die regelmäßig auf unserem Markt ihre Waren feilgeboten hat, ist damit erdrosselt worden«, erklärte Bastian nüchtern.

Die Augen des Alten richteten sich durchdringend auf ihn. »Ich habe von der armen Esmeralda gehört. Ihr glaubt doch nicht etwa, unsere Bruderschaft hätte etwas damit zu tun? Wir sind allesamt rechtschaffene Bürger.«

»Nein, Meister Lodewich. Ich will zunächst einmal herausfinden, woher dieser Zwirn stammt. Wir haben leider nicht viele Hinweise auf den Mörder. Aber Ihr könntet uns möglicherweise weiterhelfen.«

Lodewich nickte. »Nun gut. Aber sobald Ihr Anhaltspunkte dafür findet, dass unsere Bruderschaft betroffen ist, müsst Ihr mir Bescheid geben.«

»Natürlich«, beteuerte Bastian. »Könnt Ihr mir nun sagen, woher dieser Zwirn stammen mag?«

Der Schneidermeister betrachtete den Zwirn erneut und kniff mehrfach die Augen zusammen. »Es gibt in Zons nur drei Schneider, die infrage kommen. Alle anderen erreichen diese Qualität nicht und nutzen viel einfacheren Zwirn. Da wäre einmal Peter Kirsch und dann fällt mir noch Wilhelm Schauff ein. Ja, und dann gibt es da noch ... «, er richtete seinen Blick fest auf Bastian und fuhr fort: »... meine Wenigkeit.«

»An wen vertreibt Ihr Eure Waren?«, wollte Bastian wissen und notierte sich die Namen der beiden anderen Schneider in seinem Notizbuch.

»Ich kann Euch einen Blick in mein Handelsbuch werfen lassen. Der Zwirn ist in Neuss sehr begehrt. Ich selbst verwende ihn ausschließlich in Kleidungsstücken für das Schloss Friedestrom. Der Erzbischof hat darauf bestanden, dass er als einziger Abnehmer eine solch hohe Qualität erhält.«

»Aber den reinen Zwirn liefert Ihr nicht ans Schloss?«, fragte Bastian und grübelte. Auf dem Schloss arbeiteten viele Menschen. Wenn er jeden verdächtigte, der Kleider des Schneidermeisters Lodewich auf dem Leib trug, hätte er eine Menge zu tun. Die Jagd auf den Mörder der Alten wäre dann fast aussichtslos. Außerdem müsste der Mörder in diesem Fall ein ziemlich langes Stück Zwirn aus seiner Kleidung getrennt haben. Das erschien ihm eher unwahrscheinlich.

»Nein, wie gesagt, es sind Kleidungsstücke. Mäntel, Hosen, Wämser – einfach alles, was der Mensch zum Einkleiden benötigt. Der reine Zwirn geht hauptsächlich nach Neuss. Ein paar Mal habe ich auch nach Köln geliefert. Aber Ihr könnt Euch gerne selbst ein Bild machen.« Der Schneidermeister holte ein großes Lederbuch und blätterte darin. »Da, seht selbst. Die letzte Lieferung ging an ein Kloster in Neuss. Die Mönche dort sind begnadete Schneider. Ich schwärme für ihre Arbeiten.« Lodewich lächelte selig in sich hinein. Bastian warf einen Blick in die Mitschriften des Schneiders. Sein Geschäft lief offensichtlich sehr gut. Es gab kaum einen Tag, an dem er keinen Auftrag hatte. Bastian notierte sich die Adressen, zu denen in den letzten drei Monaten Zwirn gebracht worden war. Esmeraldas Namen konnte er allerdings nicht unter den Kunden des Schneidermeisters finden. Es schien keinen unmittelbaren Zusammenhang zu geben. Dann fiel ihm der Überfall auf Wernhart ein. Er betrachtete Lodewich argwöhnisch. Das Gesicht des Übeltäters hatte er nicht sehen können. Auch das Haar war verdeckt gewesen. Aber die schmächtige oder vielmehr extrem schlanke Gestalt hatte sich tief in Bastians Gedächtnis eingebrannt. Seine Augen fuhren über Lodewichs Maße, und er versuchte, Ähnlichkeiten zu entdecken. Lodewich griff sich währenddessen in den Rücken und streckte sich. Als er Bastians Blick bemerkte, sagte er: »Das Alter macht vor niemandem Halt, mein junger Freund. Ich verbringe die meiste Zeit des Tages im Sitzen. Eine Haltung, die der Rücken auf Dauer nicht verzeiht.«

»Wie viele Gesellen arbeiten für Euch?« Bastian glaubte, Lodewich als Täter ausschließen zu können. Er war zwar ähnlich schlank wie Wernharts Angreifer, aber sein Alter und der steife Rücken sprachen ihn wohl frei. Dieser Mann war nicht mehr in der Lage, ein Schwert zu führen, aber seine Gesellen waren mit Sicherheit bedeutend jünger, und auch sie hatten Zugang zu dem Zwirn.

»Ich beschäftige drei junge Burschen. Alle sehr talentiert. Ihr könnt gerne mit in meine Werkstatt kommen und mit ihnen sprechen.«

»Das werde ich tun«, erwiderte Bastian. Dann fiel ihm noch eine weitere Frage ein. »Nehmt Ihr eigentlich ein Mittel gegen Euer Rückenleiden?«

Der Alte nickte. »Esmeralda hat mich mit einem guten Mittel versorgt. Jetzt muss ich wohl eine der anderen Kräuterfrauen aufsuchen oder wieder zu den Klosterbrüdern gehen, die nehmen allerdings einen sehr hohen Preis für ihre Heilmittel.«

Bastian bedankte sich bei Lodewich und lief um dessen Haus herum in den Hof. Dort befand sich die Werkstatt des Bruderältesten. Er wollte unbedingt einen Blick auf die Gesellen werfen, bevor er sein nächstes Ziel anstrebte. Vielleicht erkannte er Wernharts Angreifer sogar wieder. Die Wahrscheinlichkeit, dass es sich bei diesem auch um Esmeraldas Mörder handelte, hielt Bastian für außerordentlich hoch. Er lief über den Hof, der viel größer war, als er zunächst vermutet hatte. Verglichen mit seinem eigenen Hof oder dem von Josef Hesemann, gab es hier richtig viel Platz. Außerdem war der Hof fast komplett überdacht. Stoffballen in allen erdenklichen Farben und Mustern türmten sich mannshoch in allen Ecken. Ein junger Bursche war damit beschäftigt, einen der schweren Ballen von einem Stapel herunter zu wuchten. Seine Gestalt war schmächtig. Das Alter schätzte Bastian auf höchstens dreizehn.

»Kann ich dir helfen, Bursche?« Bastians tiefe Stimme überraschte den Knaben, der schreckerfüllt den Stoffballen fallen ließ. Er glotzte Bastian ängstlich an. Dann nickte er zögerlich.

»Wie ist dein Name?«, wollte Bastian wissen, während er dem schwächlichen Knaben half, den schweren Ballen auf einen Karren zu laden.

»Heinrich.« Die Stimme des Jungen war kaum mehr als ein Flüstern.

»Also, Heinrich. Wohin soll der Ballen?«, fragte Bastian und musterte den Jungen nachdenklich. Diesen Burschen konnte er wohl ebenfalls von seiner Liste streichen. Er war zu jung und zu unbeholfen. Wernharts Angreifer hingegen hatte sich mit großer Geschicklichkeit bewegt.

Der Junge deutete mit dem Finger auf eine breite Holztür, die in das Innere der Schneiderwerkstatt führte. Bastian setzte den Holzkarren mühelos in Bewegung und schob ihn rasch durch die Tür, die der Knabe offenhielt. In der Werkstatt fand Bastian die beiden Gesellen des Schneidermeisters vor. Sie waren wesentlich älter als Heinrich, der noch Lehrbursche war. Bastian kniff die Augen zusammen und taxierte die Burschen, die beide im Schneidersitz auf dicken Kissen saßen und nähten. Die Arbeit ging erstaunlich flink vonstatten. Bastian hatte noch nie einem Schneider bei seinem Tagwerk zugesehen. Zügig und exakt stachen die beiden Männer ihre Nadeln durch den Stoff. Der ältere war dabei, einen Mantel zu säumen. Seine Stiche waren schneller als Bastians Herzschlag. Beeindruckt sah Bastian zu, wie der Geselle seine Arbeit vollendete. Alle beide waren so vertieft in ihre Tätigkeit, den Kopf gesenkt und die Augen auf den Stoff fixiert, dass sie Bastians Anwesenheit gar nicht bemerkten. Als der Saum fertig genäht war, hob der Geselle den Kopf und blinzelte erstaunt.

»Bastian Mühlenberg?« Er ließ den Mantel fallen und sprang auf. »Was führt Euch zu uns? Ich bin Matthias und dort drüben sitzt Reinhold.« Sein Gesicht wurde von einem Lächeln erhellt, als er Bastian zum Gruß die Hand entgegenstreckte. Seine Erscheinung erinnerte Bastian unwillkürlich an Wernharts Angreifer. Er war hochgewachsen, schmal und extrem geschickt in seinen Bewegungen. Wenn er das Schwert nur halb so gut führte wie die Nadel, dann könnte dieser Bursche tatsächlich der Gesuchte sein. Er betrachtete den Gesellen und versuchte, irgendeine verräterische Reaktion in seinem Gesicht auszumachen. Doch da war nichts außer offenkundiger Bewunderung für seine Person.

»Ich habe gehört, wie Ihr den Mörder der Nonne Teresia dingfest gemacht habt.« Der Bursche strahlte und gab die ganze Geschichte zum Besten. Während er pausenlos redete, musterte Bastian den anderen Schneidergesellen, dessen Statur ebenfalls der von Wernharts Angreifer ähnelte. Waren eigentlich alle Schneider groß und dünn gewachsen? Er seufzte unwillkürlich und nickte seinem Gegenüber freundlich zu. Der Mann hörte einfach nicht mehr auf zu reden. Bastian machte einen Schritt rückwärts.

»... dann habt ihr Euch hinterhergeschlichen, seid auf Euer Pferd gestiegen und mitten in der Nacht durch das Zolltor hinaus aus der Stadt geritten. Nur Wernhart war noch bei Euch und Ihr seid ohne Licht, nur begleitet vom Mond über die Felder gejagt, einzig und allein Eurem untrüglichen Instinkt folgend und ...«

»Kennt Ihr die Kräuterfrau Esmeralda?«, unterbrach Bastian den Gesellen und hob die Hand. Der Mann verstummte augenblicklich.

»Nein, warum?«

»Ist das nicht die Kräuterfrau, die vor den Stadttoren ermordet worden ist?« Reinhold war es, der andere Geselle, der sich zu Wort meldete.

Bastian nickte, antwortete aber nicht. Seine Augen waren fest auf eine Naht gerichtet. Das Muster der Stiche kam ihm nur allzu vertraut vor.

»Wer hat das genäht?«, wollte er wissen und ging näher an die Strohpuppe heran. Die Naht, die Bastian ins Auge gefallen war, verlief quer über das Kleid, das sie trug.

»Das ist unsere Schneiderpuppe. Wir üben daran. Die grässliche Naht in der Mitte stammt von Heinrich«, entgegnete Matthias.

Heinrich senkte den Kopf und murmelte: »Es sollte ein einfacher Kreuzstich werden, aber er ist zu grob geraten.«

»Alles, was du anfasst, gerät zu grob!« In Reinholds Stimme schwang Belustigung mit. Er schlug sich grinsend auf die Schenkel und Heinrich zog den Kopf noch ein wenig weiter ein.

»Es ist das erste Stichmuster, das ein junger Lehrbursche üben muss. Erst wenn er diesen Stich beherrscht, kommen neue Techniken hinzu«, erklärte Matthias und warf Heinrich einen mitleidigen Blick zu. »Unser Heinrich muss noch ein bisschen üben.«

Bastian betrachtete den Jungen nachdenklich. Er hatte sich schon gedacht, dass diese Stichtechnik nicht allzu vieler Übung bedurfte. Eine so krumme Naht bekam wohl jeder hin, selbst wenn er die Nadel zum ersten Mal in der Hand hielt. Bastian fragte sich, ob er damit erfahrene Schneidergesellen und Meister von der Liste der Verdächtigen streichen konnte? Die Augen der Alten waren höchst ungleichmäßig zugenäht gewesen. Allerdings machte es ganz bestimmt einen Unterschied, ob man durch Stoff oder lebendiges Gewebe stach. Nein, vorerst durfte er niemanden ausschließen. Bastian hatte fürs Erste genug gehört und gesehen. Er musste sich weiter auf den Zwirn konzentrieren. Sein nächstes

Ziel waren die anderen beiden Schneidermeister in Zons, die den mehrfach gedrehten Zwirn verwendeten. Vorher wollte er aber noch einmal bei Wernhart vorbeischauen. Er machte sich große Sorgen um den Zustand seines besten Freundes.

Bis zur Grünwaldstraße war es nicht weit. Josef Hesemanns Haus lag gleich neben der St. Martinus Kirche. Bastian überquerte den Marktplatz und ging die Schloßstraße hinauf in Richtung Feldtor. Dann bog er nach rechts ab. Vor der Kirche schlug Bastian der Geruch von Weihrauch entgegen und löste ein wohliges Gefühl in ihm aus. Er beschloss, eine Kerze für seinen Freund anzuzünden und sich Pfarrer Johannes' Beistand einzuholen. Johannes würde Wernhart ganz sicher in seine Gebete einschließen und damit Gutes für seine schnelle Genesung tun. Bastian schob die schwere Holztür auf und trat ein. Sein Ziehvater, der ihn schon als kleinen Jungen Lesen und Schreiben gelehrt hatte, stand vor dem Altar und stellte Kerzen auf. Er bereitete offenbar die nächste Messe vor. Gedankenverloren summte Johannes vor sich hin und bemerkte Bastian erst, als dieser die Hand auf seine Schulter legte.

»Du meine Güte, Junge. Ihr habt mich erschreckt. Ich habe Euch gar nicht gehört.« Johannes lächelte Bastian gütig an und rieb sich die Ohren. »Ich werde alt. Mein Gehör ist nicht mehr das allerbeste.«

»Ich wollte eine Kerze für Wernhart anzünden und für seine Genesung beten«, erklärte Bastian. Gerade als er die Kerze an einer schon brennenden Flamme entzünden wollte, ertönte hinter ihm lautes Gekeife.

»Ihr verdammter Bastard!«, kreischte die Frauenstimme. Bastian fuhr erschrocken herum. Wernharts

Eheweib kam auf ihn zugestürmt und er wich verwirrt zurück. Adelheids Augen funkelten ihn an. Ihr hübsches Gesicht war verzerrt. Ihre Verzweiflung sprang Bastian nahezu an.

»Geht es Wernhart gut?«, fragte er heiser und hob abwehrend die Hände. Adelheid verunsicherte ihn. Die Frau kam ihm vor wie eine Furie. Aggressionen mochte Bastian nicht und er war von Marie auch nichts dergleichen gewohnt. Sein Weib hatte ein sanftes, kindliches Wesen, und genau das war es, was er an ihr liebte. Annas Bild glomm kurz vor seinem inneren Auge auf. Sie war ganz sicher nicht so sanft, dafür leidenschaftlich. Aber auch Anna hatte nichts mit Adelheid gemeinsam, deren Augen ihn wütend musterten. Blanke Mordlust loderte aus ihnen, und plötzlich ahnte Bastian, warum Wernharts Manneskraft litt. Nicht nur Verzweiflung glühte in Adelheids Blick, sondern auch etwas Boshaftes. Etwas, das keine Schwäche duldete. Eine Härte, die wenig mit Liebe und Verständnis zu tun hatte. Normalerweise verdeckte Adelheids hübsches Gesicht diesen Wesenszug, doch in diesem Augenblick war es so verzerrt, dass ihr wahres Inneres zum Vorschein kam.

»Ich war gerade bei ihm. Er ist schwer verletzt«, stieß Adelheid hasserfüllt hervor. »Es wäre Eure Aufgabe gewesen, ihn zu beschützen.«

Ein Stich ging durch Bastians Eingeweide. In diesem Punkt hatte sie recht. Er hätte auf seinen besten Freund aufpassen müssen, aber er hatte den Feind unterschätzt.

»Es tut mir leid«, kam es leise über seine Lippen. »Ich ...«

»Ach«, unterbrach Adelheid ihn unwirsch. »Hebt Euch das Gejammer für später auf. Ihr habt meinen

Ehemann auf dem Gewissen. Wir hatten einiges vor. Mein Vater hatte Wernhart für mich gewählt, damit ich ein standesgemäßes Leben an seiner Seite führen kann, und jetzt habt Ihr ihn zum Krüppel gemacht. Wer weiß, ob er je wieder in der Stadtwache dienen kann. Am Ende bin ich für den Rest meines Lebens an einen gebrechlichen Gatten gebunden.« Den letzten Satz zischte sie bösartig und stampfte dabei mit dem Fuß auf.

»Gemach, gemach«, erhob Pfarrer Johannes seine Stimme. »Ihr seid hier in Gottes Haus. Benehmt Euch gefälligst!« Seine Stimme donnerte durch die Kirche, als würde Gott selbst sprechen. Sie duldete keine Widerworte, und Adelheid zog erschrocken den Kopf ein. Blitzartig verwandelte sich ihr Gesicht zurück in die hübsche Maske, die Bastian bisher gekannt hatte. Sein Herz raste, und völlig verwirrt betrachtete er die Frau, die plötzlich engelsgleich vor ihm stand und ein schüchternes, entschuldigendes Lächeln aufsetzte.

»Ich bin wohl etwas außer mir«, säuselte sie und bekreuzigte sich. »Es ist nur so, dass es mich sehr schmerzt, wenn es meinem Gemahl so schlecht ergeht.«

»Es wird ihm bestimmt bald wieder gut gehen. Die Wunde hat sich bisher nicht entzündet und ich bin guter Dinge.« Josef Hesemann stand auf einmal bei ihnen. Bastian war nicht sicher, ob er Adelheids Auftritt miterlebt hatte. Trotz der hoffnungsvollen Worte des Arztes fühlte er sich hundeelend. Als Pfarrer Johannes ihm dann auch noch tröstend eine Hand auf die Schulter legte, hielt er es nicht länger aus. Er brauchte dringend frische Luft. Sein Magen rebellierte, und die Schuld, die er auf sich geladen hatte, trieb ihm mit aller Macht die Tränen in die Augen. Niemand sollte seine

Schwäche sehen. Er nuschelte eine knappe Entschuldigung und rannte nahezu aus der Kirche. Bastian schaute nicht zurück. Er wollte einfach nur noch weg, weg von seiner Schuld und der Angst um Wernhart, die auf seinen Schultern lastete wie ein ganzer Karren Mehlsäcke. Unaufhörlich kreisten seine Gedanken um das Bild seines am Boden liegenden, blutenden Freundes. Adelheids kreischende Stimme schnitt dazu in sein Hirn und trieb ihn immer schneller an. Als er die Stadtmauer erreicht hatte, blieb er keuchend stehen. Sein Atem ging heftig, und er lehnte sich verschwitzt gegen die alten Steine, deren Kühle ihn irgendwie beruhigte. Bastian sank gegen die Mauer und verharrte einige Momente in der Hocke. Als sein Atem sich normalisiert hatte, blickte er auf. Der Himmel war strahlend blau und kündigte den kommenden Frühling an. Die Luft duftete nach wieder aufkeimenden Leben. Es war nicht die richtige Zeit, um aufzugeben. Überall um ihn herum erwachten die Pflanzen aus ihrer Winterruhe. Das erste Grün bahnte sich seinen Weg durch die dünnen, ausgemergelten Äste, um eine neue Blütezeit zu schaffen. Das Leben war ein Kreislauf aus Tod und Wiedergeburt. Josef glaubte an Wernharts Genesung, und die Hoffnung in Bastians Brust wuchs mit jedem Atemzug, den er hier draußen in der frühlingshaften Umgebung an der Stadtmauer tat. Diese alte Mauer hatte so viel durchlitten und war doch niemals gefallen. Durchhalten, lautete seine Aufgabe, und mit wiederhergestellter Kraft erhob er sich und schob die scharfen Worte von Wernharts Weib beiseite, genauso wie seine Angst. Er war ein Kämpfer, und er würde nicht davon laufen, sondern den Schuldigen zur Strecke bringen.

Peter Kirsch. Der Name kam ihm in den Sinn, während seine Augen genau auf das Haus des Schneidermeisters fielen. Peter Kirsch und Wilhelm Schauff. Das waren die beiden Namen, die Schneidermeister Lodewich ihm genannt hatte. Was für ein Zufall, dass seine Schritte ihn ausgerechnet zu dem Haus von Peter Kirsch geführt hatten. Bastian versuchte, sich Peter Kirsch in Erinnerung zu rufen. Er hatte bisher nicht sonderlich viel mit diesem Mann zu tun gehabt. In der Kirche sah er ihn regelmäßig. Ihn und seinen Bruder Lukas, der ihm fast bis aufs Haar glich. Peter Kirsch war ein dünner, hochgewachsener Mann und passte damit ebenfalls auf die Liste von Bastians Verdächtigen. Obwohl Peter der jüngere der beiden Brüder war, hatte er die Schneiderwerkstatt ihres Vaters übernommen. Das Haus war klein und bescheiden. Bastian befand sich am hinteren Teil des Grundstücks, das nahezu vollständig von der Werkstatt eingenommen wurde. Er lenkte seine Schritte über das Gelände zur Vorderseite des Hauses, wo sich der Eingang befand. Im Augenwinkel bemerkte er eine Bewegung und hielt inne. Gerade als er weiterlaufen wollte, vernahm er abermals eine Regung, ein Klappern, das vom Nachbarhaus kam. Er drehte den Kopf und sah, dass die Tür offenstand. Mit jedem Windzug schlug sie zu, um kurz darauf wieder einen Spaltbreit aufzugehen. Merkwürdig, dachte Bastian. Er kannte die Frau, die dort wohnte. Sie war ordentlich. Warum hielt sie die Hintertür nicht verschlossen? Erneut knallte die Tür, und Bastian beschloss, nach dem Rechten zu sehen.

Behände sprang er über den niedrigen Gartenzaun aus morschem Holz, der dringend erneuerungsbe-

dürftig war. Ein wiederholter Windstoß ließ die Tür ein
weiteres Mal klappern. Bastian blieb neben dem Hintereingang stehen und lauschte. Drinnen herrschte abso-
lute Stille. Bastians Magen knurrte und erinnerte ihn
daran, dass es längst Mittagszeit war. Die Frau müsste
normalerweise beim Kochen sein. Die Feuerstelle
befand sich in den meisten Häusern in unmittelbarer
Nähe zum Hinterausgang. Eigentlich sollte Bastian
zumindest hören, wie sie mit den Töpfen hantierte, oder
wenigstens das Knistern des Feuers. Er hielt die Nase in
die Luft, konnte aber keine Essensdüfte wahrnehmen.
Auch aus dem Schornstein drang kein einziges Wölk-
chen. Stattdessen lag eine übel riechende Note in der
Luft, die ein merkwürdiges Kribbeln auf seiner Haut
auslöste. Es war nur ein schwacher Gestank, aber er
genügte, um Bastian in Alarmbereitschaft zu versetzten.
Er lugte durch den Türspalt und versuchte, im schumm-
rigen Inneren des Hauses irgendetwas zu erkennen.
Bastian schob langsam die Tür auf. Auf Zehenspitzen
folgte er seiner Nase, die ihn weiter ins Haus hinein-
führte. Ein Knall ließ ihn zusammenzucken. Sein Herz
raste. Er drehte sich um und stellte fest, dass es nur die
Hintertür gewesen war, an der der Wind rüttelte. Im
Haus schien niemand zu sein. Trotzdem wuchs Bastians
Unruhe mit jedem Schritt. Hier stimmte etwas nicht.
Vorsichtig tastete er sich voran, Augen und Ohren weit
aufgesperrt. Er wusste es, bevor er die nackten Füße an
der Treppe entdeckte. Es war der Gestank des Todes, der
ihn angelockt hatte. Bastian führte seinen Ärmel zur
Nase und presste ihn darauf. Die Luft war unerträglich.
Unzählige Fliegen erhoben sich summend, als er näher
kam und den Leichnam begutachtete.

Das Erste, was Bastian ins Auge sprang, war ein mittlerweile bekanntes Bild, das ihm die Kehle zuschnürte: Die Augen der Frau waren zugenäht. Ungläubig starrte er auf den Zwirn, der ein blutiges Muster auf die Lider der erstarrten Frau zeichnete. Getrocknete Rinnsale aus Blut verliefen von den Augen aus über die Wangen der Frau und sammelten sich auf dem Boden in einer schmierigen Lache, in der unzählige Maden krabbelten. Bastian würgte, verdrängte aber erfolgreich den Impuls, sich zu übergeben. Er drückte seinen Ärmel so fest an die Nase, dass es wehtat. Alles war besser als der widerliche Gestank, der das Haus erfüllte. Ein zweiter Blick auf die Leiche bestätigte, dass der Zwirn wie bei der toten Kräuterfrau aus mehreren Garnen gefertigt war. Eine breiige Masse bedeckte das Kinn der Toten. Bastian starrte darauf. Sein Magen rebellierte erneut, als er erkannte, dass es sich um Erbrochenes handelte. Die Übelkeit riss ihn mit einer übermächtigen Welle davon. Bastian rannte ins Freie. Kalter Schweiß lief ihm über die Stirn. Er beugte sich vornüber und würgte. Mit letzter Willenskraft schaffte er es, seinen Mageninhalt zurückzuhalten. Wie ein Ertrinkender sog Bastian japsend die frische Luft tief ein. Allmählich beruhigte sich sein Magen. Er lehnte sich gegen die Hauswand und versuchte zu begreifen, was er gerade gesehen hatte.

Das Bild der blinden, zugenähten Augen stand leuchtend vor ihm. Warum zum Teufel wurde den Frauen die Sehkraft genommen? Er zerrte sein Notizbuch aus der Tasche und blätterte. Esmeralda war genau auf dieselbe Art gequält worden. Zuerst wurden ihr die Lider zugenäht. Zu diesem Zeitpunkt war sie noch am Leben, deshalb fand sich überall Blut auf ihrem Gesicht. Erst danach war sie erdrosselt worden. Hier war der Mörder in exakt gleicher Weise vorgegangen. Der einzige Unterschied war das Feuer. Weshalb hatte er die Frau nicht auch angezündet? Wollte der Mörder, dass Bastian den Leichnam unversehrt fand? Andererseits konnte niemand wissen, dass Bastian ausgerechnet heute hier vorbeikam. Erst der Hinweis von Meister Lodewich hatte ihn indirekt an diesen Ort geführt. Ob der Alte doch etwas damit zu tun hatte? Vielleicht war er am Ende gar nicht so gebrechlich, wie er sich vorhin gegeben hatte. Bastian dachte angestrengt nach und auf seiner Stirn zeigten sich tiefe Falten.

Er beschloss, zurück ins Haus zu gehen und eine Skizze der toten Frau anzufertigen. Bastian war ihr Name entfallen. Er kannte sie irgendwoher. Als er die Treppe erreichte und der Gestank ihn wieder einhüllte wie eine ekelerregende klebrige Hülle, fiel sein Blick auf eine Glaskugel. Agnes, schoss es ihm durch den Kopf. Die Frau war eine Hellseherin. Als er den Leichnam erreichte, haftete sein Blick auf ihren Augen. *Hellseherin*! Hatte sie etwas gesehen, was niemand erfahren sollte? Das könnte eine Erklärung sein. Aber er sah noch keinen schlüssigen Zusammenhang zu Esmeralda. Außerdem hätte der Mörder ihr ebenso gut die Augen verbinden können. Das hätte denselben Zweck erfüllt. Nein, Bastian schüttelte nachdenklich den Kopf. Es musste eine andere Erklärung geben. Er machte sich eine Notiz. Vielleicht konnte Pfarrer Johannes ihm in diesem Punkt weiterhelfen. Sein Blick fiel auf die geöffneten Lippen der Toten. Etwas Goldenes blitzte dahinter, und Bastian stellte erstaunt fest, dass Agnes einen

Goldzahn im Mund hatte. Das war erstaunlich für eine alleinstehende Frau ihres Standes. Rasch machte er eine weitere Notiz. Der Gestank wurde unerträglich, und er klappte schnell das Buch zu. Er würde den Leichnam zu Josef Hesemann bringen. Draußen an der frischen Luft wäre die Untersuchung des toten Körpers sicherlich erträglicher. Bastian warf einen letzten Blick auf die Leiche und verließ wieder durch den Hintereingang das Haus. Die Tür sperrte er fest zu. Eilig lief er zur Grünwaldstraße. Obwohl es helllichter Tag war und er den Himmel, die Straßen und die Gebäude sah, verfolgte ihn ein durchdringendes Bild auf seinem Weg.

Die Augen der Toten ließen ihn einfach nicht los.

VII

Michelle stand so dicht vor dem Spiegel, dass sie fast mit der Nasenspitze dagegen stieß. Allmählich wurden ihre Füße müde. Seit knapp einer halben Stunde stand sie auf Zehenspitzen und reckte sich empor, um so nah wie möglich an die winzige Beleuchtung des Spiegels heranzukommen. Beleuchtung war im Grunde genommen völlig übertrieben für die schmutzige, gelbliche Lampe, die über dem Waschbecken ihres Krankenzimmers angebracht war. Aber Michelle brauchte Licht. Irgendetwas stimmte nicht mit ihr, und das lag an ihren Augen. Sie fühlte sich blind, obwohl sie die Umgebung klar und deutlich sehen konnte. Genau wie die hellblaue Iris ihrer Augen. Sie konnte sogar die kleinen, dunklen Farbtupfen darauf erkennen. Allerdings verschwamm ihr Gesicht zu einer fremden Maske, sobald sie versuchte, es als Ganzes zu erfassen. Michelles Pupillentest zeigte keinerlei Auffälligkeiten. Sie hatte etliche Zeit damit zugebracht, die Augen erst zu verdecken und dann dem

Licht auszusetzen. Die Pupillen zogen sich mustergültig zusammen und erweiterten sich, wenn Michelle sie der Dunkelheit ihrer Hände aussetzte. So sehr Michelle sich auch bemühte, sie konnte einfach keinen Grund für ihre merkwürdige Sehschwäche ausmachen. Wiederholt hatte sie ihren Arzt auf das Problem angesprochen. Aber der hörte ihr inzwischen gar nicht mehr zu und verabreichte ihr gebetsmühlenartig beruhigende Worthülsen. Alles wäre völlig normal. Sie könnte froh sein, dass sie überhaupt noch am Leben sei. Sie sollte dankbar sein, dass sie wieder vollkommen gesund werden würde. Sie hatte Dr. Meier so lange genervt, bis er sie zu einem Spezialisten geschickt hatte. Der Arzt in der Augenklinik hatte Michelle untersucht und zu ihrer großen Enttäuschung die Aussagen von Dr. Meier bestätigt. Anatomisch war alles in Ordnung und ihre Sehkraft im Übrigen so herausragend, dass sie in den nächsten Jahren ohne Brille auskommen würde. Nach einer Schussverletzung seien Amnesie und auch Verwirrtheit völlig normal, meinte der Arzt.

Von wegen Verwirrtheit. Michelle schnaubte wütend. Die behandelten sie tatsächlich wie eine Irre. Sie war nicht verwirrt, nicht im Geringsten. Es konnte doch nicht sein, dass sie das Gesicht ihrer eigenen Mutter nicht mehr erkannte. Auch ihr Freund Mark war ein Fremder für sie. Selbst ihr eigenes Spiegelbild kam ihr andersartig vor. Sie konnte Nase, Augen und Mund erfassen, aber letztendlich verschwammen die Einzelteile zu einer Masse, die sie nicht auseinanderhalten konnte. Es war wie verhext.

Mittlerweile hatte sie sich allerlei Eselsbrücken gebaut, um zumindest ein wenig Orientierung zu erlangen. Sobald ein Besucher ihr Krankenzimmer verließ, machte sie sich Notizen über die Kleidung, Haarfarbe und ungefähre Körpergröße. Auch Schmuck und Uhren schrieb sie sich auf. So war sie wenigstens in der Lage, ihren Freund, ihre Mutter, den behandelnden Arzt und Kommissar Oliver Bergmann auseinanderzuhalten. Mark hatte besonders empfindlich darauf reagiert, dass sie ihn nicht erkannte. Sie hatte es probiert. Wirklich. Doch wenn sie ganz ehrlich zu sich selbst war, dann musste sie sich einfach eingestehen, dass sie sich an sein Gesicht nicht erinnern konnte. Es war, als ob sie es noch nie zuvor gesehen hätte. Sie versuchte, sich die Proportionen von Augen, Mund und Nase einzuprägen. Mark hatte eine ziemlich große Nase, was ihr früher gar nicht aufgefallen war. Jedenfalls prägte sie sich jetzt seine Nasenform ein. Nein, sie brannte sich diese regelrecht ins Gedächtnis, aber es half nichts. Jedes Mal wenn er vor ihr stand, wusste sie zuerst nicht, wer er war. Es gab einen Pfleger, der ab und an Essen brachte, und Michelle hatte die beiden mehrfach verwechselt. Auch dieser Mann hatte eine große Nase. Letztendlich hatte sie sich Marks auffallende Armbanduhr, einen silbernen Chronografen eingeprägt. Wenn Mark das wüsste, er wäre unendlich traurig. Sie hatten seit längerem Probleme in ihrer Beziehung, und Michelle hatte zuletzt erwogen, sich zu trennen. Doch im Augenblick kümmerte er sich liebevoll um sie und deshalb zog sie es momentan nicht mehr in Erwägung. In gewisser Hinsicht war seine Fremdartigkeit wie ein Neuanfang, obwohl sie Michelle ein wenig Angst machte. Trotzdem, da war plötzlich wieder ein Prickeln, wenn er sie berührte, das sie schon ewig nicht mehr gespürt hatte.

Er fühlte sich anders an. Selbst seine Stimme war tiefer als sonst. Vielleicht lag das alles aber auch nur an seinem fremden Gesicht. Immerhin kümmerte Mark sich rührend um sie. Er hatte ihr für Notfälle seine Telefonnummer als Kurzwahltaste auf der Eins einprogrammiert. Die Polizei hatte ihr keinen Personenschutz gewährt. Zuerst war sie über den Anruf von Oliver Bergmann maßlos enttäuscht gewesen. Ihre Gefährdungsstufe sei nicht hoch genug, hatte er erklärt. Eine Gefährdung sei zwar nicht gänzlich auszuschließen, aber es lägen keine konkreten Hinweise auf einen bevorstehenden Übergriff vor. Sie hatte zunächst protestiert, doch Bergmann hatte ihr weiter erläutert, dass selbst bei Gefährdungsstufe I – und das ist die höchste – nur in seltenen Ausnahmefällen Personenschutz gestellt würde. Außerdem sei sie im Krankenhaus sicher. Niemand komme ungesehen an der Stationsschwester vorbei, die den ganzen Flur im Blick hatte. Zudem sei die Station videoüberwacht und das Risiko für den Täter damit viel zu groß. Michelle war trotzdem skeptisch gewesen, bis Mark sie beruhigt hatte. Er sah die Sache ähnlich wie Bergmann. Aber um sie zu beruhigen hatte er noch einmal mit dem zuständigen Arzt gesprochen. Dieser hatte zugesagt, die gesamte Stationsbelegschaft, den Empfang am Eingang des Hauses und das Sicherheitspersonal zu informieren, um ihre Sicherheit zu gewährleisten.

Die Tür ging auf und ein Besucher kam herein. Ein Lächeln huschte über Michelles Lippen. Sie kannte diesen Mann. Verwaschene Jeans, Lederjacke, groß und unglaublich blaue Augen. Kommissar Oliver Bergmann erwiderte ihr Lächeln und trat an ihr Bett.

»Wie geht es Ihnen heute?«, fragte er freundlich. Seine Stimme klang etwas höher als sonst und wirkte verschnupft.

»Es wird jeden Tag besser. Die Ärzte sagen, ich werde wieder vollkommen gesund.« Michelle richtete sich ein wenig mehr auf. Sie kam sich neben dem großen Mann unheimlich klein vor. Er zog die Lederjacke aus und ein beeindruckender Bizeps kam zum Vorschein. Als Bergmann sich zur Seite wandte, um die Jacke über eine Stuhllehne zu hängen, bekam Michelle auch den anderen Arm zu sehen. Ganz kurz blitzte unter dem Ärmel seines T-Shirts der Rand eines Tattoos auf. Michelle starrte neugierig darauf. Sie wüsste gerne, welche Art Tattoos Kriminalkommissare trugen. Doch Bergmann drehte sich so schnell wieder zurück, dass ihr kein weiterer Blick vergönnt war.

»Wissen Sie denn schon, wann Sie entlassen werden?«

Michelle winkte ab. »Oh, das kann noch dauern.« Sie tippte auf den dicken Kopfverband. »Der hier muss erst einmal ab. Vorher läuft gar nichts. Ich mache mir ehrlich gesagt nicht viel Hoffnung und rechne noch mit mindestens einer Woche.«

»Eine Woche ist doch gar nicht mehr so lange.« Ein eigenartiges Glitzern tanzte in seinen Augen, und Michelle fragte sich, ob er enttäuscht war. Vielleicht hätte er sie gerne öfter besucht. Plötzlich bildete sie sich ein, so etwas wie Begehren in seinem Blick zu sehen, aber sie wischte diesen Gedanken schnell weg. Die Beziehungsprobleme mit Mark reichten ihr völlig aus. Da musste sie sich nicht sofort ins nächste Chaos stürzen. Außerdem war Oliver Bergmann ein sehr attraktiver Mann – zumindest soweit sie das äußerlich festmachen konnte – und sie hatte keine Lust, ihn mit anderen Frauen zu teilen, die mit Sicherheit scharenweise hinter ihm her waren. Sie musterte ihn unverhohlen und betrachtete die Nase, die ihr schmaler vorkam als die ihres Freundes Mark. Sicher war sie sich jedoch nicht.

»Erzählen Sie mir bitte noch einmal genau, was vorgefallen ist«, forderte Bergmann sie auf und zog demonstrativ Notizblock und Kugelschreiber aus seiner Tasche. Dann blickte er sie erwartungsvoll an.

»Aber das habe ich alles schon erzählt«, maulte Michelle. Sie hatte eigentlich erwartet, dass der Kriminalkommissar endlich mit Neuigkeiten kam. Wer war der Mann, der sie entführt hatte? Was war mit den anderen Frauen passiert? War sie überhaupt in Sicherheit oder musste sie damit rechnen, erneut angegriffen zu werden? Doch Kommissar Oliver Bergmann ließ sich von seinem Vorhaben nicht abbringen.

»Das gehört leider zu unserem Standardprozedere. Ich weiß, es ist nervig und anstrengend. Aber je öfter man die Ereignisse durchgeht, umso mehr Details kommen nach und nach zum Vorschein. Kleinigkeiten, an die man gar nicht mehr gedacht hat, die jedoch von enormer Wichtigkeit sein könnten.« Er schenkte ihr ein warmherziges Lächeln. Michelle wurde schwach. Meinetwegen, dachte sie und fing an, den gesamten Tathergang von vorne herunterzuleiern. Ihr Gegenüber machte sich fleißig Notizen und Michelle fand es irgendwie rührend. Wenigstens tat er so, als hörte er die ganze Geschichte zum ersten Mal. Sie war sich sicher, dass er sie motivieren wollte. Also gab sie ihr Bestes und schilderte alle Einzelheiten, die ihr durch den Kopf schwirrten. Ihr Gedächtnis funktionierte immerhin einwandfrei, stellte sie glücklich fest. Allerdings fiel ihr entgegen Bergmanns Vorhersage kein einziges Detail ein, das neu gewesen wäre. Aber was machte das schon. Der Kriminalkommissar schien sehr zufrieden mit ihr, und als sie geendet hatte, lächelte er erneut.

Sie mochte diesen Polizisten, der so groß und stark war und vor ihr stand wie ein Fels in der Brandung. Irgendwie so völlig anders als Mark, der eher in die Kategorie zarter Denker gehörte. Obwohl sie es nicht wollte, schoss Michelle plötzlich die Röte ins Gesicht. Ihre Gedanken waren total unangebracht. Unwillkürlich zog sie die Bettdecke bis zum Kinn.

»Haben Sie noch Fragen? Mehr fällt mir echt nicht ein«, erklärte sie und räusperte sich.

»Das war perfekt. Danke.« Oliver Bergmann erhob sich und reichte ihr die Hand zum Abschied. »Das nächste Mal machen wir vielleicht einen kleinen Ausflug. Manchmal kommen Erinnerungen hoch, wenn man an den Ort des Geschehens zurückkehrt.«

»Ist das wirklich nötig?«, fragte Michelle erschrocken.

»Keine Angst. Ich bin ja bei Ihnen.« Er grinste und bedachte sie mit einem langen Blick, bevor er die Tür ihres Krankenzimmers ins Schloss fallen ließ.

Michelle lag in ihrem Bett, die Decke immer noch bis zum Kinn hochgezogen und grübelte über seinen letzten Vorschlag. Möglicherweise war die Idee gar nicht so übel. Wenn sie tatsächlich traumatisiert war, und schließlich behaupteten das ihre Ärzte permanent, dann könnte ein Ausflug zurück an den Anfang ihres

Albtraumes vielleicht die Blockade lösen. Sie stellte sich vor, wie sie erneut in den Keller hinabstieg und wie es mit einem Mal Klick machte. Ein Klick, und sie wäre wieder die Alte. Ihr Kopf brauchte wahrscheinlich einfach nur eine Art Reset, dann wäre der Ursprungszustand wiederhergestellt. Darauf hätte sie im Prinzip auch alleine kommen können. Je länger sie darüber nachdachte, desto besser gefiel ihr die Idee. Zufrieden kuschelte sie sich in das Kissen und glitt in einen leichten Schlaf.

* * *

»Oh, Emily. Ich habe es geahnt.« Anna drückte die Taste ihres Anrufbeantworters schon zum fünften Mal. Sie konnte sich einfach nicht satthören. Immer noch ärgerte sie sich, dass sie nicht früher daraufgekommen war, ins Büro zu fahren. Es war mehr als dämlich gewesen, nicht gleich daran zu denken, dass Maximilian nur ihre Dienstnummer hatte. Das Herz klopfte ihr bis zum Hals, als seine tiefe Stimme erneut aus dem Lautsprecher tönte. Ganze drei Mal hatte er es in den letzten zwei Wochen versucht, und Anna konnte aus seiner Stimme die Mutlosigkeit hören, mit der er den letzten Versuch beendet hatte.

»Worauf wartest du?« Emily saß auf Annas Bürostuhl und blickte sie herausfordernd an.

Anna tippte Maximilians Nummer ins Telefon und zögerte. »Ich weiß nicht, was ich sagen soll.« Sie fühlte sich tatsächlich vollkommen hilflos. So sehr hatte sie sich nach diesem Augenblick gesehnt, und jetzt, wo er gekommen war, fehlten ihr die Worte. In ihrem Kopf herrschte totale Leere. Außerdem wurde sie unsicher. Vielleicht war Maximilian inzwischen so enttäuscht über die Funkstille, dass er die ganze Sache abgehakt hatte. Eine Abfuhr könnte sie nicht ertragen. Da verzichtete sie lieber auf diesen Anruf und begnügte sich mit ihren Träumen.

»Anna, was ist mit dir los? Das Glück steht vor deiner Tür, und alles, was du tun musst, ist, es hereinzulassen. Mach schon.«

Anna wusste, dass Emily recht hatte, aber ihre Finger schafften es nicht, auf die grüne Wähltaste zu drücken. Es war, als ob ein magnetisches Kraftfeld ihre Fingerspitze abstieß. Sie kreiste darum und überlegte krampfhaft, wie sie die Konversation überhaupt beginnen sollte. Einfach mit *Hallo, wie geht es dir?* Und was, wenn er sich gar nicht mehr an sie erinnerte? So ein Quatsch, dachte sie dann jedoch, jetzt ruf ihn an und bring es hinter dich. Wieder versuchte sie es. Doch es war unmöglich. Ihr Herzschlag hatte sich beschleunigt. Nein, er raste. Ihr Puls glich dem einer Sprinterin bei der Olympiade. Entmutigt ließ Anna das Telefon sinken.

»Ich rufe ihn morgen an«, erklärte sie und wagte nicht, Emily in die Augen zu blicken.

»Jetzt gib mal her!«, Emily riss ihr plötzlich das Telefon aus der Hand. Anna schaute ihre Freundin verwirrt an. Was hatte Emily vor? Bevor sie die Situation richtig begriff, hatte Emily bereits den grünen Button gedrückt. Der unerbittliche Klingelton führte dazu, dass Annas Herz sich überschlug. Es klingelte einmal, zweimal und noch viele weitere Male, ohne dass jemand abhob. Annas Herzrasen wich einem anderen Gefühl:

Enttäuschung. Irgendwie wollte sie jetzt doch mit Maximilian sprechen. Emily verzog das Gesicht.

Gerade als sie auflegen wollte, ertönte eine tiefe Stimme: »Hallo?«

Entsetzt starrte Anna auf das Telefon, das Emily ihr grinsend vor die Nase hielt.

»Ja, auch hallo. Hier ist Anna«, stotterte sie mit weichen Knien.

»Anna?« Maximilian machte eine Pause, die genug Platz für Annas Katastrophen-Fantasien ließ. Hatte sie es doch gewusst, dass er sich nicht an sie erinnern konnte.

Aber dann sprach er weiter: »O Mann, jetzt bin ich echt überrascht. Ich dachte schon, du wolltest nichts mit mir zu tun haben.«

»Tut mir leid, ich habe meinen Anrufbeantworter eben erst abgehört. Ich hatte ein paar Tage Urlaub.« Ihr Herz schlug regelrechte Purzelbäume, während ihr Verstand nach einem weiteren vernünftigen Satz suchte. So etwas wie *Freut mich, dich zu hören*, oder *Hättest du Lust auf einen Kaffee?* Aber in ihrem Hirn herrschte gähnende Leere.

Offenbar erging es Maximilian nicht anders, denn er sagte bloß kurz: »Okay«, und schwieg dann wieder. Emily formte mit den Lippen Worte, die Anna in ihrer Verwirrung nicht deuten konnte. Sie machte sie völlig verrückt. Zum Glück ergriff Maximilian die Initiative. »Wollen wir uns mal auf einen Kaffee treffen?«

Kaffee? Hektisch dachte Anna nach. Der Kaffee war nicht das Problem. Der Termin machte ihr Sorgen. Morgen war ihr erster Arbeitstag nach dem Urlaub. Ihr Schreibtisch quoll über und sie würde in den nächsten

Tagen viel arbeiten müssen. Krampfhaft überlegte sie, ob Maximilian enttäuscht wäre, wenn sie ihm die nächste Woche für das Treffen vorschlug. Noch während sie grübelte, antwortete ein anderer Teil von ihr: »Klar, gerne, wie wäre es Ende der Woche, vielleicht am Freitag, um neun im *Starbucks* in der Düsseldorfer Altstadt?« Erstaunt über sich selbst ließ Anna den Hörer ein wenig sinken.

»Super, bis Freitag. Ich freue mich sehr, dich wiederzusehen.«

Statt einer Antwort stammelte Anna etwas Unverständliches, das sich mehr wie ein Räuspern anhörte. Dann war die Leitung still.

»Na also«, platzte es aus Emily heraus und sie grinste wie ein Honigkuchenpferd. »Das war ja eine schwierige Geburt.« Ihr Grinsen wurde noch breiter. »Übrigens, wenn der Typ nur halb so sexy aussieht, wie seine Stimme klingt, hast du einen echten Volltreffer gelandet.« Sie zwinkerte und warf einen Blick auf die Uhr. »Du meine Güte, schon so spät. Anna, ich muss wirklich los. Ich soll noch einen Artikel für die Zeitung gegenlesen.«

Anna nickte mechanisch. Mehr brachte sie nicht zustande. Mit donnerndem Herzen blickte sie Emily hinterher, die eilig aus dem Büro stürmte. Eines wusste Anna jetzt schon: In den nächsten Nächten würde sie vor Aufregung wahrscheinlich kein Auge zubekommen.

* * *

»Und wir haben nicht die geringste Ahnung, wer die Tote ist?«, fragte Oliver und kritzelte dabei Fantasiefiguren auf ein Blatt Papier. Dieser Fall war einfach total verzwickt.

»Nein, die Leiche ist zu stark verwest. Eine Rekonstruktion des Gesichts ist nur mit hohem Aufwand möglich. Ansonsten hatten wir weder Treffer beim Zahnbefund noch bei der DNA. Ich kann den Kreis der Zahnärzte natürlich erweitern. Vielleicht stammte die Frau ja nicht aus unserer Region. Meines Erachtens passt keine einzige Vermisstenanzeige auf das Opfer. Man sollte doch meinen, dass irgendjemand sie vermisst.« Scholtens Stimme klang belegt. Oliver konnte hören, wie unzufrieden sie selbst mit den bisherigen Erkenntnissen war. Fest stand lediglich, dass die Frau erdrosselt wurde.

»Dann erweitern wir den Kreis«, entschied Oliver und legte auf.

Er wusste, dass Ingrid Scholten ihr Bestes gab. Das tat sie immer. Nur diesmal ließen die Ergebnisse lange auf sich warten. Ohne die Identifikation der toten Person hatten sie kaum Anhaltspunkte. Es war beinahe so, als würde es die Tote gar nicht geben. Sobald man das Opfer kannte, konnten die Ermittlungen im unmittelbaren Umkreis ansetzen. Mit hoher Wahrscheinlichkeit stammten die Täter aus dem nahen Umfeld. Töten war meist etwas sehr Persönliches, wobei oft eine große Emotionalität eine Rolle spielte. Eifersucht und Rache waren die häufigsten Beweggründe für einen Mord. Und dazu bedurfte es einer persönlichen Beziehung zum Opfer. Denn nur dadurch entstanden überhaupt solche Emotionen, die anschließend zu tödlicher Gewalt führten. Bei Serientätern lag der Fall anders. Ihre Motivation beruhte nicht auf einer persönlichen Bindung. Das

Opfer war meist völlig egal und zufällig ausgewählt. Oft hielt es sich einfach nur zur falschen Zeit am falschen Ort auf und passte in irgendein krankes Schema, nach dem der Täter vorging. Trotzdem setzten die Untersuchungen immer beim Opfer an, denn oft gab es Menschen, die den letzten Aufenthaltsort kannten oder irgendetwas gesehen hatten. Von dort aus konnte die Polizei die Spur zum Mörder aufnehmen. Oliver überlegte, ob die Frauen in seinem Fall auch aus purem Zufall zu Opfern geworden waren. Irgendwie hatte er ein komisches Gefühl. Die religiösen Beigaben, das Kreuz und die Bibel, zeigten, dass der Täter sich gewisse Mühe gab. Es schien ein organisierter Tätertyp zu sein, der alles genau im Voraus plante und nicht impulsiv handelte. Nahm man so viele Anstrengungen auf sich für ein Opfer, das nur zufällig den eigenen Weg gekreuzt hatte, oder steckte nicht doch mehr dahinter?

»Der Bericht zum Kreuz und zur Bibel ist da.«

Ein Hefter schlug vor Olivers Nase auf dem Schreibtisch auf und riss ihn aus seinen Gedanken. Klaus ging zu seinem Platz und machte es sich auf dem Stuhl bequem.

»Hast du schon reingeguckt?«

Klaus grinste. »Hatte Besseres zu tun.«

Oliver betrachtete seinen Partner. Was sollte das bedeuten, er hatte Besseres zu tun? Was konnte wichtiger sein als dieser Fall? Als er das breite Grinsen auf Klaus' Gesicht sah, ahnte er den Grund.

»Du hast sie endlich gefragt?«

Klaus beugte sich mit leuchtenden Augen vor. »Ja, und stell dir vor, sie hat Ja gesagt. Morgen Abend gehen wir essen.«

»Sieh einer an, du und Carina. Glückwunsch!«, erwiderte Oliver erfreut. Er gönnte seinem Partner dieses Date von Herzen. Die letzten Monate waren nicht besonders glücklich für ihn verlaufen. Außerdem war Oliver sich sicher, dass Klaus dazugelernt hatte. Zu einer Prostituierten würde er mit großer Wahrscheinlichkeit nie wieder gehen. Schon gar nicht, wenn er in festen Händen wäre. Der Gegenstand in Olivers Hosentasche drückte gegen seinen Oberschenkel. Er griff danach und plötzlich fing sein Herz an zu rasen. Er hatte es die ganze Zeit verdrängt, aber jetzt ging es nicht mehr. Morgen Abend war er wieder mit Emily verabredet. Ob sie sich über sein Geschenk freuen würde? Oder war es noch zu früh dafür? Vielleicht fühlte sie sich von ihm bedrängt und ging am Ende auf Abstand? Dann hätte er genau das Gegenteil von dem erreicht, was ihm eigentlich vorschwebte. Er atmete tief durch und legte die Hand auf den Schreibtisch.

»Ist bei dir alles okay?« Klaus' Augen musterten ihn durchdringend. »Hast du Ärger mit Emily?«

Oliver schüttelte den Kopf. »Nein. Es läuft alles prima zwischen uns.«

»Komm schon. Ich kenne diesen Blick. Es hat etwas mit ihr zu tun. Mir kannst du nichts vormachen.«

Oliver zuckte mit den Achseln. »Also gut. Ich habe ein Geschenk für sie und morgen Abend soll sie es bekommen. Ich ...«, er stotterte ein wenig. »Also ich bin mir nicht sicher, ob ... ob es ihr gefallen wird.« Oliver waren Klaus' Fragen unangenehm. Er wollte nicht über seinen Plan sprechen. Es war alles so schon kompliziert genug. Da brauchte er keine fremden Ratschläge.

Klaus schien seine Vorbehalte zu spüren. Statt ihn

weiter zu bedrängen, sagte er: »Also gut, Mann. Ich halte meine Neugier im Zaun, aber nur bis übermorgen. Dann will ich wissen, was gelaufen ist.« Er nickte und bombardierte Oliver mit einer Papierkugel. »Du hast es faustdick hinter den Ohren. Ich glaube, ich weiß, was du vorhast.«

Das Telefon klingelte schrill und Oliver nahm dankbar ab. Die Unterbrechung kam ihm gerade recht.

»Bergmann«, sagte er mit tiefer Stimme.

»Scholten. Ich habe Neuigkeiten für Sie.« Olivers Muskeln spannten sich sofort an. Es musste wichtig sein, wenn die Leiterin der Spurensicherung zweimal innerhalb so kurzer Zeit anrief.

»Sie wollten doch wissen, ob die Frauen vor ihrem Tod gefoltert worden sind. Ich habe soeben die finalen Analyseergebnisse erhalten. Demnach waren nicht nur die beiden Frauen im Bunker hinter der Kapelle, sondern auch das letzte gefundene Opfer stark unterernährt. Der Täter hat sie hungern lassen. Es war natürlich ziemlich schwierig, aber das Labor hat herausragende Arbeit geleistet. Die wenigen histologischen und toxikologischen Untersuchungen, die wir noch durchführen konnten, sprechen Bände. Und wenn ich die Ergebnisse im Zusammenhang mit der neuen Leiche betrachte, die ebenfalls alle Anzeichen akuter Unterernährung in Kombination mit starker Austrocknung aufweist, dann fügt sich das Bild zusammen. Der Täter hat die Frauen mindestens zwei Wochen lang hungern und tagelang dursten lassen. Die Leiche aus dem Bunker Nummer zwei war extrem dehydriert. Im Darm war kaum Kot vorhanden, die inneren Organe wiesen zudem einen erheblichen Gewichtsverlust auf.

Das gilt natürlich auch für das Gesamtgewicht, die Frau hätte selbst in diesem Zustand noch ein höheres Gewicht haben müssen.«

Oliver schluckte. Hunger und insbesondere Durst gehörten zu den grausamsten Foltermethoden. Er kannte Fälle von vernachlässigten Kindern, die durch Unterernährung und Austrocknung zu Tode gekommen waren. Drogen- oder alkoholabhängige Eltern ließen die Kinder tagelang alleine und die Kleinen starben einen qualvollen Tod. Ein anderer Fall, in dem der Täter sein Opfer auf diese Art bewusst gequält hatte, war ihm nicht bekannt. Er seufzte. Die Frauen mussten schrecklich gelitten haben. Er kritzelte eine Notiz aufs Papier.

»Danke«, sagte er und legte auf.

»Was ist los?«, wollte Klaus wissen.

»Der Mistkerl hat sie hungern und dursten lassen«, antwortete Oliver und spürte im selben Augenblick seinen Magen knurren. Er hatte nicht gefrühstückt und bisher nur Kaffee getrunken.

Die Tür zum Büro ging auf und ein untersetzter, schüchterner Mann mit lockigen Haaren trat ein. Es war der Phantomzeichner, der mit Michelle Henrich ein Bild des Täters hatte anfertigen sollen. Eigentlich hatte er ihnen gestern mitgeteilt, dass es aufgrund ihrer schlechten Beschreibung unmöglich gewesen sei, ein Porträt anzufertigen. Oliver blickte den Kollegen neugierig an und fragte sich, was er von ihnen wollte. Der Mann kam näher und breitete mehrere Zeichnungen vor ihnen aus.

»Ich habe es die ganze Nacht lang versucht. Es hat mir keine Ruhe gelassen. Ich habe einfach sechs verschiedene Tätertypen angelegt. Mit und ohne Haar,

blond oder schwarz und mit unterschiedlichen Nasen-
ausprägungen.«

»Ich dachte, anhand von Michelle Henrichs
mageren Schilderungen wäre gar nichts möglich«, erwiderte Oliver zweifelnd. Was sollten sie mit Fantasiege-
sichtern anfangen?

»Na ja. Sie konnte sich an Augen-, Nasen- und
Mundform erinnern. Die sind auf jedem Bild gleich.
Nur die Gesichtsform und die Abstände habe ich vari-
iert. Ich habe auch erst gedacht, dass ich völlig daneben-
liege. Aber dann hatte ich sagenhafte sechs
Übereinstimmungen mit unserer Datenbank.«

»Was?«, stieß Oliver ungläubig hervor und griff nach
den Ausdrucken. »Sechs Treffer?« Er warf Klaus einen
vielsagenden Blick zu.

»Sieh dir das einmal an. Drei von ihnen sind wegen
sexueller Belästigung vorbestraft«, sagte Klaus, der
bereits die Personenberichte zu den Datenbanktreffern
durchblätterte.

»Da haben Sie wirklich hervorragende Arbeit geleistet«, lobte Oliver den Phantomzeichner, dessen Gesicht
vor Freude rot anlief. In Olivers Fingerspitzen kribbelte
es. Endlich hatten sie ein paar Namen und Anhaltspunkte, die sie weiterverfolgen konnten. Er stand auf
und gab seinem Partner ein Handzeichen.

»Ich will sofort mit Michelle Henrich sprechen.«
Oliver sammelte die Zeichnungen ein und schnappte
seine Lederjacke. Eilig stürmte er zur Tür, drehte sich
dann jedoch noch einmal um. Auf seinem Schreibtisch
lag noch der Bericht zu dem am Tatort gefundenen
Silberkreuz und der Bibel. »Das schaue ich mir unter-

wegs an. Du fährst heute.« Er warf Klaus den Auto-
schlüssel zu und rannte zum Fahrstuhl.

* * *

Die Fahrt zum Lukaskrankenhaus dauerte nur wenige
Minuten. Aber die Zeit genügte, um einen kurzen Blick
in den Bericht zu werfen. Das neuwertige Kreuz war aus
hochkarätigem Silber geschmiedet. Das Alter des Bibeleinbandes hingegen wurde auf mindestens fünfhundert
Jahre geschätzt. Es handelte sich um eine seltene Antiquität. Die Bibel war wahrscheinlich für einen hochran-
gigen Vertreter der Kirche angefertigt worden. Leider
war der Einband so stark beschädigt, dass weder ein
Wappen noch Initialen erkennbar waren, die auf den
ursprünglichen Besitzer verweisen konnten. Oliver
nahm sich vor, Emily von der Bibel zu erzählen. Sie
kannte sich mit solchen Dingen hervorragend aus. Vielleicht hatte sie eine Idee. Er tippte eine SMS in sein
Handy. Irgendwie beruhigte ihn die Tatsache, dass er
für das heutige Date auch eine berufliche Frage hatte.
Das war gewohntes Terrain für ihn, und so konnte er
Sicherheit gewinnen, um dann später zum eigentlichen
Thema des Abends vorzudringen. Seine Hand glitt
unauffällig zur Hosentasche. Was er seit Tagen mit sich
herumtrug, brachte sein Herz sofort zum Pochen. Klaus
bremste den Wagen ab und Oliver nahm die Hand
wieder hoch. Vor ihnen lag das Krankenhaus, in dem
Michelle Henrich mit ihrer Kopfverletzung behandelt
wurde.

Die junge Frau sah immer noch sehr blass aus,

besonders mit ihrem weißen Verband. Als sie Oliver bemerkte, lächelte sie.

»Wir haben noch ein paar Fragen an Sie. Entschuldigen Sie bitte die Störung«, hob Oliver an.

»Sie kommen ja ständig mit Fragen zu mir.« Michelle schmunzelte und wunderte sich kurz darüber, dass Bergmann nicht mehr so verschnupft wirkte. »Hauptsache, ich muss nicht schon wieder alles von vorne erzählen.«

Oliver verstand ihre Anspielung nicht, lächelte jedoch freundlich und fuhr dann fort. »Sie wissen ja, dass es ziemlich schwierig für unseren Phantomzeichner war, aus ihren Beschreibungen etwas Brauchbares zu zaubern. Er hat im Nachgang ein paar Gemeinsamkeiten in allen Zeichnungen gefunden, die zu mehreren Treffern in unserer Datenbank geführt haben. Einige dieser Männer sind einschlägig vorbestraft und könnten durchaus für ihre Entführung infrage kommen.« Er übergab die Fotoausdrucke der Verdächtigen an Michelle.

»Eines möchte ich gerne wissen«, sagte die junge Frau und ließ die Porträts nach einigen Atemzügen wieder sinken. »Was ist aus den anderen beiden Frauen geworden?«

Oliver zog verdutzt die Stirn kraus. Das Thema hatte er die ganze Zeit gemieden. Henrichs Ärzte hatten ausdrücklich darum gebeten, die Patientin nicht noch mehr zu traumatisieren. Hilflos blickte er zu Klaus hinüber.

»Also, wir können bisher nichts darüber erzählen«, sprang dieser mühsam ein. »Es würde unter Umständen die Ermittlungen beeinträchtigen.«

Michelle blickte Olivers Kollegen überrascht an. Verwirrung flammte in ihren Augen auf. Es dauerte wenige Sekunden, dann war der Ausdruck wieder verschwunden. Michelle richtete sich auf und presste die Lippen entschlossen aufeinander.

Sie holte tief Luft. »Ich will endlich wissen, ob es ihnen gut geht. Wir sind verdammt noch mal durch die Hölle gegangen, und Sie haben nichts anderes zu tun, als mich ständig mit Ihren Fragen zu löchern. Es kann nicht sein, dass Sie bis jetzt gar nichts herausgefunden haben über den Mistkerl, der uns das angetan hat.«

Klaus riss erstaunt die Augen auf. Mit so viel Gegenwehr hatte er nicht gerechnet. Er kratzte sich verlegen und öffnete den Mund zu einer Antwort, doch Oliver kam ihm zuvor.

»Hören Sie. Ich weiß, wie belastend die gesamte Situation für Sie ist. Ich habe den Ärzten mein Wort gegeben, Sie nicht über die Maßen aufzuregen. Wir sind ganz dicht am Täter dran und brauchen dringend Ihre Mithilfe. Wir berichten Ihnen alles, sobald es möglich ist. Versprochen.« Er sah sie eindringlich an und stellte zufrieden fest, dass sie zurück auf ihr Kissen sank. Sie kniff die Augen zusammen und musterte ihn. Ihr Blick strich über sein Gesicht, als erkundete sie es zum ersten Mal. Oliver bewegte sich nicht und wartete ruhig ab, bis Michelle Henrich fertig war.

»Okay«, sagte sie schließlich. »Aber ich möchte über alles informiert werden, bevor ich hier rauskomme.«

»Wissen Sie bereits, wann Sie entlassen werden?«, fragte Oliver höflich.

Ein Funke blitzte in Michelles Pupillen auf. »Haben Sie denn schon vergessen, dass die Ärzte mit mindestens noch einer Woche rechnen?« Ihre Stimme klang wütend.

Oliver zuckte erschrocken zurück. Ihre Reaktion empfand er als völlig übertrieben. Sie war offenbar nach wie vor stark belastet.

»Entschuldigung. Natürlich weiß ich das«, brummte er und beschloss, die Aufmerksamkeit wieder auf die Fotografien zu lenken.

»Wir haben hier sechs verschiedene Männer aus unserer Datenbank gefiltert, die auf Ihre Beschreibung passen. Schauen Sie sich die Personen bitte in Ruhe an und sagen Sie uns, ob Sie den Täter wiedererkennen.«

Michelle Henrich schaute immer noch wütend, sagte aber nichts mehr. Sie nahm einen Fotoausdruck in die Hand und betrachtete ihn ausgiebig. Ihre Augen wanderten über das Foto, als wolle sie jedes Detail einzeln abscannen. Oliver seufzte innerlich. Wer so lange brauchte, um zu antworten, war unsicher. Und das war das Letzte, was er wollte. Er benötigte eine haltbare Zeugenaussage. Es nützte nichts, wenn seine Ermittlungsergebnisse der Staatsanwaltschaft aufgrund einer Fehleinschätzung nicht ausreichten. Michelle Henrich machte keinen überzeugenden Eindruck. Sie ging zum nächsten Foto über und begutachtete es auf dieselbe merkwürdige Weise. Oliver verhielt sich ruhig. Klaus war zum Fenster gegangen und starrte schweigend hinaus. Es dauerte eine gefühlte Ewigkeit, bis Michelle Henrich alle sechs Bilder betrachtet hatte.

»Sie wissen, dass ich mich nicht so gut an Gesichter erinnern kann«, erklärte sie zögerlich und fuhr mit den Fingern über das glänzende Papier.

»Ich denke, diese beiden Männer könnten vielleicht passen.« Michelle hielt zwei Fotos hoch.

Oliver runzelte die Stirn. Erst jetzt fiel ihm auf, dass diese Fotografien doppelt waren. Verwirrt sah er Michelle Henrich an, die den Mann auf den beiden Fotos ganz offenbar für zwei verschiedene Männer hielt.

»Sind Sie sich sicher?«, fragte er skeptisch.

»Ich kann mich nur an Details erinnern. Der Mann hatte ein markantes Gesicht und eine sehr gerade Nase.« Sie bedachte Oliver mit einem scharfen Blick. »Fast so wie Sie.«

»Das verstehe ich nicht. Dieser Mann weist überhaupt keine Ähnlichkeit mit Kommissar Bergmann auf«, warf Klaus ein, der sich wieder zu ihnen gesellt hatte. Er betrachtete abwechselnd Oliver und dann das Foto.

Michelle seufzte. »Aber ich habe doch gesagt, dass ich Gesichter auf einmal nur noch schlecht unterscheiden kann. Die Nasen sind jedenfalls sehr ähnlich und die Kinnpartie auch.«

Klaus rieb sich das Kinn und schüttelte den Kopf. »Tut mir leid. Ich kann das nicht erkennen. Was meinst du, Oliver?«

Oliver zuckte mit den Achseln. Er fand den Mann auf dem Foto ziemlich hässlich und abstoßend. Das konnte allerdings auch daran liegen, dass er wusste, was dieser Mann verbrochen hatte. Es war ein Sexualstraftäter, der es mit Vorliebe auf sehr junge Frauen abgesehen hatte. Der Gedanke, Ähnlichkeiten mit diesem Mann zu haben, widerte ihn an. Trotzdem nahm er eines der Fotos in die Hand und ging damit zu dem Spiegel, der über dem Waschbecken hing. Er betrachte ganz genau seine eigene Nase und anschließend die des Straftäters.

Dann musterte er die Kinnpartie und schüttelte den Kopf.

»Ehrlich gesagt kann ich auch keine Übereinstimmung erkennen.«

»Aber sehen Sie denn nicht, wie gerade der Nasenrücken ist?«, rief Michelle Henrich aufgebracht.

Oliver blickte erneut in den Spiegel. »Na ja, vielleicht der Nasenrücken. Aber die Nasenspitze und auch die Nasenlöcher sind völlig anders. Dieser Mann hier hat doch fast eine Schweinsnase.«

Michelle Henrich schwieg. Oliver war nicht sicher, ob es daran lag, dass sie jetzt beleidigt war, oder ob sie lediglich nachdachte.

»Hören Sie, es tut mir leid. Wahrscheinlich ist es einfach noch zu früh. Sie sind jetzt erst ein paar Tage in Behandlung. Wir versuchen es nächste Woche noch einmal.« Oliver nahm ihr die Fotos ab. Michelle Henrich legte eine Hand auf seinen Arm.

»Nein, mir tut es leid. Ich wollte nur helfen.« Eine Träne lief über ihre Wange, und Oliver empfand Mitleid mit der jungen Frau, die wahnsinnig unter Stress stehen musste.

»Machen Sie sich nichts daraus. Für uns ist es wichtig, dass Sie sich wirklich sicher sind. Wir brauchen tragfähige Aussagen für die Staatsanwaltschaft. Wenn sich hinterher herausstellt, dass es keine gravierenden Ähnlichkeiten mit dem Entführer gibt, dann verlieren wir nicht nur unsere Glaubwürdigkeit, sondern auch Zeit, weil wir einer falschen Spur gefolgt sind.«

»Das verstehe ich«, schluchzte Michelle. »Ich werde mich dran halten.«

Oliver verabschiedete sich. Er trat auf den grauen

Krankenhausflur hinaus und wartete, bis Klaus die Tür hinter ihnen geschlossen hatte.

»O Mann, mit dieser Zeugin können wir tatsächlich nicht viel anfangen«, stöhnte Klaus und klopfte Oliver auf die Schulter. Dieser nickte, blieb jedoch stehen.

»Warte mal kurz«, sagte er und kramte sein Smartphone aus der Hosentasche. Er öffnete den Browser und tippte schnell ein paar Worte ein. Es dauerte nicht lange, und eine neue Seite öffnete sich.

»Was hast du da eingetippt?«, fragte Klaus.

»Ich finde es komisch, dass sich Michelle Henrich so detailliert an den Tathergang erinnern kann, aber sobald es um den Täter geht, ist sie zu keiner vernünftigen Beschreibung imstande. Deshalb habe ich gerade nach Auswirkungen von Traumata gesucht.«

Klaus rückte näher und überflog mit Oliver die Ergebnisse, die die Suchmaschine auflistete. »Vielleicht hat sie nicht nur ein Trauma, sondern zusätzlich noch eine weitere Diagnose. Versuch es doch mal mit *Gedächtnislücken*«, schlug Klaus vor. Oliver tippte den Begriff ein, der sofort Hunderte Einträge erzeugte.

»Hmm«, murmelte er. »So richtig passt es nicht. Eventuell sollte ich noch ein anderes Suchwort eingeben. Was hat Michelle Henrich vorhin gesagt?«

»Sie meinte, sie könne Gesichter nur schlecht erkennen«, erwiderte Klaus.

Oliver tippte die Wörter in die Suchmaschine ein. Mehrere Ergebnisse erschienen auf dem Smartphone. Oliver wählte den ersten Eintrag aus. Endlich hatten sie etwas gefunden, was genau Michelle Henrichs Probleme beschrieb.

»Prosopagnosie«, flüsterte er und las den Artikel, der

Michelle Henrichs Worte eins zu eins wiedergab. Sie konnte keine Gesichter unterscheiden. Zwar sah sie alles, ihre Augen funktionierten. Sie konnte Details beschreiben, aber die einzelnen Teile nicht zusammensetzen. »Sie ist seelenblind«, stellte er trocken fest.

»Entschuldigen Sie bitte, was haben Sie gemeint?« Dr. Meier, Michelle Henrichs Arzt, kam gerade an ihnen vorbei und fühlte sich offensichtlich angesprochen.

»Oh, das trifft sich gut«, sagte Oliver und hielt dem Mann sein Smartphone vor die Nase.

* * *

Er fühlte sich unbesiegbar. Es war klug von ihm gewesen, eine neue Strategie zu entwickeln. Einfach ins Krankenhaus zu laufen und die Frau mit Schlangengift zu erledigen, barg viel zu viele Risiken. Er durfte sich nicht aus dem Konzept bringen lassen. Bisher hatte er jeden Schritt im Voraus geplant. Bevor er zuschlug, kannte er alle Details des kommenden Ablaufs. Nur als sich dieses Miststück befreit hatte und ihm dann auch noch entkommen war, hatte es ihn aus der Bahn geworfen. Doch nach seinem missglückten Besuch im Krankenhaus hatte er sich nun schon wieder einen unschlagbaren Plan zurechtgelegt. Zuerst musste er mehr über diese Frau herausfinden und dann würde er sie beseitigen. Er hatte diese eingebildete Schlampe regelrecht um den kleinen Finger gewickelt. Sie war so angetan von ihm gewesen, dass ihr seine Maskerade kein Stück aufgefallen war. Er hatte Stunden damit zugebracht, sich in den Kommissar zu verwandeln. Seine Tante war Maskenbildnerin mit eigenem Studio, und er war als Kind beinahe jeden Tag dort gewesen, um ihr zu helfen. Seine Latexmaske war eine perfekte Kopie von Oliver Bergmanns Gesicht. Nur wer ganz dicht herankam, erkannte, dass die Gummihaut keine Poren besaß. Aber mit etwas Abstand gelang die Täuschung. Wahrscheinlich würde selbst Bergmanns älterer Kollege nichts merken. Er dankte dem Internet für die Informationsvielfalt und das wunderbare Foto von Oliver Bergmann, das so scharf war, dass man es sogar für einen gefälschten Ausweis verwenden konnte.

Endlich handelte er wieder planvoll. Impulsivität war schließlich gefährlich. Diese Frau hatte ihn völlig aus dem Konzept gebracht. Aber langsam erlangte er die Kontrolle zurück. Dieses Miststück hatte ihn beide Bunker gekostet. Nachdem die Polizei sein Versteck hinter der Kapelle entdeckt hatte, war es nur eine Frage der Zeit gewesen, bis sie sich auch den nur fünfhundert Meter entfernten Bunker in der Schloßstraße vornahmen. Es waren perfekte Verstecke gewesen. Dafür sollte sie zahlen. Immerhin, sie hatte ihm vertrauensselig in allen Einzelheiten geschildert, was sie wusste. Und das klang ziemlich verwirrt. Die Utensilien, die er an dem Abend dabeihatte, waren ihr nicht aufgefallen. Überhaupt schien sie sich nur an Unwichtiges zu erinnern. An nichts, womit sie ihn überführen könnten. Er hoffte, dass bei dem Brand alle Spuren gründlich zerstört worden waren. Die Spurensicherung war heutzutage recht gut. Diese Leute konnten sehr viel rekonstruieren.

Aber das war nicht sein Hauptproblem. Die Wahrscheinlichkeit, dass die Polizei ihn anhand der Spuren aufspüren konnte, schätzte er als ziemlich gering ein. Michelle Henrich war da ein viel größeres Risiko. Sie konnte ihn identifizieren. Doch jetzt wusste er wenigstens, dass er noch eine ganze Woche Zeit hatte, bis sie aus dem Krankenhaus entlassen werden würde. Er konnte sie unbehelligt aufsuchen. Sobald sie erst wieder zu Hause war, würde alles schwieriger werden. Es gab immer neugierige Nachbarn, die nichts Besseres zu tun hatten, als den ganzen Tag hinter den Gardinen zu lauern. Dann war da noch ihr Freund, der sie bestimmt öfter besuchte, wenn sie zu Hause war. Nein, er musste seinen Plan zügig umsetzen. Alles musste geschehen, solange sie im Krankenhaus lag. Die Hexe durfte ihm keinesfalls entkommen.

VIII

VOR FÜNFHUNDERT JAHREN

Die Blätter rauschten über ihrem Kopf und brachten den Wald zum Singen. Ein Lied, das so alt war wie die Bäume selbst, erklang hoch über ihr, und Mathilda schloss die Augen, um diese Symphonie zu genießen. Sie liebte die Natur. Das war schon immer so. Die Natur gab alles, was zum Leben notwendig war. Niemand brauchte Münzen oder weltliche Güter, wenn er wusste, wie man unter freiem Himmel überleben konnte. Hätte Mathilda eine Wahl gehabt, dann wäre sie dem Ruf der Freiheit gefolgt und hätte das Leben ihrer Urahnen geführt, die nichts anderes kannten, als sich von Mutter Natur zu ernähren. Sie seufzte tief und öffnete die Augen wieder. Die Sonne glitzerte durch die Baumkronen und berührte ihre Nasenspitze. Das Licht war bereits wärmer als noch vor einigen Wochen und kündigte den Frühling an. Bald würde es an allen Ecken und Enden nur so sprießen. Dann hätte Mathilda Hauptsaison. Sie würde Blüten und Kräuter sammeln, um sie zu trocknen. Mathilda war eine weise Frau, die nicht nur in der Heilkunde einen umfangreichen Erfahrungsschatz vorweisen konnte. Sie besaß auch die Kraft der Eingebungen, und außerdem war sie in der Lage, Verbindung mit der anderen Welt aufzunehmen. Geister erschienen ihr immer wieder. Meist jene von erst kürzlich Verstorbenen, die ihren Hinterbliebenen einen letzten Wunsch mit auf den Weg geben wollten. Sie kamen zu ihr und nutzten sie als Brücke zwischen dem Hier und dem Jenseits. Schon zu der Zeit, als sie noch Nonne in Neuss gewesen war, hatte sie diese Begegnungen. Zunächst dachte sie, der Teufel persönlich wollte von ihr Besitz ergreifen, aber irgendwann erkannte sie, dass es einfach nur verirrte Geister waren. Tote, die ihren Weg zu Gott nicht eher finden konnten, bis sie auf Erden ihre Herzensdinge erledigt hatten. Nachdem sie etlichen dieser armen Seelen aus der Zwischenwelt – so nannte sie diesen Zustand – geholfen hatte, waren ihre Fähigkeiten der Äbtissin des Klosters zu Ohren gekommen. Obwohl Mathilda ihr gesamtes Leben lang nur für Gott gelebt und ihre ganze Arbeitskraft dem Kloster gewidmet hatte, warf man sie von einem auf den anderen Tag hinaus. Man ächtete sie als Geliebte des Teufels.

Sie war vollkommen mittellos und litt bitteren Hunger. In der Stadt Neuss hatte sie keine Überlebenschance. Das Betteln brachte nicht genug ein und für alle anderen Möglichkeiten war sie zu alt. Sie zählte über vierzig Jahre, und kein Mann würdigte sie auch nur eines Blickes. Natürlich zog es sie nicht in das Bett eines zwielichtigen Lumpen, aber der Hunger verursachte eine solche Not, dass es Zeiten gab, da wäre sie zu allem bereit gewesen. Als Mathilda völlig am Ende war, ausgezehrt und unterkühlt, hatte sie eine Vision. Mutter Natur selbst bemächtigte sich ihrer und führte sie zu ihrem Ursprung zurück. Mathilda hatte alles, was sie zum Überleben brauchte, im Kloster gelernt. Sie kannte die essbaren Pflanzen und wusste, wie man sie zubereiten musste. Auch das Halten von Hühnern war ihr geläufig, genauso wie das Entfachen von Feuer. Sie war sogar in der Lage, Fallen im Wald zu legen. Mehr als einmal waren die Nonnen im Winter auf die Jagd gegangen, um nicht zu verhungern.

Mathilda entschied sich, Neuss zu verlassen und in den Wäldern zu leben. Zum ersten Mal seit Wochen hatte sie wieder richtig zu essen. Der Wald war voll von Kastanien und Eicheln, aus denen Mathilda mithilfe eines gestohlenen Kessels einen nahrhaften Brei kochte. Sie lebte einige Monate lang einsam und allein von den Früchten des Waldes, bis sie wieder zu sich selbst gefunden hatte. Dann beschloss sie, sich ein neues Leben aufzubauen. In der Zollfeste Zons fand sie ein Zuhause, und der Markt, der dort regelmäßig stattfand und auf dem sie ihre Kräuter verkaufte, verschaffte ihr genug zum Leben. Natürlich bot sie auch ihre anderen Fähigkeiten weiterhin an. Verirrte Seelen suchten sie wie bisher auf und Mathilda ebnete ihnen den Weg ins Jenseits.

Heute nun streifte sie wieder durch diesen wunderbaren Wald, der ihr damals das Leben gerettet hatte. Sie erreichte jene dicke Eiche, deren Früchte sie einst genährt hatten. Es war ihr Lieblingsbaum, und immer, wenn jemand Rat benötigte, rief sie Menschen und Geister an diesem Ort zusammen.

Ein Ast knackte und Mathilda blickte sich um. Eine schlanke Gestalt näherte sich. Das musste ihr Kunde sein. Sie hatte nicht mehr als eine Notiz auf einem zerfetztem Stück Pergament und eine stattliche Summe an Gulden erhalten. So lief es oft, denn viele Menschen hielten ihre Kunst für Teufelswerk und gaben sich ihr lieber nicht offen zu erkennen. Diesem Kunden hatte sie bereits einmal geholfen, und sie freute sich, dass er sie erneut zu Rate ziehen wollte. Sein schwarzer Mantel wehte im Wind. Nur die Augenpartie war nicht verdeckt. Mathilda war es egal. Hauptsache, sie konnte helfen. Sie bat ihren Kunden, neben ihr auf dem Waldboden Platz zu nehmen, und entfachte ein kleines Feuer. Als die ersten Flammen züngelnd aufstiegen, streute sie Kräuter darüber und schloss die Augen. Der Duft half Mathilda, die Geister ringsum aufzuspüren. Schon sah sie einen alten Mann auf sich zukommen, der auf ihren Kunden zeigte.

»Was wollt Ihr wissen?«, fragte sie ihren Kunden, ohne die Augen zu öffnen.

»Ich will herausfinden, ob Ihr Eure eigene Zukunft kennt«, krächzte eine Stimme. Überrascht schlug Mathilda die Augen auf. Etwas machte ihr Angst. Sie musterte die Gestalt, die sich vor ihr zu voller Größe aufgebaut hatte. In den Augen lauerte eine Bedrohung. Ohne zu denken, folgte sie ihrem Instinkt, sprang auf und rannte davon. Äste peitschten ihr ins Gesicht und Löcher im Waldboden ließen sie taumeln. Doch die

Schritte hinter ihr trieben sie an. Mathildas Herz pumpte. Keuchend schaffte sie es auf einen Waldweg. Ein Bauernkarren holperte über die vielen Wurzeln, die quer über den Erdboden wuchsen. Mathilda schrie und stürzte auf den Kutscher zu, der das Gefährt steuerte.

»Was ist denn los, Weib?«, brüllte der Bauer und hielt seinen Gaul zurück. »Wollt Ihr von meinem Pferd zertrampelt werden? Geht mir aus dem Weg!«

»Helft mir. Ich werde verfolgt«, kreischte Mathilda hysterisch und sah sich um. Der Bauer folgte ihrem Blick, doch es war niemand da. Die Gestalt im schwarzen Mantel war fort. Dabei konnte Mathilda die Schritte ihres Verfolgers noch im Nacken spüren. Nichts deutete mehr auf ihn hin. Kein Knacken im Unterholz, keine Schritte und kein schwarzer Mantel.

»Wollt Ihr mich zum Narren halten?« Der Bauer musterte Mathilda abfällig. »Ich habe es eilig, Weib. Ich kann Euch ein Stück des Weges mitnehmen, aber dafür müsst Ihr mit Münzen bezahlen.«

Hektisch tastete Mathilda ihre Taschen ab und zerrte zwei Münzen heraus. Der Bauer nahm sie ihr aus der Hand und ließ sie auf den Kutschbock steigen. Erleichtert setzte sie sich und schlang ängstlich die Arme um die Knie. Sie hatte keine Erklärung für den Vorfall. Was hatte sie getan, dass ihr Kunde sie verfolgte? Und wo war er so schnell abgeblieben? Unruhig suchten ihre Augen den Wald nach ihrem Verfolger ab. Als sie den Waldrand erreichten, hatte sie sich beruhigt.

»Ihr müsst jetzt zu Fuß weitergehen, Weib. Ich will nicht, dass Euch jemand auf meinem Karren sieht«, erklärte der Bauer mürrisch.

Mathilda stieg ab. Ihr blieb nichts anderes übrig und es war nicht mehr weit bis nach Zons. Ihr Verfolger hatte offensichtlich aufgegeben. Noch immer aufgewühlt trat sie den Heimweg an. Der Bauer trabte langsam mit seinem Karren vor ihr her, und Mathilda bemühte sich, mit ihm Schritt zu halten. Er gab ihr ein Gefühl von Sicherheit. Erleichtert sah sie die Stadtmauer von Zons näher kommen. Rechts und links des Weges zogen sich frisch bestellte Felder hin. Bald würden sich hier weithin reiche Halme sacht im Sommerwind wiegen. Der Gaul des Bauern schnaubte vor Anstrengung. Sie beschleunigte das Tempo ein wenig, um nicht den Anschluss zu verlieren.

Plötzlich spürte sie erneut die Angst, die sie im Wald überfallen hatte. Hastig drehte sie sich um. Die Hand lag so schnell auf ihrem Mund, dass sie nicht einen einzigen Ton hervorbrachte. Sie wünschte sich, der Bauer würde sich umdrehen, doch dieser entfernte sich immer weiter und sah nur stumpfsinnig geradeaus. Ein Strick legte sich in Windeseile um Mathildas Hals und drückte ihr die Luft ab. Überrascht ruderte sie mit den Armen. Ihr Verfolger zerrte sie in den Graben neben dem Feldweg und rang sie nieder. Mathilda blickte in unendlich schwarze Augen, in denen kein Schimmer Mitgefühl erkennbar war. Unbarmherzig schnitt sich die Schnur in ihren Hals. Mathilda riss den Mund zu einem Schrei auf, doch die Hand presste sich unablässig fest auf ihr Gesicht und erstickte jeden Ton. Sie kratzte und kniff die Hände des Angreifers, warf den Kopf wie verrückt hin und her. Ihre Finger versuchten, unter das Seil zu gelangen, aber es saß einfach zu fest. Mathilda strampelte mit den Beinen. Sie wollte ihre Knie in den

Rücken des Gegners stoßen. Doch es war wie verhext. Sie konnte nichts ausrichten und spürte, wie ihre Kräfte langsam nachließen. Röchelnd verlangsamten sich ihre Abwehrbewegungen. Nur ein paar Momente des angestrengten Luftholens vergingen, bevor sie einen neuerlichen Befreiungsversuch unternahm. Sie schloss die Augen und versuchte die Panik, die wie Feuer durch ihren Körper schoss, zu unterdrücken. Eine Hand zwang ihren Kopf auf den Boden. Die Knie ihres Peinigers zwangen Mathildas Arme nieder. Oberschenkel pressten sich gegen ihren Brustkorb und drückten ihr die Luft ab. Blitze tauchten vor ihren Augen auf. Dann durchzog ein fürchterlicher Schmerz ihr linkes Auge. Brüllend bäumte sie sich auf, das rechte Auge weit aufgerissen. Nur noch schemenhaft sah sie den Dämon, der auf ihr hockte und sie mit seinem Körpergewicht am Boden hielt. In Mathildas Händen knackte es. Die Knochen gaben unter dem Druck nach und zerrissen an den dünnen Gelenkstellen. Das Auge wurde von der Pranke ihres Angreifers zusammengepresst. Mathilda sah helle Lichtkreise, die im Takt des stechenden Schmerzes pulsierten. Sie bemerkte das Blut erst, als es ihr in den Mund floss und sich warm und metallisch auf ihre Zunge legte.

Das war ihr Ende. Es war unwiderruflich, und Mathilda wusste es. Sie kreischte abermals auf, als der Teufel auf ihr sich das rechte Auge vornahm. Der Schmerz riss sie mit sich in die Tiefe. Sie fiel und fiel. Ein großes schwarzes Loch öffnete sich und sog sie mit einem grässlichen Schmatzen in sich hinein. Willkommen in der Hölle, waren ihre letzten Gedanken, bevor das Leben ihren Körper endgültig verließ.

* * *

»Josef! Gut, dass ich Euch finde.« Bastian war die ganze Strecke gerannt und keuchte. »Ihr müsst Euch den Karren schnappen und sofort mit mir kommen. Ich habe eine weitere Frauenleiche gefunden.«

Josef Hesemann riss ungläubig die Augen auf. »Was?«

»Ja, es ist die Hellseherin Agnes. Sie wohnt gleich neben dem Schneidermeister Peter Kirsch, dem ich eigentlich einen Besuch abstatten wollte.«

»O nein«, stöhnte Josef und ließ Bastian eintreten. »Ich wechsele noch einmal Wernharts Verband und dann begleite ich Euch.«

»Wie geht es ihm?«, fragte Bastian. Eine Sorgenfalte zeigte sich auf seiner Stirn.

Josef lächelte. »Schon ein wenig besser. Die Wunde hat sich nicht entzündet. In ein paar Wochen dürfte er wieder einigermaßen auf den Beinen sein.« Josef zog Bastian am Ärmel und flüsterte: »Sein Weib hat einen Riesenaufstand gemacht, nachdem Ihr aus der Kirche gelaufen seid. Pfarrer Johannes hatte alle Mühe, sie zu beruhigen.«

Bastian stöhnte. »Ich weiß nicht, ob Wernhart mit diesem Weib glücklich wird. Adelheid ist sehr schön, aber auf ihren Zähnen wachsen Haare und sie hat eine unerträgliche Lästerzunge.«

Der Arzt lachte glucksend. »Ihr habt ja so recht, mein Freund. Sie ist schrecklich, und ich kann gut verstehen, dass Wernhart diese Probleme hat.« Er deutete auf seine Hose und lachte erneut. Dann legte er den Zeigefinger auf den Mund. »Wir sollten Wernhart nicht aufregen. Er braucht nun viel Ruhe und Zuversicht.«

Josef führte Bastian in das kleine Zimmer, in dem Wernhart lag. Sein Freund war immer noch kreidebleich. Immerhin öffnete er die Augen, als sie eintraten.

»Habt ihr den Mistkerl?«, krächzte er heiser.

»Bis jetzt nicht. Aber ich habe mit Schneidermeister Lodewich gesprochen und verfolge eine Spur«, erklärte Bastian. Den neuerlichen Leichenfund ließ er lieber weg. Der würde Wernhart mit Sicherheit beunruhigen. Vor allem, weil er Bastian zurzeit überhaupt nicht behilflich sein konnte.

»Das ist gut«, erwiderte Wernhart und schloss die Augen wieder.

Josef wechselte den Verband und behandelte die Wunde mit seiner Kräutersalbe. Anschließend lotste er Bastian in den Hof, wo der Karren stand. Schweigend liefen sie zur Schloßstraße, um kurz vor dem Feldtor links in eine schmale Gasse abzubiegen. Zu ihrer Rechten erhob sich die meterhohe, dicke Stadtmauer. Auf der linken Seite machten sie vor Agnes' Haus halt. Bastian ging voraus und öffnete die Hintertür. Der vertraute, fürchterliche Gestank des Todes schlug ihnen entgegen. Bastian lief durch den Flur, dicht gefolgt von Josef. Als Bastian an der Stelle angelangt war, wo er Agnes' Leiche gefunden hatte, blieb er abrupt stehen. Er schluckte und schüttelte den Kopf.

»Sie hat genau an dieser Stelle gelegen«, stieß er fassungslos aus und hockte sich hin. Auf dem Boden waren noch die Blutspuren zu erkennen. »Wer um Himmels willen hat ihren Leichnam weggeschafft?«, sagte Bastian mehr zu sich selbst als zu Josef. Trotzdem bekam er eine Antwort.

»Jemand, der Spuren verwischen wollte.«

»Verdammt, ich hätte sie nicht alleine lassen dürfen«, fluchte Bastian. »Ihre Augen waren auf dieselbe Weise zugenäht wie Esmeraldas. Der Anblick war fürchterlich.« Er schlug mit der Faust gegen die Wand. »Ich hätte wenigstens etwas von dem Zwirn mitnehmen sollen. Dann wüssten wir zumindest, ob es sich um das gleiche Material handelt.«

Josef, der ebenfalls in die Hocke gegangen war, schüttelte den Kopf. »Im Grunde ist es doch egal, ob es derselbe Zwirn ist oder nicht. In jedem Fall ist es derselbe Täter. Ich glaube nicht, dass noch ein weiterer Unhold auf die Idee gekommen ist, seinem Opfer die Lider zuzunähen.«

Bastian erhob sich. »Da habt Ihr recht, Josef. Trotzdem ist der Zwirn bedeutsam, denn er ist im Augenblick die einzige Spur, die ich habe.« Einem Impuls folgend durchsuchte er das Erdgeschoss. Als er nichts fand, stürmte Bastian die Treppe nach oben.

»Lieber Freund, das könnt Ihr Euch sparen. Die Blutspuren führen ohne Umwege nach draußen«, rief Josef ihm hinterher. Aber Bastian ließ sich nicht abhalten. Er wollte sichergehen, nichts zu übersehen. Vielleicht fand er ein wichtiges Beweisstück. Möglicherweise hatte ja auch Agnes selbst mit dem Zwirn hantiert. Er durchstöberte das winzige Obergeschoss. Die Dielen unter seinen Füßen bogen sich bedrohlich durch. Der Wind blies durch die Ritzen in den Wänden und bei jedem Schritt ächzten die Dielen unter Bastians Gewicht. Die Wände waren vollgepackt mit Kräuterbündeln, mehrere Glaskugeln reihten sich aneinander und Tücher von unterschiedlicher Qualität lagen auf dem Boden. Das Haus war unordentlich und zeugte von Agnes' Tätigkeit als Hellseherin. Bastian suchte unbeirrt weiter und hoffte, zwischen den Tüchern Zwirn oder Garne zu finden. Doch nichts von Agnes' Habseligkeiten ließ Rückschlüsse auf ihren Mörder zu. Bastian lief zum Fenster und blickte hinaus. Das Haus des Schneidermeisters Peter Kirsch lag nur wenige Meter entfernt und er konnte direkt in sein Schlafgemach schauen. Ob Peter Kirsch irgendetwas von dem Mord mitbekommen hatte? Die Häuser lagen jedenfalls ziemlich dicht beieinander. Wenn Agnes nur laut genug geschrien hatte, dann musste der Nachbar sie gehört haben. Er warf einen letzten Blick in das Zimmer und stieg danach wieder die Treppe hinunter. Josef Hesemann kroch über die Dielen und betrachtete die Blutspuren.

»Habt Ihr etwas Wichtiges entdeckt?«, fragte Josef, ohne aufzusehen.

»Nein, leider nicht. Sie ist wie vom Erdboden verschluckt«, erklärte Bastian seufzend.

»Na ja, das würde ich nicht sagen.« Josef deutete auf das Blut, das sich in dünnen, getrockneten Fäden bis zur Tür zog. »Er hat sie zum Hintereingang hinausgebracht.« Der Arzt winkte Bastian zu sich heran und deutete auf den Boden.

»Seht Ihr diesen Fußabdruck?«

Bastian kniff die Augen zusammen. »Ja, er wirkt zierlich.«

»Genau das habe ich auch gedacht«, pflichtete Josef ihm bei. »Außerdem kann es kein kräftiger Mann gewesen sein. Er hat die Leiche nicht angehoben, sondern über den Boden geschleift.«

Bastian musterte die Spuren. Der Arzt hatte recht. »Glaubt Ihr, der Mörder hat die Leiche gestohlen? Es könnte ja auch jemand anderes gewesen sein.«

Hesemann nickte. »Mir fällt kein Grund ein, warum es nicht ihr Mörder gewesen sein sollte. Im Übrigen, wer sonst sollte in der kurzen Zeit von Agnes' Dahinscheiden erfahren haben?«

Abermals musste Bastian Josef recht geben. »Dann könnte der Mörder auch Wernharts Angreifer gewesen sein. Der war auch von schmächtiger Statur.«

Josef nickte und erhob sich. Langsam folgte er den Blutspuren bis zur Hintertür. Bastian blieb zurück und nahm Maß. Er riss vier Blätter aus seinem Notizbuch und legte die kleinen Seiten nebeneinander. Dann zeichnete er den Fußabdruck nach. Der war zwar nicht vollständig, nur der hintere Teil war sichtbar. Aber im Zweifel gab er genug Hinweise, um den Mörder zu überführen. Immerhin besaß Bastian jetzt das Maß für die Breite der Ferse. Er konnte so Männer mit großen Füßen ausschließen. Bastian zog seinen Schuh aus und hielt diesen gegen seine Zeichnung. Ein Grinsen huschte über sein Gesicht. Männer von seiner Körpergröße passten keinesfalls zu diesem Abdruck. Dann ging er zum Hinterausgang. Josef Hesemann stand auf der Straße, die Augen starr auf den Boden gerichtet. Bastian trat zu ihm.

»Die Spur endet hier«, stellte der Arzt fest.

»Wahrscheinlich wurde sie auf einen Karren geladen. Lass uns zu Schneidermeister Peter Kirsch gehen. Vielleicht hat er etwas gesehen.«

»Nichts für ungut Bastian, aber ich muss zurück. Wernharts Verbände müssen gewechselt werden und ich bin verpflichtet, meine Patienten zu versorgen«, erklärte Josef und verabschiedete sich.

Bastian wandte seine Schritte zum Nachbarhaus. Es war von stattlicher Größe und zeugte vom Wohlstand der Familie Kirsch. Die Tür war aus massivem Holz und mit Schnitzereien verziert. Ein silberner Knauf zierte das dunkle Türblatt. Bastian klopfte und wartete. Es dauerte nicht lange und das Weib von Peter Kirsch öffnete die Tür. Es war eine junge, hübsche Frau, die in ein kostbares Gewand gehüllt war. Das Haar hatte sie unter einer Haube versteckt, die reichlich mit Perlen verziert war.

»Ist Euer Gemahl zugegen?«, fragte Bastian und grüßte die Frau, die schüchtern die Augen niederschlug und ihn bat, einzutreten.

Peter Kirsch kam die Treppe herunter. Bastian fragte sich, wie gut der Blick aus dem oberen Geschoss auf Agnes' Haus war. Eventuell hatte der Schneidermeister Josef und ihn schon vorher entdeckt. Er lächelte und schien nicht im Mindesten überrascht.

»Seid gegrüßt, Bastian Mühlenberg. Was führt Euch zu mir? Wünscht Ihr vielleicht ein neues Gewand für Eure Gemahlin?« Er reichte Bastian die Hand zur Begrüßung, blieb jedoch in der Halle stehen, ohne ihn in die Wohnstube hineinzubitten. Seine Augen blinzelten oft und wirkten gerötet. Bastian betrachtete den Mann eingehend. Er war nicht besonders groß, erschien dafür trotz seines Alters umso drahtiger. Seine Gestalt passte ungefähr zu Wernharts Angreifer. Aber das galt wohl für die meisten Schneider. Trotzdem kam Bastian die äußerliche Gelassenheit des Mannes, die im Widerspruch zu seinem häufigen Blinzeln stand, verdächtig vor.

»Seid ebenfalls gegrüßt. Meister Lodewich hat Euren Namen genannt und mich zu Euch gesandt. Kennt Ihr diesen Zwirn?« Bastian wollte Kirsch direkt konfrontieren. Dessen Augen weiteten sich unmerklich und zogen sich gleich wieder zusammen.

»Es gibt so viele verschiedene Garne. Da kann ich Euch nicht weiterhelfen«, antwortete er reserviert und nahm den Zwirn in die Hand. »Ich kann mich nicht erinnern, solchen Zwirn verarbeitet zu haben.« Er gab Bastian die Schnur zurück. »Mein Bruder kann Euch in die Werkstatt führen. Vielleicht werdet Ihr dort fündig. Ich muss mich leider entschuldigen. Dringende Geschäfte mit meinem wichtigsten Kunden warten auf mich.« Er drehte auf dem Absatz um und schrie: »Weib, schaff meinen unnützen Bruder herbei. Er soll Mühlenberg die Werkstatt zeigen.« Er reichte Bastian zum Abschied die Hand und wollte das Haus verlassen.

»Eine Frage habe ich noch«, sagte Bastian und baute sich vor Peter Kirsch auf. »Was habt Ihr heute gemacht?«

»Was soll diese Frage?«, murrte der Schneider und wollte an Bastian vorbei durch die Tür schlüpfen. Doch dieser legte seine Hand fest auf die Schulter des Mannes, der widerwillig stehen blieb. »Ich habe an einem Gewand gearbeitet. Es muss heute noch fertig werden. Meine Kundschaft legt Wert auf Pünktlichkeit.«

»Darf ich Euer Handelsbuch einsehen?« Bastian fragte höflich, aber bestimmt.

Peter Kirsch stöhnte. »Meinetwegen. Wenn Ihr mich jetzt bitte entschuldigt.« Er stürmte an Bastian vorbei aus dem Haus. Bastian sah dem Schneider nachdenklich hinterher. Er war sich nahezu sicher, dass dieser etwas vor ihm verbarg.

»Ich muss mich für meinen Gatten entschuldigen.« Kirschs Weib erschien wieder im Flur. Die Frau sah Bastian nicht in die Augen. Die Haube auf ihrem Kopf war verrutscht und eine wild gelockte Strähne lugte hervor. Sofort musste Bastian an Anna denken. Er liebte ihre Lockenmähne, die kaum zu bändigen schien. »Er näht einen Mantel für einen Kunden aus dem Gefolge des Erzbischofs. Der Stoff wurde uns zu spät geliefert, und nun arbeitet er seit einer Woche Tag und Nacht, um pünktlich fertig zu werden. Er ist nicht er selbst zurzeit.« Sie seufzte und führte Bastian in die Stube, wo sie ihm etwas zu trinken anbot.

»Lukas wird gleich hier sein. Er füttert noch die Hühner.«

Bastian setzte sich und trank einen Schluck Wein. »Wo war Euer Gemahl in den letzten drei Nächten?«

Die junge Frau zögerte einen kurzen Moment mit ihrer Antwort. »Er war stets bei mir, das heißt in unserem Schlafgemach. Aber viel Schlaf hat er nicht bekommen, wegen des Gewandes. Wir haben oben eine kleine Stube, in der Peter am späten Abend und nachts arbeitet.«

Bastian dachte nach. Peter Kirschs Figur passte auf Wernharts Angreifer. Wen auch immer sie im Haus der toten Kräuterfrau Esmeralda beim Durchwühlen ihrer Habseligkeiten überrascht hatten, es war gut möglich, dass es ihr Mörder gewesen war. Die Wahrscheinlichkeit, dass Agnes' Mörder auch die arme Esmeralda auf dem Gewissen hatte, war erheblich. Die Vorgehensweise und vor allem die zugenähten Augen sprachen dafür. Da der Zwirn, mit dem die Frauen erdrosselt und gefoltert worden waren, sehr hochwertig und damit nicht allzu weit verbreitet war, machten sich die drei Schneidermeister in Zons, aber auch ihre Kunden verdächtig. Der Mörder musste schließlich irgendwie an das feste Garn herangekommen sein. Bisher konnte Bastian lediglich den alten Schneidermeister Lodewich ausschließen. Seine Gesellen hingegen blieben auf seiner Liste stehen, genau wie Peter Kirsch. Der Mann verhielt sich merkwürdig. Während sein Weib schlief, hätte er an seinem Auftrag arbeiten oder auch die Morde begehen können. Außerdem hatte er es eben erstaunlich eilig gehabt. Vielleicht war Kirsch ja derjenige, der Agnes' Leichnam aus dem Nachbarhaus entwendet hatte, um Spuren zu beseitigen? Bastian war sich sicher, dass man aus dem Obergeschoss einen perfekten Blick auf Agnes' Haus und in ihre Gemächer hatte. Von dem Moment, als Bastian die Leiche entdeckt hatte, bis zu jenem, in dem sie verschwunden war, konnte nicht viel Zeit vergangen sein. Der Täter musste sich also in unmittelbarer Nähe befunden haben. Bastian spürte geradezu die Anwesenheit des Mörders. Es war nur ein Gefühl, aber sein Gefühl trog ihn selten.

»Habt Ihr zufällig einen Stiefel Eures Mannes für mich?«, fragte Bastian und kramte sein Notizbuch hervor. Der Fußabdruck, den er abgezeichnet hatte, könnte ganz schnell Klarheit bringen. Kirschs Weib nickte nervös und verließ die Stube, um kurz darauf mit einem Stiefel zurückzukehren.

»Bitte«, sagte sie tonlos und setzte sich schüchtern auf einen Stuhl. Mit weit aufgerissenen Augen beobachtete sie, wie Bastian die Sohle des Stiefels mit seiner Zeichnung verglich. In der Tat hatte Peter Kirsch schmale, eher kleine Füße. Doch leider musste Bastian feststellen, dass der Abdruck nicht passte. Der Stiefel erschien Bastian zu breit. Natürlich konnte das am Abdruck liegen. Wenn der Mörder den Fuß beim Auftreten nur leicht gedreht hatte, waren die Maße verfälscht. Er seufzte und gab den Stiefel zurück.

»Seid gegrüßt, Bastian Mühlenberg. Wie kann ich Euch behilflich sein?« Lukas Kirschs stand im Türrahmen. Im Gegensatz zu seinem jüngeren Bruder Peter wirkte er ruhig und ausgeglichen. Das nervöse Blinzeln fehlte, dafür wirkten seine Augen kalt. Bastian fragte sich, warum Lukas als der Ältere nicht die Schneiderwerkstatt übernommen hatte. Ein Blick auf den fehlenden Mittelfinger an seiner rechten Hand lieferte die Antwort. Für das Schneiderhandwerk war ein hohes Maß an Geschicklichkeit erforderlich. Ein fehlender Finger erschwerte das feine Stechen von perfekten Nähten.

Bastian zeigte Lukas den Zwirn und folgte ihm nach einer kurzen Erklärung in die Werkstatt, die sich wie üblich im Hof befand. Lukas führte ihn zu einem Regal, das mit Garnrollen und losen Fäden vollgestopft war. Es war ein einziges Chaos. Verschiedene Farben, dicke und dünne Garne hingen kreuz und quer über den Brettern. Es war unmöglich, eine Ordnung darin zu erkennen.

»Lasst mich einmal schauen«, sagte Lukas und begann auf der rechten Seite des Regals, nach dem Zwirn zu suchen. »Wir haben fast ausschließlich Zwirne, die aus mehreren Garnen hergestellt sind«, erklärte er, während seine Finger unablässig in den Knäueln wühlten. Immer wieder zog er ein Stück Zwirn heraus, begutachtete dieses und schob es dann wieder ins Regal zurück. Bastian seufzte innerlich. Das konnte ja eine Ewigkeit dauern. Er beschloss, Lukas behilflich zu sein, und fing an, am anderen Ende des Regals zu stöbern.

»Könnt Ihr mir das Handelsbuch zeigen?«, fragte Bastian resigniert. Ob der Unordnung konnte er sich kaum vorstellen, dass das Handelsbuch rasch aufzufinden war.

Doch Lukas nickte sofort, ohne seine Suche zu unterbrechen. »Es liegt gleich da drüben auf dem Tisch.«

Bastian unterbrach seine Tätigkeit und schlenderte zu einem großen hölzernen Tisch, auf dem ein ledernes Buch lag. Er schlug es von hinten auf und überflog die jüngsten Vermerke. Obwohl nicht erkennbar war, welche Art von Zwirn für die verschiedenen Kleidungsstücke verwendet worden war, notierte er sich die Lieferungen der letzten drei Wochen. Im Gegensatz zu den Einträgen von Schneidermeister Lodewich war die Anzahl der Aufträge der Kirschbrüder eher bescheiden. Allerdings handelte es sich ausschließlich um hochwertige und edle Kleidung, die ihnen sicherlich viel Geld einbrachte. Bastian wunderte sich, warum Lukas bei der überschaubaren Anzahl von Aufträgen so wenig Überblick über das Material hatte. Immer noch wühlte der schlanke Mann in den Garnen herum.

Lukas hielt mit einem Mal inne und zögerte einen Moment. Als er bemerkte, dass Bastian ihn ansah, sagte er: »Hier ist der Zwirn.« Er hielt Bastian ein Knäuel vor die Nase. Bastian prüfte den Zwirn, der identisch mit seinem Beweisstück schien.

»An wen habt Ihr diesen Zwirn in letzter Zeit verkauft?«, fragte er und öffnete sein Notizbuch, das er stets bei sich trug.

»Wir handeln nicht mit Zwirnen. Wir verarbeiten sie allein in unserer Kleidung.« Lukas zog entschuldigend die Schultern hoch. »Ich kann Euch leider nicht sagen, wie oft wir diese Sorte verwendet haben. Wir führen nur Buch über fertige Kleidungsstücke. Den Zwirn stellen wir selbst her.« Er zeigte auf eine große Handspindel, die auf einem Korb voller Garn lag. »Für diesen speziellen Zwirn werden acht Fäden gedreht, wodurch er besonders haltbar und vor allem reißfest wird.«

Diese Eigenschaft trifft voll zu, erinnerte sich Bastian. Die beiden toten Frauen mit ihren strangulierten Hälsen tauchten wieder vor seinem geistigen Auge auf, und er schüttelte die grauenvollen Bilder schnell ab.

»Aus welchem Garn dreht Ihr diesen Zwirn? Ist dieser Faden etwas Besonderes oder kann man ihn überall erstehen?«

Lukas verneinte. »Alle Schneider in Zons verwenden hierfür dasselbe Garn. Wir beziehen es gemeinsam aus der Spinnerei des alten Heinrich, weil es dadurch günstiger wird.«

Bastian seufzte. Das war schon wieder ein Ansatz, der ins Nichts führte. Er warf noch einen Blick auf Lukas' Stiefel, doch dieser trug einen leichten Schuh aus Wildleder. Die Brüder waren sich so ähnlich, dass sie hätten Zwillinge sein können. Bastian fluchte. Er würde auch den dritten Schneidermeister Wilhelm Schauff aufsuchen müssen. Vielleicht würde er dort auf eine vielversprechende Spur stoßen. Allerdings knurrte sein Magen mittlerweile so heftig, dass er beschloss, zuerst Pfarrer Johannes einen Besuch abzustatten. Sein Ziehvater hatte eine hervorragende Haushälterin, und Bastian hatte sowieso vorgehabt, mit Johannes über die neuesten Vorkommnisse zu sprechen. Kurz dachte er an sein Weib Marie und daran, dass sie sich in letzter Zeit nicht besonders häufig gesehen hatten. Doch er schob sein schlechtes Gewissen beiseite. Der Fall war wichtiger, und leider fiel es Bastian schwer, mit Marie zusammen zu sein, wenn eine andere Frau ständig in seinem Kopf herumschwirrte. Anna war seine heimliche Zuflucht. Die Frau, deren Herz im selben Takt schlug wie sein eigenes. Eine Frau, von der er Abschied nehmen musste, da die Verbindung zu ihr immer schwächer wurde. Aber solange sich auch nur ein Funken von Annas Liebe durch seine Träume den Weg zu ihm bahnte, wollte er dieses Gefühl aufsaugen. Genussvoll und voller Trauer über den baldigen Verlust. Marie durfte nichts davon ahnen. Er wollte sie nicht verletzen, und sie sollte nie erfahren, dass sein Herz sich nach einer anderen Frau sehnte, die er nur aus seinen Träumen kannte.

Doch die Sehnsucht nach Anna war nicht sein einziges Problem. Bastian vermisste Wernhart und er machte sich immer noch Sorgen um ihn. Sein Freund gab ihm stets den notwendigen Halt. In seiner Gegenwart konnte er die Gedanken an Anna viel leichter abschütteln. Bastian eilte durch die engen Gassen von Zons, die mit jedem Schritt dunkler wurden. Der Tag neigte sich dem Ende und Bastian brauchte dringend das Gespräch mit einem Vertrauten. Jemanden, dem er nichts vormachen konnte und der ihn sein Leben lang kannte. Schon vor Johannes' Tür konnte Bastian einen Essensduft riechen, der ihm das Wasser im Mund zusammenlaufen ließ. Ohne zu klopfen, trat er ein, denn hier bei Pfarrer Johannes war sein zweites Zuhause.

»Hören Sie, ich weiß ihre Unterstützung wirklich zu schätzen. Aber wir haben Frau Henrich gründlich untersucht und es fehlt ihr an nichts.«

Michelle musste lachen. Zum ersten Mal, seit sie im Krankenhaus lag, empfand sie wieder etwas für Mark. Er hatte seine Brille auf die Nasenspitze geschoben, die Haare glatt nach hinten gestrichen und äffte Dr. Meier nach, der Kommissar Oliver Bergmanns Hinweis zunächst nicht hatte ernst nehmen wollen.

»Googeln ist eine ganz gefährliche Angelegenheit, insbesondere dann, wenn es um Krankheiten geht. Das sollten Sie als Kriminalkommissar besser wissen als ich.« Mark setzte zu einem gekünstelt hohen Lachen an und fasste sich an den vorgeschobenen Bauch. »Diese Patientin ist traumatisiert.« Er verzog das Gesicht zu einer Grimasse und hob bedeutungsvoll den Zeigefinger. Dann verstellte er die Stimme und sprach weiter: »Solche geistigen Ausfälle sind in dieser Phase häufig.

Ich habe Ihnen doch von Anfang an gesagt, dass sie in ihrem derzeitigen Zustand als Zeugin völlig unbrauchbar ist. Lassen Sie diese Frau erst einmal genesen und ein paar Wochen an der medizinischen Rehabilitation teilnehmen, und dann kann Frau Henrich den Täter wahrscheinlich jederzeit auf der Straße wiedererkennen.«

Michelle lachte lauthals. Mark war so lustig wie schon lange nicht mehr. Ihr Bauch war voller Schmetterlinge, fast so, als wären sie zum Anfang ihrer Beziehung zurückgekehrt. Sein Gesicht war ihr nach wie vor fremd und sie verwechselte es immer wieder, aber seine Art war unnachahmlich. Er setzte sich zu ihr aufs Bett und sie drückte ihm einen Kuss auf die Wange. Mark drehte sich zu ihr und berührte ihre Lippen, die sich dabei automatisch öffneten. Ein Schauer rieselte über Michelles Rücken. Er ebbte erst wieder ab, als sie sich nach hinten legte und das altbekannte Puckern unter dem Kopfverband einsetzte. Michelle seufzte.

»Ich bin froh, dass es dir besser geht«, hauchte Mark und beugte sich über sie, um ihr einen Kuss auf die Wange zu geben. Er lächelte. Zwei Grübchen erschienen rechts und links neben seinem Mund.

»Wenn du hier raus kommst, dann lade ich dich erst einmal groß zum Essen ein. Es gibt ein neues Restaurant in der Stadt, das dir gefallen wird.«

Die Tür schwang auf und die mollige Schwester kam herein. Michelle hatte sich notiert, dass für sie drei verschiedene Schwestern zuständig waren. Die redselige und kräftige, die immer sehr viel Parfüm aufgelegt hatte. Dann eine kleine, dunkelhaarige, die mit starkem polnischen Akzent sprach, und noch eine lange, dünne, die stets mürrisch dreinblickte und die Zähne nicht auseinanderbekam. Sie schaffte es oft nicht einmal, zu grüßen, und warf Michelle nur ein flüchtiges Nicken zu. Michelle hatte unterdessen eine Art Spiel aus ihrer Krankheit entwickelt. Es war fast wie Memory. Stundenlang beschäftigte sie sich damit, Gegenstände, Haarfarben und Gesichtsformen zuzuordnen. Auch mit den Stimmen des Krankenhauspersonals hatte sie sich auseinandergesetzt. Aber der Kopfverband lag über dem rechten Ohr, und so fiel es ihr schwer, sie auseinanderzuhalten. Zumindest ging es ihr mit normalen oder unauffälligen Stimmen so. Dr. Meier hingegen redete in einer ungewöhnlich hohen Tonlage für einen Mann. Michelle erkannte ihn jedes Mal nur an der Klangfarbe. Ansonsten war der Mann wie ein Chamäleon, mal tauchte er mit Brille, mal ohne und ganz oft mit neuer Kleidung in ihrem Zimmer auf. Er trug weder Ehering noch Uhr oder andere Schmuckstücke, mit deren Hilfe sie ihn hätte identifizieren können.

»Sie haben jetzt einen Termin beim Neurologen. Dr. Schwarz hatte kurzfristig eine Lücke im Kalender und möchte Sie gleich noch sehen.«

»Das freut mich«, sagte Michelle und richtete sich auf. »Dann sind die Untersuchungsergebnisse endlich da?«

Die Schwester nickte. »Ja, sowohl der MRT- als auch der CT-Befund liegen dem Doktor vor. Sie müssen aber selbst mit ihm sprechen.«

Michelle sprang auf und zog sich ihren Mantel über. Die neurologische Abteilung befand sich in einem anderen Gebäude. Sie mussten ein gutes Stück laufen.

Die Schwester drückte Michelle die Krankenakte in die Hand.

»Den blauen Zettel geben Sie bitte am Empfang ab. Dr. Schwarz erwartet Sie. Die Wartezeit sollte sich also in Grenzen halten.«

Nach ungefähr zehn Minuten klopfte Michelle nervös an die Fensterscheibe der Anmeldung. Mark war neben ihr. Es dauerte eine Weile, bis eine Schwester erschien und Michelles Formular entgegennahm. Dann musste sie im Wartezimmer Platz nehmen. An den Wänden hingen Fotos. Michelle betrachtete die Gesichter der Personen darauf, sie sahen alle gleich aus. Verstohlen warf sie einen Blick zu Mark. Er hätte auf einem der Bilder sein können, und ihr wäre es nicht aufgefallen. Michelles Augen wanderten zu seiner Uhr. Das war sein sicherstes Identifikationsmerkmal für sie.

»Das wird schon wieder.« Mark legte eine Hand auf ihr Knie. »Hauptsache, du erkennst mich.«

Michelle starrte auf seine Uhr und nickte. Mark nahm ihr Kinn in die Hand und hob ihr Gesicht an, sodass sie ihm in die Augen sehen musste. Blau, fuhr es ihr durch den Kopf. Ich identifiziere ihn nur an der Augenfarbe, seiner Uhr und an der Stimme. Ihre Lippen verengten sich zu schmalen Strichen.

»Heute hast du mich doch gleich erkannt, als ich in dein Zimmer gekommen bin. Du hast sofort gelächelt«, beharrte Mark, wobei seine Stimme leicht zitterte.

»Natürlich erkenne ich dich«, sagte Michelle schnell und tonlos. Sie wollte Mark nicht enttäuschen, also würde sie ihn weiterhin belügen müssen. Inzwischen hatte sie im Internet recherchiert und wusste, dass es verschiedene Ausprägungen ihrer Krankheit gab. Sie hatte vorher noch nie davon gehört. Aber wenigstens war sie nicht alleine. Es gab zahlreiche Betroffene, die unter Gesichtsblindheit litten, die im Fachjargon Prosopagnosie genannt wurde. Den Erkrankten war es unmöglich, Gesichter zu erkennen. Zwar konnten sie Mund, Nase und Augen sehen, aber das Gehirn war nicht in der Lage, Gesichter in ihrer Gesamtheit bestimmten Personen zuzuordnen. Michelle konnte das Wort immer noch nicht aussprechen. Selbst in ihren Gedanken holperte es.

»Frau Henrich, bitte kommen Sie.« Nervös blickte Michelle auf zu einer Schwester, die an der geöffneten Tür stand. Sie sprang auf und eilte in das Sprechzimmer.

»Frau Henrich. Guten Tag. Mein Name ist Schwarz. Wie geht es Ihnen?«

Ein großer, schlanker Mann mit rabenschwarzem Haar reichte ihr die Hand. Wenn Michelle es nicht besser gewusst hätte, würde sie ihn auf der Stelle mit Kriminalkommissar Oliver Bergmann verwechseln. Sie drückte Dr. Schwarz ihre Patientenakte in die Hand. Dieser legte sie ohne weitere Beachtung zur Seite.

»Ich habe die Auswertungen auf meinem PC«, erklärte er, als er Michelles kritischen Blick bemerkte. »Bitte setzen Sie sich.«

Michelle ließ sich mit weichen Knien fallen. Ihr Herz raste wie nach einem Sprint. Sie suchte in den Augen des Spezialisten nach dem Ausmaß ihrer Erkrankung. Aber alles, was sie feststellen konnte, war die Farbe. Nussbraun, und dazu völlige Ausdruckslosigkeit.

»Mein Kollege hat den psychometrischen Test mit

Ihnen durchgeführt?«, fragte er, die Augen auf seinen Computer gerichtet.

»Er hat mir Fotos gezeigt«, antwortete Michelle, unsicher, welchen Test er meinte.

»Ihre Werte sind ziemlich eindeutig. Nun ja ...«, endlich hob Dr. Schwarz den Blick und sah sie an. »Sie wissen sicherlich, dass wir auf diesem Gebiet nicht spezialisiert sind. Ich habe mich aber bei einem erfahrenen Kollegen aus der Uniklinik Düsseldorf rückversichert und Ihre Ergebnisse mit ihm besprochen. Auch die CT-Aufnahmen zeigen einige Auffälligkeiten infolge der Schussverletzung. Auf Basis unserer Diagnosemöglichkeiten müssen wir unerfreulicherweise davon ausgehen, dass Sie unter Prosopagnosie leiden.«

Michelle nickte mechanisch und versuchte, die Worte des Arztes zu verarbeiten. Im Grunde sagte er nichts Neues. Der Bildertest hatte vorher zu demselben Ergebnis geführt.

»Es gibt derzeit keine Heilungsmöglichkeit. Nur neuropsychologische Maßnahmen, die Ihre Fähigkeiten im Erkennen von Personen an der Stimme, der Haltung, des Gangs oder der Gestik trainieren können.«

Die Worte prasselten wie Hagelkörner auf Michelle herab, und sie gab sich alle Mühe, ihren Inhalt zu fassen. Keine Heilung. Nie. Sie würde für immer und ewig in fremde Gesichter sehen. Dafür war sie nicht hergekommen. Sie wollte nicht hören, dass ihr Leben vorbei war. Dass sie gefangen blieb in ihrer Blindheit. Nie wieder würde sie Mark oder ihre eigene Mutter ohne Hilfsmittel und Eselsbrücken wiedererkennen können. Kein vertrautes Gesicht würde jemals wieder vor ihr auftauchen. Immer nur die Unsicherheit, ob sie den Menschen verwechselte und sich bis auf die Knochen blamierte. Keine Heilungsmöglichkeit. Die Worte drehten sich wie eine Spirale in ihrem Kopf. Verdammt, sie lebte im einundzwanzigsten Jahrhundert. Die Medizin war so hoch entwickelt und konnte noch nicht mal einen Streifschuss heilen? Der Mann in seinem weißen Kittel faselte weiter und bombardierte sie mit Fachbegriffen, die sie nicht verstand. Er redete mechanisch mit einer tiefen Computerstimme auf sie ein. Wahrscheinlich dachte er, sie ließe sich durch das langsame Sprechen beruhigen. Nein. Er verursachte genau das Gegenteil. Hitze stieg in Michelle auf und plötzlich packte sie die Verzweiflung.

»Es kann doch nicht sein, dass Sie gar nichts für mich tun können«, platzte sie heraus. Ihre Finger krallten sich an der Schreibtischplatte fest und ihre Augen bettelten Dr. Schwarz an. Aber das Gesicht ihres Gegenübers blieb ausdruckslos. Nur das Zucken seiner rechten Augenbraue verriet Unbehagen.

»Die meisten Patienten mit Ihrer Diagnose können ein weitestgehend uneingeschränktes Leben führen«, bemerkte er sachlich.

Michelle sank kraftlos auf den Stuhl zurück. Mit einem Mal kam ihr alles vollkommen sinnlos vor. Zuerst wollten die Ärzte keine Krankheit bei ihr finden, und jetzt, wo endlich feststand, dass sie sich ihren Zustand nicht einbildete, da hatten sie keine heilenden Medikamente für sie. Michelle schloss die Augen. Das war immerhin besser, als in diese fremde Maske zu blicken, die sich nicht im Geringsten von Marks Gesicht oder dem ihrer Mutter unterschied.

»Ich gebe Ihnen die Adresse und Telefonnummer

eines Neuropsychologen mit, der auf dieses Thema spezialisiert ist. Sobald Sie entlassen werden, sollten Sie sich bei ihm vorstellen.«

Michelle hielt die Augen immer noch geschlossen. Sie hörte, wie der Arzt einen Zettel über den Schreibtisch schob. Das Papier berührte ihre Fingerspitzen und sie öffnete die Augen.

»Ich wünsche Ihnen alles Gute. Sie hatten viel Glück.« Dr. Schwarz erhob sich. Für ihn war das Gespräch beendet. Wie betäubt taumelte Michelle zur Tür und ging hinaus in den Warteraum, wo das fremde Geschöpf mit der vertrauten Uhr am Handgelenk saß. Mark sah sie erwartungsvoll an.

»Und, was sagt er?«

In Marks Stimme lag so viel Hoffnung, dass Michelle ihn anlog. »Es hätte schlimmer kommen können«, sagte sie und fragte sich im selben Augenblick, warum sie nicht ehrlich zu ihm war. Geteiltes Leid war doch halbes Leid, zumindest behauptete das ihre Großmutter immer. Aber innerlich spürte sie, dass sie sein Mitleid und seine Sorge um sie im Moment nicht ertragen könnte. Marks bohrende Fragen, seine zitternde Stimme, sobald er begriff, dass die Lage aussichtslos war. Das wäre alles zu viel für sie. Michelle hatte nur noch ein Ziel. Sie wollte zurück in ihr Zimmer, sich ins Bett verkriechen und die Decke über den Kopf ziehen. Schon als Kind hatte sie sich immer darin verkrochen, wenn nichts mehr ging. Sie wollte die wärmende Dunkelheit des weichen Stoffes spüren und erst einmal nichts anderes mehr empfinden als Geborgenheit. Niemand verstand sie. Sie musste da alleine durch. Mark legte den Arm um ihre Schulter.

»Schatz. Ich sage das jetzt nur ungern, aber ich muss zur Arbeit. Ein dringender Termin. Du schaffst es doch ohne mich zurück, oder?« Er drückte ihr einen Kuss auf die Wange. »Ich laufe von hier aus zum Parkplatz, dann bin ich noch pünktlich.«

»Kein Problem«, sagte Michelle heiser und fühlte sich umso verlassener. Sie sah Mark nach. Er sprintete über eine Wiese und verschwand um die nächste Ecke. Schwarze Stoffhose, beigefarbene Jacke, prägte Michelle sich ein, nur für den Fall, dass er zurückkehrte, weil er vielleicht etwas vergessen hatte.

Sie wandte sich in die andere Richtung und schlich langsam zurück. Das Krankenhausgelände schien ihr groß und verwinkelt. Michelle war froh, dass ihr Orientierungssinn nach wie vor funktionierte. Menschen hetzten an ihr vorbei. Ein Gesicht glich dem anderen. Die Ärzte liefen meist schneller als die Patienten, ihre Kittel wehten, viele hatten ein Klemmbrett unter dem Arm und hielten ein Handy ans Ohr. Ihre Mienen wirkten beschäftigt und ernst, aber unterscheiden konnte Michelle sie nicht voneinander.

Das Gebäude, in dem sich ihr Zimmer befand, kam näher. Eine bekannte Gestalt kam auf sie zugelaufen. Enge, ausgewaschene Jeans, schwarze Lederjacke und mindestens genauso schwarze Haare. Ein großer, attraktiver Typ, der sie anlächelte. Michelle erkannte Oliver Bergmann. Er blieb stehen und grüßte sie freundlich. Seinen Partner konnte sie nirgends entdecken. Sie scannte die Menschen in seiner Nähe nach grauen Haaren ab. Als die diffusen Gesichter auf sie einstürmten, brach sie den Versuch frustriert ab. Vielleicht war Bergmann heute alleine unterwegs.

»Ich dachte im ersten Moment schon, man hätte Sie entlassen«, sagte er. Seine Stimme klang dabei merkwürdig belegt. Gerade so als ob er es bedauert hätte. Wiederum fragte sie sich, ob sie Interesse in seinen Augen sah. Er war so anders als Mark. Groß und männlich, außerdem sehr zuvorkommend. Sie stellte sich eine Sekunde lang vor, wie es wäre, in seinen starken Armen einzuschlafen. Doch dann stoppte sie diese Gedanken. Schließlich hatte sie genug Probleme am Hals. Sie brauchte keinesfalls das nächste Beziehungsdrama. Ganz zu schweigen von Marks Reaktion, wenn er mitbekäme, dass sie andere Männer angaffte. Schnell senkte sie den Blick und beschleunigte ihre Schritte.

»Ich bin eigentlich vorbeigekommen, um mit Ihnen zum Tatort zu fahren.«

Michelle blieb abrupt stehen. Daran hatte sie gar nicht mehr gedacht. Hoffnung blitzte in ihr auf. Sie hatte darüber gelesen, dass traumatische Blockaden durch Konfrontation gelöst werden konnten. Möglicherweise würde sie ihre Sehkraft wiederfinden, sobald sie in diesen Keller zurückkehrte, der laut Bergmann ein alter Luftschutzbunker aus dem Zweiten Weltkrieg war.

»Es wäre nur wichtig, dass Sie sich an die Details erinnern«, erklärte Bergmann, als Michelle nicht sofort reagierte. Sie hing weiterhin ihren Gedanken nach. Die bloße Vorstellung des dunklen Gefängnisses löste eine Panikwelle in ihr aus. Eventuell würde am Ende alles noch schlimmer werden. Traumata konnten sich schließlich auch verstärken. Sie zögerte. Doch wenn sie nichts tat, dann würde sie vielleicht nie wieder Gesichter erkennen. Sie würde den Rest ihres Lebens damit verbringen, die Klamotten anderer Leute auswendig zu lernen.

»Also gut«, sagte sie und wandte sich zu Bergmann um. Verwirrt griff sie mit den Händen in die Richtung, wo er gerade noch gestanden hatte. Doch Bergmann war verschwunden. Ganz so, als wäre er nie da gewesen. Sie drehte sich einmal um die eigene Achse. Bergmann war wie vom Erdboden verschluckt. Wurde sie langsam verrückt? Hatte sie sich durch die Kopfverletzung noch mehr als die Gesichtsblindheit eingefangen? Ungläubig setzte sie sich in Bewegung und beobachtete die Menschen, die auf den Wegen herumliefen. Dann entdeckte sie ihn. Bergmann kam auf sie zu. Es war wie ein Déjà-vu. Verwaschene Jeans, schwarze Lederjacke, dunkles Haar und ein Lächeln auf dem Gesicht. Aber das Lächeln galt gar nicht ihr. Er nickte ihr zu und deutete mit dem Zeigefinger auf das Handy an seinem Ohr. Entschuldigend zog er die Schultern in die Höhe. Komisch, dachte Michelle. Sie hatte es gar nicht klingeln gehört. Sie blieb stehen und musterte ihn. Da erblickte sie einen Mann mit grauen Haaren, der hinter Bergmann stand und ebenfalls telefonierte. Das musste sein Partner sein.

»Tut mir leid, ich wollte nicht unhöflich sein. Das war ein dringendes Telefonat«, erklärte Bergmann mit plötzlich viel tieferer Stimme und reichte ihr die Hand. Michelle griff automatisch danach.

»Kein Problem«, erwiderte sie, immer noch verwirrt. Ihr Bett kam ihr in den Sinn. Dort hatte sie doch die ganze Zeit hingewollt. Sie wollte sich vor der Welt verstecken. Alleine sein unter dem Schutz der warmen Decke. Sie konnte jetzt nicht mit der Polizei zum Tatort fahren. Das würde warten müssen. Michelle musste sich erst sicher sein, dass ihr das wirklich half.

»Können wir ein anderes Mal zum Tatort fahren?«, fragte sie kurzerhand.

Bergmann zog die Augenbrauen in die Höhe. Michelle war nicht imstande, seine Mimik zu deuten. Ob er jetzt sauer auf sie war?

Doch dann sagte er nur: »Natürlich, wenn Sie das möchten.« Seine blauen Augen kamen näher und blickten ihr direkt in die Seele. »Was hat der Arzt gesagt? Kann man etwas gegen Ihr Krankheitsbild tun?«

Seine Fürsorglichkeit war zu viel für Michelle. Die Tränen schossen in ihr hoch, als wären sie mit Sprengstoff geladen. Sein Mund öffnete sich erschrocken. Er reichte ihr ein Taschentuch, und sie riss es ihm förmlich aus der Hand, um die dämlichen Tränen wegzuwischen. Das fehlte ihr noch, diesem Mann in aller Öffentlichkeit eine Heulszene zu machen. Tapfer schluckte sie. Warum nur hatte Mark nicht bleiben können? Plötzlich wollte sie nicht mehr alleine sein. Hatte er heute wirklich arbeiten müssen? Es wäre doch viel wichtiger gewesen, bei ihr zu sein. Aber er hatte schon immer viel zu viel Wert auf seinen Job gelegt. Das war einer der Gründe dafür, dass es zwischen ihnen in letzter Zeit nicht so gut gelaufen war.

»Ich wollte Ihnen eigentlich nur die Fotos überlassen«, wechselte Bergmann das Thema. Womöglich wollte er Michelles Gefühlswelt nicht noch weiter strapazieren. »Doktor Meier meinte, dass es vielleicht helfen könnte. Es ist wohl eine Trainingsfrage. Man kann lernen, Gesichter anhand verschiedener Details zu erkennen. Also, wenn Sie nichts dagegen haben ...«, er hielt Michelle einen großen Umschlag hin. »Wir machen uns dann mal auf den Weg.« Er nickte höflich zum Abschied und drückte ihr die Fotos in die Hand. Michelle sah den beiden Kriminalkommissaren lange hinterher. Warum hatte Bergmann es plötzlich so eilig?, fragte sie sich frustriert. Offenbar wollte niemand mehr Zeit mit ihr verbringen.

* * *

Das war knapp gewesen. Er konnte nur von Glück sagen, dass es mehr als genug alte Bäume auf dem Gelände gab, hinter denen man in Deckung gehen konnte. Immer noch war er wie gelähmt von dem Schock. Es war eine Fügung des Schicksals gewesen, dass er Oliver Bergmann und seinen Partner vor Michelle entdeckt hatte. Genau in jenem Moment, wo er sie so weit hatte, dass sie mit ihm gegangen wäre, trat der dunkelhaarige Kriminalkommissar auf den Plan. Als sie kurz weggesehen hatte, war er in Windeseile hinter einen dicken Baumstamm gehechtet und hatte sich anschließend davongestohlen. Bergmann hatte seine Vorbereitungen mit einem Schlag zunichtegemacht. Natürlich war ihm bewusst, dass die Polizei ihn früher oder später schnappen könnte. Er konnte nicht haufenweise Frauen umbringen, ohne gejagt zu werden. Trotzdem hatte er nicht damit gerechnet, dass es so schnell gehen würde. Womöglich hätte er die Frauen in einer anderen Reihenfolge entführen sollen. Aber für solche Überlegungen war es jetzt sowieso zu spät.

Er blickte in den Rückspiegel seines Autos und zog die Maske vom Gesicht. Dieser verfluchte Bergmann mit seinem attraktiven Gesicht. Warum musste er ihm in die Quere kommen? Vielleicht sollte er für diesen Kerl ein Ablenkungsmanöver starten. Er hatte herausgefunden, dass er mit einer Reporterin zusammen war. Wenn ihr etwas geschah, dann könnte er Bergmann für eine Weile lähmen. Sein Partner erschien ihm ungefährlich. Er hatte bereits graue Haare und saß wahrscheinlich nur noch die letzten Jahre bis zur Pensionierung ab. Seine Finger glitten über die Narben auf seinen Wangen. Ob Michelle ihn wiedererkennen würde? Heute hatte sie mächtig verwirrt gewirkt. Trotzdem durfte er kein Risiko eingehen. Nur gut, dass er mehrere Varianten ausgearbeitet hatte. Er hatte stets einen Plan B und auch einen Plan C. Heute war lediglich Plan A gescheitert. Es wäre im Grunde genommen zu leicht gewesen, wenn sie einfach zu ihm ins Auto gestiegen wäre. Spätestens am Wagen hätte sie ihren Irrtum bemerkt. Er fuhr einen Fiat, und das wäre Michelle sicherlich aufgefallen. Diese Automarke existierte bei der Polizei nicht, auch nicht als Dienstwagen der Kriminalpolizei. Natürlich hätte er einen Mietwagen nehmen können. Dann hätte die Täuschung ein wenig länger angehalten. So lange, bis sie direkt neben ihm im Auto gesessen und die Gummimaske auf seinem Gesicht erkannt hätte. Aber sein Plan war es gewesen, sie bereits zu betäuben, bevor sie in den Wagen stieg. Automatisch tasteten seine Hände nach dem mit Chloroform getränkten Tuch, das er ihr über Mund und Nase hatte halten wollen. Er zog das Tuch hervor und warf es wütend auf den Rücksitz. Er würde den Rest des Tages damit verbringen, Plan B zu verfeinern oder tatsächlich Kontakt zu dieser Reporterin aufzunehmen. Seine Finger trommelten auf dem Lenkrad, während seine Gedanken unaufhörlich kreisten. Schluss jetzt, dachte er und fuhr endlich los. Es fehlte noch, dass ihn jemand hier auf dem Parkplatz entdeckte.

* * *

Oliver war nervös. Er konnte sich nicht erinnern, wann es ihn zuletzt so sehr erwischt hatte. Emily sah einfach umwerfend aus. Er konnte ihr frisch gewaschenes Haar riechen und der Duft trieb ihn fast in den Wahnsinn. Sein Denkvermögen war auf ein Minimum geschrumpft. Es reichte gerade noch, um die Speise-karte vom Kellner entgegenzunehmen. An der Auswahl eines Gerichts scheiterte Oliver bereits. Der Gegenstand in seiner Hosentasche hatte ein merkwürdiges Eigen-leben entwickelt. Oliver bildete sich ein, dass das Metall immer heißer wurde und sich durch die Hosentasche in seine Haut brannte. Das Gefühl war so stark, dass er sich überhaupt nicht auf die Menüs konzentrieren konnte. Ganz untypisch fragte er: »Was willst du essen? Hast du schon eine Idee?«

Emily warf ihm einen undefinierbaren Blick zu. Olivers Herz rutschte in die Hose. Wenn sie jetzt bemerkte, dass etwas nicht stimmte, dann würde sie ihn mit Fragen durchlöchern und alles verderben. Schnell senkte er den Blick und las auf gut Glück ein Menü vor: »Ich denke, das Rinderfilet mit Gorgonzola könnte lecker sein«, murmelte er und bemühte sich um eine feste Stimme.

»Seit wann magst du Käse?« Emily runzelte die Stirn und betrachtete ihn.

»Ist ja kein normaler Käse«, flunkerte Oliver und hoffte, sie würde sich mit dieser Erklärung zufriedengeben. Bevor sie weiterbohren konnte, holte er die Plastiktüte mit dem Bibeleinband hervor. Es war besser, sich erst einmal auf sicherem Terrain zu bewegen. Er brauchte eine Atempause, ehe er zum eigentlichen Thema des Abends kommen wollte. Sein Plan ging auf. Emilys Augen ließen von ihm ab und wanderten zu dem silbernen Einband. Die Historikerin in ihr griff sofort nach der Tüte.

»Das sieht alt aus«, murmelte sie und drehte die Bibelhülle in den Händen.

»Hab es am Tatort gefunden. Es war alles ziemlich verkohlt, aber das Silber hat es recht gut überstanden. Leider sind die Seiten komplett zerstört. Wenn du es umdrehst, erkennst du eine eingravierte Schrift, die ich nicht entziffern kann.« Oliver wusste, dass Emily die altdeutsche Schrift beherrschte. Vielleicht würde ihn diese Inschrift zum Besitzer der Bibel führen.

»Wenn du eine Frau siehst, denke, es sei der Teufel! Sie ist eine Art Hölle!«, las Emily vor und runzelte die Stirn. »Ich kenne diesen Satz. Er stammt von Papst Pius II.«

»Von einem Papst?« Oliver wunderte sich. Was sollte dieses Zitat zu bedeuten haben? War er einem Frauenhasser auf der Spur?

»Ja, Papst Pius hat im fünfzehnten Jahrhundert gelebt. Zu dieser Zeit diskutierte die Kirche darüber, ob Frauen überhaupt eine Seele haben.« Emily schüttelte missbilligend den Kopf. »Das waren schlimme Zeiten. Die Inquisition schritt damals immer weiter voran.« Sie strich mit dem Finger über die Hülle. »Es sieht aber so aus, als ob diese Inschrift erst später hinzugefügt wurde. Das Zitat ist altdeutsch und alles andere ist in Latein geschrieben. Es ist also keine Luther-Übersetzung. Daher kann es gut sein, dass die Bibel von vor 1522 stammt.«

»Ja, das ist richtig«, sagte Oliver anerkennend. Er hatte den Bericht zu dem aufgefundenen Kreuz und der Bibel gelesen. Die Inschrift auf dem Einband war erst vor Kurzem ergänzt worden. Der Materialexperte hatte das Alter auf maximal zwei Jahre geschätzt. Das Silber selbst war etwa fünfhundert Jahre alt.

»Die Bibel war sehr wertvoll. Sie muss einem gehobenen Kirchenmann gehört haben. Vielleicht einem Gefolgsmann des Erzbischofs oder dem Erzbischof selbst. Das hier ist das Kölner Stadtwappen und auch der Name des amtierenden Erzbischofs ist eingraviert. Hermann von Hessen.«

»Wo bekommt man heutzutage eine solche Ausgabe her?«, wollte Oliver wissen.

»Ich würde ein gut sortiertes Antiquariat oder eine Erbschaft vermuten. Unter zweitausend Euro ist so ein Buch mit Sicherheit nicht zu haben. Wenn ich den silbernen Einband betrachte, tippe ich eher auf das Drei- bis Vierfache. Er ist wunderschön.«, schloss Emily und berührte fasziniert das glänzende Metall. »Ich kann gar nicht verstehen, warum das Buch den Flammen zum Opfer gefallen ist. Ich hätte es beschützt wie mein eigenes Leben.«

Oliver musste bei der Vorstellung grinsen. Emily hätte das wahrscheinlich tatsächlich getan. So war sie nun einmal, voller Leidenschaft. Aber ihre Worte machten ihn auch nachdenklich. Diese Frage hatte er sich noch gar nicht gestellt. Der Täter war gut vorbereitet und organisiert. Er hatte es geschafft, an allen Augen der Öffentlichkeit vorbei zwei Luftschutzbunker in Zons für seine Gräueltaten herzurichten. Niemand hatte etwas bemerkt. Das erforderte ein hohes Maß an Perfektion. Er musste die Gegend vorher wochenlang ausgekundschaftet haben. Er wusste genau, wann viele Menschen unterwegs waren und wann nicht. Der Täter hatte immer den richtigen Zeitpunkt abgepasst. Auch die alte Bibel sprach für planvolles Handeln. Schließlich schaffte sich kein Mensch ein so wertvolles Kunststück einfach so an. Die Flucht von Michelle Henrich musste den Mörder so in Panik versetzt haben, dass er die Antiquität den Flammen überlassen hatte. Obwohl die ersten Leichenfunde erst vier Tage her waren, hatte Oliver das Gefühl auf der Stelle zu treten.

»Kannst du für mich herausfinden, woher die Bibel stammen könnte?«, fragte Oliver.

»Ja, ich kenne einen Professor in Köln. Der hat vielleicht eine Idee«, antwortete Emily und grinste. »Wie wäre es, wenn wir uns das Chateaubriand teilen. Das ist für zwei Personen.«

An das Essen hatte Oliver gar nicht mehr gedacht. Er war froh, dass Emily eine Wahl getroffen hatte, die ihn mit einschloss. Er winkte den Kellner herbei und gab die Bestellung auf. Dazu ließ er sich einen französischen Rotwein empfehlen, der ihn ein Vermögen kostete. Doch der Abend war es wert. Oliver wollte, dass alles perfekt war. Er hatte ein kleines, ruhiges Restaurant ausgesucht, in dem es nicht allzu laut zuging. Im Hintergrund lief leise Musik, und er hoffte, dass Emily es romantisch finden würde. Bei solchen Dingen war sich

Oliver immer unsicher. Er kannte seine Gefühle und musste nicht viel Aufsehen darum machen. Emily war die Frau seines Lebens, das konnte er mit jedem Herzschlag spüren. Es war egal, ob sie zusammen waren oder getrennt, ob bei Kerzenschein oder unter grellen Neonleuchten. Emily war von der ersten Sekunde an die Richtige gewesen. Aber er wusste, dass Emily Romantik über alles liebte. Sie brauchte Gesten und Zeichen, um sich seiner Liebe sicher zu sein. Oliver hoffte, dass er mit seinem heutigen Geschenk alle Zweifel ausräumen würde.

Der Gegenstand in seiner Tasche schien zu glühen. Der Kellner servierte den Wein und Oliver beförderte das Metall hervor. Er legte es zwischen seine Oberschenkel auf den Stuhl. Jetzt musste er nur noch loslegen. Emily lächelte und hielt das Weinglas unter die Nase. Es war ein sehr guter Jahrgang mit einer fruchtigen Note. Sie stellte das Glas ab und wartete darauf, dass Oliver mit ihr anstieß. Trotz des riesigen Kloßes im Hals brachte Oliver endlich den entscheidenden Satz heraus. »Ich habe ein Geschenk für dich.« Seine Stimme hörte sich fremd und rau an. Mit zitternden Händen tastete er nach dem Gegenstand zwischen seinen Oberschenkeln und legte ihn auf den Tisch.

»Du wolltest doch immer eine schicke Penthouse-Wohnung, hoch über den Dächern und mit einer schönen Terrasse«, Oliver räusperte sich und sah Emily tief in die Augen. »Möchtest du mit mir zusammenziehen? Ich habe eine tolle Wohnung für uns gefunden.« Er schob den Schlüssel über den Tisch. Jetzt war es geschafft. Gespannt beobachtete er Emilys Reaktion. Ihre Augen waren vor Überraschung geweitet, die

182

Wangen rot und der Mund leicht geöffnet. Sie sah unheimlich sexy aus. Emily blinzelte ein, zwei Mal und schluckte.

»Wow, ich weiß gar nicht, was ich sagen soll«, hauchte sie und ergriff seine Hand, die neben dem Schlüssel ruhte. »Das ist wirklich total süß von dir.« Sie ließ seine Hand los, stand auf, lief um den Tisch herum und setzte sich auf seinen Schoß. Oliver atmete ihren Duft tief ein. Ihr vertrautes Körpergewicht versetzte ihn in prickelnde Erregung. Sie nahm sein Gesicht in die Hände und küsste ihn zärtlich. Oliver schlang die Arme um ihre Taille und öffnete ihre Lippen mit seiner Zunge. Sie schmeckte so verführerisch, dass er ihr am liebsten die Kleider vom Leib gerissen hätte. Eine Antwort auf seine Frage brauchte er nicht mehr. Dieser Kuss bedeutete ein klares Ja. Sein Herz donnerte, während er Emily fordernd an sich presste. Unvermittelt schob sie ihre kleinen Hände an seine breite Brust und stieß ihn sanft von sich. Ihr Mund wanderte zu seinem Ohr, wobei ihn ihr langes Haar am Hals kitzelte. Er unterdrückte den Reiz, ihre Arme wegzudrücken und sie einfach weiter zu küssen. Er wollte sie schmecken und sie besitzen. Oliver wollte mit ihr eins sein und diesen Moment nicht mehr loslassen.

»Zeig mir unsere Wohnung«, flüsterte sie leise in sein Ohr.

Die Worte drangen nur langsam in seinen benebelten Verstand. »Das mache ich, gleich morgen«, flüsterte er und zog sie wieder näher an sich.

»Nein, ich meine jetzt. Sofort.« Ihre dunkelbraunen Augen funkelten ihn an. »Lass uns gehen.«

»Aber das Essen ist doch noch gar nicht da«, protestierte Oliver halbherzig. Er ließ sie aufstehen und spürte das unbändige Verlangen, auf der Stelle mit ihr zu schlafen. Verwirrt sah er ihr in die Augen und erkannte ihr Vorhaben. Sie wollte ihn. Jetzt, sofort, in ihrer neuen Wohnung. Oliver brauchte keine zwei Sekunden, um einen Hunderteuroschein auf den Tisch zu legen und seine Jacke zu schnappen.

»Es tut mir leid, uns ist etwas Wichtiges dazwischengekommen«, rief er dem Kellner zu, der sich ihnen mit bitterböser Miene in den Weg stellte. Doch bevor dieser nur ein Wort sagen konnte, zeigte Oliver auf das Geld.

»Der Rest ist für Sie.« Dann stürmte er Emily hinterher, die bereits vorausgegangen war. Nur gut, dass sie direkt vor dem Restaurant einen Parkplatz ergattert hatten. Oliver sprang in den Wagen und drückte aufs Gas. Immer wieder warf er einen Blick zu Emily hinüber, die sich genüsslich zurückgelehnt hatte und ihn mit glänzenden Augen anlächelte.

»Ich dachte schon, du seist ein eingefleischter Junggeselle, der sich nicht festlegen kann«, wisperte sie provozierend und legte eine Hand auf seinen Oberschenkel.

»Ich werde dir gleich zeigen, auf wen ich festgelegt bin und was ich mit dem Objekt meiner Begierde alles so anstelle.« Olivers Puls hatte schwindelerregende Höhen erklommen. Die Wohnung lag in der Hafengegend von Neuss und war nagelneu. Nur durch einen glücklichen Zufall war er an die Immobilie gekommen. Aber schon als er die schöne, achtzig Quadratmeter große Wohnung zum ersten Mal gesehen hatte, wusste er, dass es genau das Richtige für ihn und Emily war. Er hielt den Wagen mit quietschenden Reifen an und öffnete mit einem Chip am Schlüsselanhänger das Tor zur Tiefgarage. Ungeduldig pochte er mit den Fingern auf das Lenkrad. Das Tor ließ sich alle Zeit, nach oben zu fahren. Endlich konnte er wieder Gas geben. Oliver parkte gleich neben den Fahrstühlen. Er öffnete Emily die Autotür und küsste sie leidenschaftlich, während seine Finger die Taste am Aufzug suchten. Schon im Fahrstuhl riss er Emily die Jacke vom Leib und tastete unter ihrem T-Shirt nach den weichen Rundungen ihrer Brüste. Der Aufzug hielt und sie stiegen eng umschlungen aus.

»Welche Tür ist es?«, fragte Emily und zog triumphierend den Wohnungsschlüssel aus ihrer Hosentasche.

»Linke Seite«, krächzte Oliver und konnte es kaum erwarten, bis sie endlich die Tür aufgeschlossen hatte.

Wie zwei Verhungernde stürzten sie sich aufeinander, sobald die Tür sich hinter ihnen geschlossen hatte. Als sie nach einer Weile verschwitzt voneinander abließen, fragte Oliver: »Willst du die Wohnung mal ansehen?«

Emily sprang auf und lief nackt zum Fenster. »Das ist eine tolle Aussicht. Genau, wie ich es mir immer gewünscht habe«, sagte sie und strahlte Oliver an. »Wie lange hast du die Wohnung schon?«

»Seit zwei Wochen. Ich wollte alles in trockenen Tüchern haben, bevor ich dich frage.«

»Und wenn ich Nein gesagt hätte?«, entgegnete sie kratzbürstig und schmiegte sich an ihn.

»Ich hatte gehofft, dass du es nicht tust«, flüsterte Oliver und atmete erleichtert aus. »Es ...« Der Klingelton seines Diensthandys unterbrach ihn.

»Verdammt, wer ruft denn um diese Uhrzeit noch an?«, fluchte Oliver und ging zurück zu seiner Kleidung, die auf dem Boden verstreut lag. Er angelte das Handy aus den Jeans und stöhnte, als er Steuermarks Nummer im Display aufleuchten sah.

»Bergmann«, sagte er mit tiefer Stimme.

»Wir haben eine neue Frauenleiche. Sie liegt in einer Baugrube in Zons. Morgen sollte zementiert werden. Es war Zufall, dass der Bauleiter die Leiche heute Abend entdeckt hat. Fahren Sie bitte sofort zum Fundort.«

VOR FÜNFHUNDERT JAHREN

»Ich verstehe nicht, warum der Mörder die Tote aus dem Haus gestohlen hat. Was wollte er mit dem Leichnam anfangen?« Bastian hatte sich diese Frage schon unzählige Male gestellt. Erwartungsvoll sah er Pfarrer Johannes an und hoffte auf eine Antwort. Er liebte Johannes wie einen eigenen Vater. Er war klug und weise. Mehr als einmal hatte Johannes ihm bei der Lösung eines Falles geholfen. Es tat einfach gut, mit einem Vertrauten zu reden.

»Ich denke nicht, dass er Spuren verwischen wollte. Dann hätte er stärker achtgegeben und keine Fußabdrücke im Haus hinterlassen. Ich glaube, unser Mann ist sehr wütend. Deshalb näht er seinen Opfern bei lebendigem Leib die Augen zu.« Pfarrer Johannes nahm einen großen Schluck Wein. Seine Wangen hatten bereits ein kräftiges Rot angenommen. Es war nicht der erste Becher an diesem Abend. »Diese Morde erinnern mich irgendwie an die neuesten Entwicklungen in der Kirche. Es mehren sich die Stimmen, die scheinbar gefährliche Weibsbilder dem Scheiterhaufen überlassen wollen. In Italien haben einige schlimme Prozesse stattgefunden. Massenhaft wurden Frauen als Hexen beschimpft, peinlich befragt und anschließend den Flammen übergeben.« Johannes rieb sich nachdenklich das Kinn. »Ich meine, vor ein paar Monaten war ein italienischer Pilger hier, der mir erzählt hat, man müsse sich vor dem bösen Blick der Hexen schützen. Eine Augenbinde könnte das Böse nicht abhalten, deshalb sind sie mit dem Schwert geblendet worden.«

»Was genau soll der böse Blick bedeuten?«, fragte Bastian neugierig und nahm ebenfalls einen großen Schluck des köstlichen Weines. Johannes hatte eine Schwäche für edlen Wein und war stets mit guten Jahrgängen ausgestattet. Seinem kleinen Häuschen, das ihm gleich hinter der Kirche Obdach bot, konnte man diese Schätze von außen nicht ansehen. Es war eine bescheidene, spartanisch eingerichtete Hütte. Bastian fühlte sich gerade deswegen hier zu Hause. Es war diese Klarheit, mit der Johannes sein Leben eingerichtet hatte. Er war Pfarrer und weltliche Güter interessierten ihn nicht. Im Gegensatz zu Bastian hatte er keine Schwierigkeiten mit seinem Leben und ganz sicher hatte sich Johannes auch noch nie fortgesehnt. Schon gar nicht in eine andere Zeit und noch viel weniger in die Arme einer fremden Frau. Bastian bewunderte Pfarrer Johannes für die Ordnung, die in seinem Leben herrschte. Er selbst war auch einmal so klar und stringent in seinen Gedanken und Gefühlen gewesen, bis Anna in seinen Träumen aufgetaucht war. Sie war ein Engel, dem er nicht hatte widerstehen können. Und ihre Begegnungen erschienen so realistisch, dass es unmöglich nur Träume sein konnten. Bastian seufzte und zog sein Notizbuch hervor. Er musste einfach einen kurzen Blick auf ihr hübsches Gesicht werfen.

»Euer Leid wird ein Ende haben, sobald Ihr wisst, dass es ihr gut geht.«

Bastian blickte den Pfarrer erstaunt an.

Dieser grinste. »Mein lieber Junge, Eure verträumten Augen sind mir nicht entgangen und auch nicht die Häufigkeit, mit der Ihr dieses Bild betrachtet. Sie ist wirklich eine Schönheit.«

Bastian seufzte. »Ja, das ist sie. Aber ich kenne sie nicht.«

Der Pfarrer legte Bastian die Hand auf die Schulter. »Mein Junge, Gottes Wege sind unergründlich. Wenn Ihr nur in Euren Träumen mit dieser Frau zusammen seid, ist es vielleicht eine Vision Eures künftigen Ichs. Wir sterben, aber unsere Kinder leben weiter und mit ihnen ein Teil von uns.«

Bastian nickte. Er hatte diesen Nachfahren bereits im Traum gesehen. Er konnte nicht erklären, warum, aber er wusste, dass dieser Mann mit seiner Anna verbunden sein würde. Dennoch stach die Eifersucht ihm bitter ins Herz. Denn er würde sie nie bekommen können.

»Wie Ihr wisst, habe ich ein Porträt von Anna anfertigen lassen, und möchte, dass es von Generation zu Generation an meine männlichen Nachfahren weitergegeben wird. Könntet Ihr dafür sorgen?«

»Natürlich, mein Junge. Ich werde alle meine Nachfolger darum bitten und dafür Sorge tragen, dass Euer Vermächtnis weitergegeben wird. Und wenn es tausend Jahre dauert, so wird sich das Schicksal irgendwann unwiderruflich erfüllen.« Pfarrer Johannes goss Wein nach. »Und nun, mein Junge, lasst uns zurückkehren in die Gegenwart. Ich habe lange über die zugenähten Augen nachgedacht. Ich glaube, der Mörder sieht so etwas wie Hexen oder dem Teufel zugewandte Frauen in seinen Opfern. Das passt zu einer Hellseherin und einer Kräuterfrau. Er näht ihnen die Augen zu, weil er Angst hat, dass sie ihn sonst verfluchen könnten. Und um sie am Ende völlig unschädlich zu machen, übergibt er sie dem Feuer.«

Wie aufs Stichwort gellte plötzlich ein lauter Schrei durchs Haus. »Feuer.«

Die Haushälterin des Pfarrers stürmte aufgeregt in die Stube. »Ich habe gerade die Küche aufgeräumt und dann habe ich eine riesige Flamme durch das Fenster gesehen.«

Bastian sprang auf und rannte in die Küche. Von Weitem konnte er die Flammen sehen, die außerhalb der Stadtmauer hinter dem Feldtor loderten. Er musste helfen, das Feuer zu löschen. Hektisch verabschiedete er sich und stürmte hinaus in die rabenschwarze Nacht. Es war nicht weit bis zum Feldtor. Der Qualm kam Bastian schon entgegen, als er kurz vor dem Feldtor war. Seine Männer von der Stadtwache hatten längst reagiert und schleppten Wassereimer durch das Tor. Auf einem Holzhaufen, der nicht besonders groß war, lag ein schwarzes Bündel. Die Stadtsoldaten versuchten, das Feuer einzudämmen. Sie schrien und riefen sich Befehle zu, während sie eilig die Wassereimer über den Flammen entleerten. Das Bündel beachtete niemand von ihnen. Eine unheimliche Ahnung beschlich Bastian. Hatte der Mörder den Leichnam gestohlen, um ihn zu verbrennen? Das Feuer loderte heftig. Funken stoben in alle Richtungen, und die Flammen hatten solch eine Kraft, dass die eigene Haut zu versengen drohte. Trotzdem schrie Bastian: »Holt das Bündel herunter. Schnell, schnell!«

Die Soldaten ergriffen lange Mistforken und stocherten mit ausgestreckten Armen in dem lodernden Scheiterhaufen herum. Der erste Versuch schlug fehl. Es war einfach zu heiß und das Atmen fiel schwer. Sie probierten es ein zweites Mal und diesmal brachten sie das Bündel in Bewegung. Es rutschte herunter, blieb jedoch auf halber Höhe hängen, da es sich im Holz verhakt hatte. Ein beherzter Soldat trat mit dem Stiefel kräftig dagegen. Das Bündel löste sich und rollte auf die Erde. Neben dem Feuer blieb es liegen. Jemand zerrte es eilig weiter weg. Zwei andere gossen einen Eimer Wasser darüber. Ein lauter Zischlaut ließ sie zurückweichen. Die Flammen gingen in beißenden, grauen Qualm über.

Bastian ergriff eine Forke und hob die Reste des zerfetzten und beinahe völlig verkohlten Leinentuchs an. Die Männer hinter ihm schrien entsetzt auf, als ein Mensch darunter zum Vorschein kam oder das, was von ihm übrig war. Das Gesicht war vollkommen schwarz. Die Haare hatten sich in eine schwarze Masse verwandelt. Bastian entfernte das Tuch vollständig. Der Rest des Körpers sah nicht viel besser aus. Die Leiche war bereits so stark verkohlt, dass nicht mehr zu erkennen war, ob sie Kleider getragen hatte.

»Verdammt«, fluchte Bastian lauthals. Jetzt würde er nicht einmal mehr feststellen können, ob es sich um die Hellseherin Agnes handelte. Er betrachtete die menschlichen Überreste. Der Körperbau war recht zierlich und konnte durchaus zu einer Frau gehören. Die Arme und Beine waren durch das Feuer erheblich geschrumpft. Unwillkürlich schauderte Bastian. Trotzdem wich er nicht zurück, sondern nahm eine Fackel, um mehr sehen zu können. Vielleicht war ja irgendetwas vom Feuer verschont geblieben, das ihm Aufschluss über die Identität des Opfers verschaffen könnte. Er begann bei den Schuhen, von denen nichts mehr übrig war. Dann leuchtete er die Beine und den Oberkörper ab, ohne fündig zu werden. Als er am Kopf angelangt war, hatte er eine zündende Idee. Bastian erinnerte sich an den Goldzahn, den er in Agnes' Mund gesehen hatte. Gespannt hielt er die Fackel näher ans Gesicht. Vor ihm lag ein völlig verkohlter Haufen aus Haut, Fleisch und Knochen. Die Lippen waren kaum noch zu erkennen. Sie hatten sich durch die Hitze zusammengezogen und verwandelten den Kopf in eine entsetzliche Fratze. Bastian verzog angewidert das Gesicht. Er hatte wenig Lust, in dieser verbrannten Maske nach einem Gold-zahn zu stochern. Trotzdem griff er nach einem klei-neren Stöckchen und stieß es widerwillig zwischen die Lippen. Er traf auf Widerstand und setzte mehr Kraft ein. Mit einem ekelhaften Schmatzen löste sich der Unterkiefer. Bastian wurde flau, doch er schluckte dieses Gefühl mit aller Willenskraft hinunter. Er leuch-tete den Unterkiefer ab und rieb mit dem Stöckchen über die Zähne, die größtenteils noch erhalten waren. Unter dem Ruß stieß er auf etwas Glitzerndes, den Gold-zahn! Triumphierend zog er ihn heraus. Er hatte tatsächlich den Leichnam von Agnes gefunden.

Jetzt war ihm auch klar, warum der Mörder Agnes'

Leiche fortgeschafft hatte. Er wollte ihre sterblichen
Überreste verbrennen. Pfarrer Johannes' Worte wiederholten sich in seinem Kopf. Hatte es die heilige Inquisition etwa bis nach Zons geschafft? Musste er vielleicht
gar nicht nach dem Zwirn, sondern viel eher nach
einem Kirchenmann suchen, der in den armen Frauen
Gehilfinnen des Teufels sah? Aber weshalb rief derjenige dann keinen offiziellen Inquisitor nach Zons?
Warum brachte er die Frauen heimlich und auf eigene
Faust um? Bastian schüttelte den Kopf. Irgendwie
klang das nicht schlüssig. Möglicherweise verbrannte
er die Ermordeten ja auch, damit niemand ihre zugenähten Augen sah. Es konnte doch gut sein, dass der
Täter eine sadistische Freude daran hatte, seine Opfer
zu quälen. Anschließend musste er die Spuren verwischen. Das war für einen Mörder schließlich meist das
Wichtigste.

»Habt ihr gesehen, wer das Feuer entzündet hat?«,
fragte Bastian seine Soldaten, die immer noch damit
beschäftigt waren, die Flammen zu löschen. Der große
Johann blieb stehen und kratzte sich an der langen
Nase.

»Ich hatte Wache heute Nacht. Seit zwei Stunden hat
kein Mensch mehr die Stadt verlassen.« Die Stimme des
Mannes klang hölzern und seine Augen wirkten stumpf.
Bastian stöhnte innerlich. Es war so schwer, gute
Männer zu finden. Johann war gutgläubig und nicht
besonders klug. Jeder, der ihm ein gut durchdachtes
Märchen verkaufte, würde von ihm durch das Tor
gelassen werden.

»Wer hat denn als Letzter das Tor passiert?«, hakte
Bastian nach.

Johann überlegte. »Ich glaube, es war ein Bauer mit einem Karren.«

»Kennst du seinen Namen und hast du das Gefährt durchsucht?«

Johann verdrehte ob der vielen Fragen die Augen. Er war offensichtlich überfordert. Bastian ärgerte sich und beschloss, Johann zukünftig nicht mehr alleine die Wache zu überlassen.

»Na ja. Ich erinnere mich, dass der Mann es eilig hatte. Sein Weib erwartete ihn zum Essen, und er hatte Sorge, nicht rechtzeitig da zu sein. Da habe ich ihn durchgewunken. Es war ja wirklich schon spät.«

Bastian stöhnte, diesmal vernehmlich. Es war gut möglich, dass Johann den Mörder der beiden Frauen einfach hatte passieren lassen.

»Weißt du, wie er aussah?«

Johann war mittlerweile puterrot angelaufen. Er stotterte. »Es war, es war doch schon dunkel und der Mann hatte … hatte eine Kapuze auf. Vielleicht war es auch eine Art Schal. Jedenfalls war er verhüllt. Ich konnte ihn nicht erkennen.«

Ein Schal. Das passte. Wernharts Angreifer hatte das Gesicht ebenfalls unter einem Schal verborgen gehabt.

»Von welcher Gestalt war der Mann?«

Johann kratzte sich hektisch am Kopf. »Er hat doch gesessen. Ich konnte wirklich nicht sehen, ob er groß oder klein war. Da hätte ich ihn absteigen lassen müssen, aber er hatte es schließlich so eilig.«

Langsam verlor Bastian die Geduld. »Hast du denn wenigstens gesehen, ob er dünn oder dick war?«

Johann senkte den Blick. »Nein.« Seine Stimme klang kläglich. »Tut mir leid.«

»Ab sofort verstärken wir die Wachen an jedem Tor. Wir erfassen jeden Besucher mit Namen und auch jeden, der die Stadt verlässt.« Bastian rief ein paar Namen auf und sorgte dafür, dass jedes Stadttor mit mehreren Posten besetzt wurde, von denen jeweils mindestens einer das einfache Schreiben von Namen beherrschte.

In verdrießlicher Stimmung ging er nach Hause und fiel in einen unruhigen Schlaf. Im Moment lief nichts so, wie er es sich vorgestellt hatte.

* * *

»Seid Ihr Euch da wirklich sicher? Ich finde, er sieht eher tot als lebendig aus. Wie lange dauert dieser Zustand denn noch an? Er schläft fast den ganzen Tag. Das ist sicher kein gutes Zeichen«, zeterte Adelheid. Sie lief vor Wernharts Krankenbett auf und ab, die Stirn in tiefe Falten gelegt.

»Er ist doch offenbar auf dem Weg der Besserung. Bemerkt Ihr nicht, wie ruhig sein Atem heute geht?«, fragte Josef Hesemann. Er saß neben Wernhart auf dem Bett und benetzte die Wunde an seiner Seite mit Kräutertinktur.

»Ich hoffe, dieses Zeug macht ihn nicht zum Krüppel. Ich dachte, Ihr seid Arzt und keine Kräuterfrau. Bei uns daheim haben nur Hexen mit Salben hantiert.«

»Jetzt lasst mich meine Arbeit machen und untersteht Euch gefälligst, mir Ratschläge zu erteilen!« Die Stimme des Arztes, die eigentlich stets freundlich klang, hatte den reißenden Ton einer Säge angenommen. Bastian, der hinter der angelehnten Tür stand, konnte spüren, dass Josef kurz davor war, die Nerven zu verlieren. Es war jetzt genau sechs Tage her, dass Wernhart niedergestochen worden war. Den Umständen entsprechend verlief die Heilung hervorragend. Bastian hatte am Vortag den Schneidermeister Wilhelm Schauff aufgesucht und sich das Handelsbuch und den Zwirn zeigen lassen. Schauff war im Gegensatz zu den beiden anderen Schneidermeistern von stattlicher Statur. Zwar war er nicht besonders hochgewachsen, aber die geringe Körperhöhe glich er mit einem beeindruckenden Bauchumfang aus. Er war fast so breit wie hoch, trug einen Vollbart und hatte kein einziges Haar mehr auf dem Kopf. Die Poren auf seiner Nase waren rot und die Haut aufgedunsen. Der Mann verfügte wie Pfarrer Johannes über einen gut sortierten Weinkeller und genoss offenbar regelmäßig einen schönen Tropfen. Schauff passte nicht in Bastians Suchschema. Er war viel zu behäbig, und seine Körperfülle führte dazu, dass er sich kaum auf den Beinen halten konnte. Bastian traute dem Mann nicht zu, eine Leiche aus dem Haus zu tragen und auf einen Scheiterhaufen zu hieven. Bei seinen vier Gesellen hingegen sah die Sache anders aus. Sie waren allesamt schlank, flink und kräftig genug, um als Täter infrage zu kommen. Auch ihnen fühlte Bastian auf den Zahn, genau wie den Burschen, die die erste Leiche gefunden hatten. Aber er hatte das Gefühl, dass er sich mit jeder Befragung weiter von seinem Ziel entfernte.

Adelheids Stimme riss ihn aus den Gedanken. »Warum lasst Ihr ihn denn nicht zur Ader? Ich habe schon gesehen, wie Menschen dadurch geheilt wurden. Das Schlechte muss aus ihm herausfließen, oder wollt

Ihr dafür verantwortlich sein, dass ich lebenslang an einen Krüppel gebunden bin?« Ihr missgünstiger Tonfall fraß sich wie ein Wurm in Bastians Gedärme. Er konnte dieses Weib nicht ausstehen. Adelheid hatte Wernhart überhaupt nicht verdient. Sie war ein gehässiges und eingebildetes Weibsstück. Entschlossen stieß Bastian die Tür auf und trat ein.

»Seid gegrüßt, Adelheid«, sagte er mit fester Stimme. »Ich hoffe, Ihr erfreut Euch an der wachsenden Genesung Eures Gatten.«

Adelheid funkelte ihn böse an. »Nun, hättet Ihr Eure Pflicht erfüllt, läge mein Gemahl nicht auf diesem Krankenbett«, erwiderte sie trocken und wandte sich wieder Josef zu. »Also, was sagt Ihr zum Aderlass?«

Josefs Gesicht war vor Wut rot angelaufen. Er schwitzte. »Er hat durch seine Wunde viel Blut verloren. Seht Ihr nicht, wie blass er ist? Ich will Wernhart am Leben erhalten und nicht ins Jenseits befördern. Ein Aderlass ist das Letzte, was er jetzt braucht.«

»Aber ...«

»Haltet ein!«, fuhr Bastian dazwischen. Er hatte genug. »Josef ist hier der Arzt, und er weiß, was zu tun ist.« Adelheid drehte sich nicht einmal zu ihm um. Bastians Blick bohrte ein Loch in ihren Nacken und blieb an etwas hängen, das einen Gedanken in seinem Kopf auslöste. Sie trug ein hochwertiges Kleid, der Stoff war reichlich verziert und mit einem mehrfach gedrehten Zwirn vernäht. Bastian blinzelte und fixierte das Garn. Es gab keinen Zweifel. Es war derselbe Zwirn, hinter dem er die ganze Zeit herjagte. In seinem Kopf ratterte es. Adelheids Name war in keinem der Handelsbücher aufgetaucht. Woher also hatte sie dieses Kleid?

Gleichzeitig bemerkte Bastian, wie groß sie für eine Frau war. Hochgewachsen und durchaus kräftig gebaut. Er kniff die Augen zusammen und rief sich die Körperhaltung von Wernharts Angreifer ins Gedächtnis.

Als wenn Adelheid seine Gedanken gehört hätte, fuhr sie mit einer schnellen, flüssigen Bewegung herum. »Was starrt Ihr mich so an?«, zischte sie. »Das schickt sich nicht für einen verheirateten Mann.«

Adelheid war ein Einzelkind. Ihr Vater, ein Soldat, beherrschte den Umgang mit dem Schwert. Ob er Adelheid in der Waffenkunst geschult hatte? Das entsprach zwar nicht der üblichen Erziehung für Mädchen, aber mangels eines Sohnes wäre es durchaus denkbar. Trotzdem verwarf Bastian den Gedanken wieder. Adelheid wirkte viel zu eingebildet. Sie wäre wohl eher davongelaufen, als ein Schwert in die Hand zu nehmen und sich wie ein Bursche zu gebärden.

»Wo habt Ihr Euer Kleid schneidern lassen?«, fragte er.

»Das geht Euch gar nichts an«, fauchte Adelheid.

»Es wurde in einem Mönchskloster in Neuss angefertigt«, fuhr Wernhart dazwischen. Seine Stimme krächzte durch die Kammer, als hätte er ein Reibeisen verschluckt. Er lag kreidebleich auf dem Bett, die Augen nur einen Spaltbreit geöffnet. Bastian fragte sich erschrocken, wann er aufgewacht war und wie lange er das Gespräch schon verfolgte. Er wollte nicht, dass Wernhart hörte, was für eine boshafte Ader sein frisch angetrautes Weib besaß.

»Geliebter, endlich seid Ihr erwacht.«

Es war erstaunlich, mit welcher Geschwindigkeit sich Adelheid in ein wohlerzogenes Eheweib zurückverwandelte. Bastian schluckte und beherrschte sich. Am liebsten hätte er sie hinausgeschickt, doch die Augen seines Freundes strahlten, und das hielt ihn zurück. Wernhart liebte sie. »Macht Euch keine Sorgen um mich, Liebes. Ich bin bald wieder auf den Beinen.«

Bastian betrachtete Adelheid argwöhnisch. Dieses Weib war ihm einfach nicht geheuer. Außerdem war sie gierig. Er beschloss, ihr einen Stadtsoldaten zur Seite zu stellen. Er sollte sie unauffällig beobachten. Bastian wollte wissen, was sie den ganzen Tag über anstellte.

* * *

Der Ritt nach Neuss verlief ohne Zwischenfälle. Bastian hatte sich entschlossen, das Mönchskloster aufzusuchen, das regelmäßig von Schneidermeister Lodewich mit dem Zwirn beliefert wurde. Es war die einzige Spur, die er noch hatte. Das Kloster befand sich an der südlichen Spitze der Stadt und war von beeindruckenden Mauern umgeben. Eigentlich glich es eher einer Festung. Das Einzige, was fehlte, war ein Wassergraben, der es Feinden erschwert hätte, direkt bis zur Mauer vorzudringen. Bastian klopfte an das schwere Eichentor. Ein Fenster ging auf und das hagere Gesicht eines älteren Mönches erschien.

»Was wünscht Ihr?«

Bastian stellte sich vor und bat um Einlass. Der Mönch musterte ihn von oben bis unten und öffnete schließlich die Pforte. Der Geruch von Weihrauch schlug Bastian entgegen. Außerdem vernahm er einen wohlklingenden Gesang aus der Kapelle, die in der Mitte des Innenhofes lag. Der Mönch führte ihn an der

Kapelle vorbei durch einen verwinkelten Hof. Er folgte dem Mönch zweimal nach links und einmal nach rechts, bis sie vor einem kleinen Gebäude stehen blieben. Der Mönch klopfte fünfmal an. Dabei änderte er die Klopffolge von schnell zu langsam. Es dauerte nicht lange und die Tür wurde geöffnet.

»Wen führt Ihr zu mir, Bruder?«

»Bastian Mühlenberg von der Zonser Stadtwache. Er bittet um Hilfe bei der Aufklärung eines Mordverbrechens«, erklärte der Mönch, der Bastian begleitete.

»Lasst ihn ein.«

Die Tür wurde aufgestoßen und Bastian durfte eintreten. Das Innere des Gebäudes war völlig leer. Eine einsame Kerze brannte an der gegenüberliegenden Wand. Davor lag ein Kissen und daneben ein silbernes Kreuz. Die Luft war kühl und feucht, sodass Bastian trotz der frühlingshaften Temperaturen, die draußen herrschten, fröstelte. Der Raum besaß nicht ein einziges Fenster. Das Licht der Kerze tanzte auf den kahlen Wänden, verlor aber gegen die Übermacht der Dunkelheit, die jedes Züngeln sofort mit Schwärze auslöschte.

»Wie kann ich Euch behilflich sein«, fragte der kugelrunde Mönch, der vor Bastian stand. Er betrachtete sein Gegenüber. Dem Erscheinungsbild nach zu urteilen, handelte es sich um den Abt des Klosters. Trotz der Körperfülle war sein Gesicht aufgrund des hohen Alters mit tiefen Furchen durchzogen, in die der Kerzenschein nicht vordrang. Die Lippen wirkten rau, die Finger, die sich wie zum Gebet an den Mund erhoben, waren verkrümmt. Der Mann erinnerte ihn an einen uralten Baum. Erst jetzt stellte Bastian fest, dass der Alte blind war. Weiße Augäpfel starrten ihn an, als könnten sie ihn sehen.

»Ich bin auf der Suche nach einem bestimmten Zwirn. Das Garn könnte mich zum Mörder zweier Weiber führen, die in Zons damit erdrosselt wurden.« Bastian verzichtete darauf, dem Alten von den zugenähten Lidern zu erzählen. Die blinden Augen des Mannes hatten sich bei seinen Worten ohnehin geweitet.

»Welch Teufel treibt da in Eurer Stadt sein Unwesen?«, stieß er entsetzt hervor.

Bastian zuckte mit den Achseln. Als der Mönch nichts entgegnete, fiel ihm ein, dass er ihn nicht sehen konnte.

»Das möchte ich gerne herausfinden«, stieß er eilig hervor. »Schneidermeister Lodewich aus Zons hat mir berichtet, dass er Euer Kloster des Öfteren mit einem mehrfach gedrehten Zwirn beliefert. Er lobt Eure Schneiderkünste übrigens sehr.«

Der Alte grinste geschmeichelt. »Das freut mich zu hören. Richtet Lodewich bitte die besten Grüße von mir aus.« Der Mönch hieß Bastian, auf dem Boden Platz zu nehmen, und setzte sich auf ein Kissen. »Meine Knochen haben Schwierigkeiten, die Körperfülle zu tragen«, erklärte er immer noch grinsend und fuhr fort: »Es ist richtig. Wir fertigen Kleidung für gut betuchte Kunden an. Dafür werden ausschließlich hochwertige Stoffe und Garne verwendet. Meister Lodewichs Garn hat sich durch seine hohe Reißfestigkeit ausgezeichnet. Insbesondere die Herren sind von der Haltbarkeit der Kleidung sehr angetan. Außerdem spült die gute Qualität Geld in unsere leere Klosterkasse. Ohne das

Schneiderhandwerk müssten unsere Brüder auf der Straße um Almosen betteln.«

»Führt Ihr ein Handelsbuch?«, wollte Bastian wissen.

Der Alte nickte. »Natürlich. Alle unsere Lieferungen werden akribisch aufgezeichnet. Die Mönche dieses Klosters sind in allen erforderlichen Bereichen des Lebens bewandert. Bruder Chlodewich führt unsere Bücher. Er beherrscht die Algebra.«

»Darf ich einen Blick in Eure Bücher werfen?«

»Wenn Euch das hilft, gerne. Jedoch kann ich mir nicht vorstellen, dass unter unseren Kunden ein Mörder ist. Es sind durchweg wohlhabende und zufriedene Menschen, die keinen Antrieb zum Töten haben. Waren die Weiber denn gut betucht oder warum mussten sie ihr Leben lassen?«

Bastian rieb sich den steifen Nacken. »Das ist eine gute Frage. Es waren heilkundige und hellsichtige Frauen. Aber reich waren sie nicht. Ich denke eher, dass sie etwas gesehen haben, was sie nicht sehen durften und wovon sie auch später kein Zeugnis mehr ablegen sollten.«

»Hm. Ich verstehe«, brummte der Abt. »Das heißt, der Zwirn wäre eine vielversprechende Spur, die Euch zum Mörder führen könnte. Kann ich ihn einmal fühlen?«

Bastian reichte dem Alten das Garn, das dieser mit seinen krummen Fingern betastete. »Es ist hart und schmutzig«, bemerkte der Mönch nach einer Weile.

»Ehrlich gesagt, es ist mit Blut besudelt«, erklärte Bastian leise. Der Mönch zuckte zusammen. Dann erhob er sich und klopfte an die hölzerne Pforte.

»Bruder Chlodewich soll die Aufzeichnung über unsere Lieferungen der letzten zwei Monate bringen«, wies er den Mönch an, der vor der Tür Wache hielt. Daraufhin setzte er sich wieder zu Bastian auf den Boden.

»Berichtet mir über die Morde. Ich habe das Gefühl, Ihr kennt noch mehr Details.«

Bastian erzählte dem Alten so viel, wie nötig war, und fragte anschließend: »Verzeiht mir die Frage, aber ich muss sie der Vollständigkeit halber stellen. Wäre es möglich, dass einer Eurer Brüder den Weg bis nach Zons und wieder zurück unbemerkt bewältigen könnte?«

Der Abt schüttelte entschieden den Kopf. »Nein. Wir verlassen das Kloster niemals. Wer einmal zu uns gefunden hat, verlässt diese Mauern nie wieder. Auch nicht nach dem Tod. Die Gebeine unserer Brüder werden an der Nordmauer begraben. Selbst wenn es ein einziges Mal gelungen wäre, lege ich meine Hand dafür ins Feuer, dass es beim zweiten Mal auffallen würde. Wir sehen uns alle zwei Stunden zum Gebet und beginnen erst, wenn alle Brüder versammelt sind. Alleine in dieser kurzen Zeitspanne wäre es unmöglich, den Weg nach Zons hin und wieder zurück zu bewältigen.«

Bastian dachte nach. Die Antwort des Abtes schloss die Mönche tatsächlich komplett als Täter aus. Blieben lediglich die Kunden oder womöglich Boten.

»Hat jemand außerhalb Eurer Gemeinschaft Zugang zu dem Zwirn? Ein Bote oder Gehilfe vielleicht?«

Der Abt überlegte. »Nun, der Geselle von Meister Lodewich, der das Garn liefert, hätte Zugriff. Nachdem der Zwirn die Klosterpforte passiert hat, verlässt er dieses Gebäude nur noch verarbeitet in fertiger Kleidung. Man müsste ihn wieder herausreißen, um damit zu morden. Das erscheint mir jedoch ziemlich umständlich.«

An der Pforte klopfte es und ein Mönch trat ein.

»Hier ist die gewünschte Aufzeichnung«, erklärte der Mann, bei dem es sich um Bruder Chlodewich handeln musste.

Der Abt bedankte sich und entließ den Mönch. Dann nahm er die Kerze und hielt sie Bastian hin.

»Lest vor«, forderte er ihn auf und pochte auf die Unterlagen.

Bastian begann, die Namen laut vorzulesen, und der Abt folgte seinen Worten mit gerunzelter Stirn.

»Der stammt aus dem Norden Düsseldorfs. Das ist zu weit entfernt.«. Bei jedem vorgelesenen Namen ergänzte der Abt die Herkunft des Käufers. Die Reichweite der Verkäufe war beeindruckend. Am Ende blieben nur fünf Namen von Käufern übrig, die nahe genug bei oder in Zons lebten. Wernhart war einer von ihnen. Adelheid musste ihm verdammt viel bedeuten, denn für die Anschaffung dieses Kleides war vermutlich die gesamte Mitgift und noch ein Teil von Wernharts Ersparnissen nötig gewesen. Die anderen vier Namen gehörten zu hochgestellten Persönlichkeiten aus dem Gefolge des Erzbischofs, die des Öfteren auf dem Schloss Friedestrom weilten. Ein Kunde fiel Bastian besonders ins Auge. Es handelte sich um Bernhard, den Gesandten, der ihn vor ein paar Tagen für das Gefolge des Erzbischofs anwerben wollte. Schnell rechnete Bastian zurück. War es möglich, dass Bernhard sich zum Zeitpunkt der Morde in Zons aufgehalten hatte? Bastian würde ein Auge auf ihn werfen, genau wie auf die anderen drei Gefolgsmänner des Kölner Erzbischofs.

Er bedankte sich bei dem Abt und trat die Heimreise an. Der Tag war bereits weit vorangeschritten und Bastian wollte die Abkürzung durch den Wald nehmen. Er gab seinem Pferd die Sporen und sprengte im strengen Galopp über den Feldweg, der ihn alsbald in das Waldgebiet, das zwischen Neuss und Zons lag, führen würde. Die Sonne hatte sich schon gesenkt und schickte die letzten wärmenden Strahlen auf die Erde. Sie versprühte ein glühendes Rot und ließ das braune Fell des Pferdes leuchten. Einige Bauern waren noch unterwegs und fuhren mit ihren Karren heimwärts. Die gekrümmten Rücken zeugten von einem mühseligen Arbeitstag und ihre Kleidung von einem kargen Leben. Bastian überholte sie, in Gedanken völlig in die Mord-fälle versunken. Aus dem Augenwinkel nahm er einen Schatten wahr, aber er war zu sehr mit den Namen auf der Liste des Abtes beschäftigt, um ihn zu beachten. Er presste sich an sein Pferd. Die ersten Bäume kamen näher und bald schloss das Dunkel des Waldes ihn voll-ständig ein. Die Sonne war bereits hinter dem Horizont verschwunden. Das Leben im Wald hatte sich längst zur Ruhe gelegt. Bastian ritt so lange in hohem Tempo weiter, bis er ein Feuer sah.

Er hatte den Wald schon fast durchquert. Einem ersten Instinkt folgend, wollte er weiterreiten und das Tempo wieder erhöhen. Es musste nichts zu bedeuten haben. Ein Bauer oder Jäger wärmte sich vielleicht nur an einem Feuer. Außerdem knurrte sein Magen erbärm-lich. Er hatte weder Essen noch Trinken mitgenommen und musste sich dringend stärken. Selbst der Gedanke an ein trockenes Stück Brot ließ ihm schon das Wasser im Mund zusammenlaufen. Doch irgendetwas an diesem Feuer zog ihn magisch an. Wie von fremder Hand gesteuert, drosselte er den Galopp und lenkte seinen Gaul zu der Feuerstelle. Das Pferd schien ebenso wenig Lust auf eine Verlängerung des Ausfluges zu haben wie Bastian. Widerwillig verlangsamte es seine Schritte und änderte behäbig die Richtung. Das Feuer brannte nicht besonders kräftig. Tatsächlich brachte es durch die Feuchtigkeit des Waldes mehr Qualm als Flammen hervor. Bastians Pferd scheute und so stieg er, nachdem er es beruhigt hatte, etwas weiter entfernt ab. Es war niemand zu sehen, aber dafür erkannte Bastian oben auf dem Reisighaufen ein Bündel, das ihm sofort verdächtig vorkam. Blitzschnell schoss er auf die Feuerstelle zu und zerrte das Bündel herunter. Das Leinentuch war noch unversehrt. Bastian klopfte die Glut ab, schlug es auf und betrachtete mit rasendem Herzen seinen Fund. Er wollte ganz sicher gehen und entzündete eine Fackel. Tatsächlich. Er kannte diese Frau. Ihr Name war Mathilda und sie war eine Kräuterfrau, die wie Esmeralda auf dem Zonser Markt ihre Waren feilbot. Ihr Stand war einer der ersten, an denen man bei einem Marktbesuch vorbeikam. Mathilda hatte stets ein Lächeln auf den Lippen gehabt. Sie war eine bescheidene und liebe Frau gewesen. Bastian musste nicht erst genauer hinsehen, um den Zwirn zu finden. Ihre Lider waren auf die gleiche grausame Weise zugenäht wie die der anderen Frauen und ihr Gesicht war zu einem einzigen Schrei erstarrt.

»Mistkerl!«, fluchte Bastian und schlug das Leinentuch wieder zu. Mit versteinerter Miene betrachtete er das Feuer. Es brannte noch nicht lange, also konnte der Täter nicht weit sein. Er entfernte sich einige Schritte von der Feuerstelle und spähte in die Dunkelheit des Waldes hinein. Das Pferd schnaubte, ein Vogel schimpfte krächzend, aber menschliche Geräusche konnte Bastian nicht ausmachen. Er stand regungslos neben einem Baum und spitzte die Ohren. Er fragte sich, warum es der Mörder auf Kräuterfrauen und Seherinnen abgesehen hatte. Dieser Zusammenhang war ihm zwar bei den ersten beiden Opfern bereits aufgefallen, aber er hatte ihn einem unglücklichen Zufall zugeschrieben. Mit Mathilda wendete sich das Blatt. Ganz offensichtlich war der Täter ausschließlich auf diese Art von Frauen aus. Ob er ihnen ihre Gabe, zu heilen und zu sehen, nehmen wollte und ihnen deshalb die Augen zunähte? Bastian überlegte, wie viele Kräuterfrauen und Seherinnen es in Zons und der näheren Umgebung noch gab, die potenziell auch Opfer dieses Verbrechers werden könnten. Auf Anhieb fielen ihm zwei Namen ein.

Plötzlich hörte er etwas knacken, keine zwei Fuß von ihm entfernt. Bastian sprang zum nächsten Baum und stürzte sich mit aller Kraft in die Dunkelheit, in der er den Mörder vermutete. Tatsächlich bekam er einen Kleidungszipfel zu fassen. Ein überraschter Schrei gellte spitz durch die Nacht. Bastian zog an dem Mantel, den er fest in der Hand hatte, und erwischte einen kräftigen Arm, der sich seinem Griff jedoch entwand. Ein Fuß traf ihn schmerzhaft in der Magengegend und für einen winzigen Moment ließ seine Aufmerksamkeit nach. Sein Gegner nutzte die Gunst der Stunde und stürmte davon. Doch Bastian blieb dem Mann dicht auf den Fersen. Wer auch immer vor ihm davonlief, er war nicht zu überhören in dem trockenen Unterholz. Bastian hatte wenig Mühe, die fliehende Person einzuholen. Er stellte ihm geschickt ein Bein und überwältigte ihn, als er fiel. Keuchend drückte Bastian sein ganzes Gewicht auf den Unbekannten, der unter ihm ächzte.

»Wer seid Ihr und was habt Ihr hier zu suchen?«, stieß Bastian wütend hervor und zerrte den Mann auf die Knie. Er drehte ihm die Arme nach hinten, sodass der Bursche vor Schmerz aufschrie. Im Angesicht der ermordeten Mathilda kannte Bastian kein Mitleid. Er zog den Mann aus dem dichten Gehölz heraus näher ans Feuer, damit er ihn sehen konnte. Er stieß ihn so heftig zu Boden, dass der Angreifer sich nur mühsam wieder aufrappelte.

»Bitte, ich habe nichts getan. Lasst mich laufen«, wimmerte der Bursche und schlug die Hände vors Gesicht.

»Nehmt Eure Hände weg. Ich will Euch anschauen«, knurrte Bastian. Der Mann gehorchte, und Bastian erkannte Lodewichs Gesellen Reinhold. Auf einmal ergab alles einen Sinn. Reinhold stand auf der Liste seiner Verdächtigen. Er hatte Zugriff auf den Zwirn, sowohl in der Werkstatt seines Meisters als auch bei den Lieferungen ins Neusser Kloster. Seine Anwesenheit am Fundort der dritten Leiche war ein unumstößlicher Beweis seiner Schuld. Wütend zerrte Bastian Reinhold am Schopf zu der ermordeten Mathilda und schlug das Leinentuch auf. Ein Ruck ging durch den schmächtigen Körper des Gesellen, als dieser das Gesicht der Toten sah. Er stieß einen entsetzten Schrei aus und drehte den

Kopf weg. Erbost riss Bastian den Schopf des Burschen hoch.

»Habt Ihr das getan?«, brüllte er und musterte Reinhold scharf.

»Nein.« Der Schneidergeselle schüttelte heftig mit dem Kopf. »Ich schwöre es bei Gott. Ich war das nicht.«

Das Gesicht des Burschen war kreidebleich. Er wandte sich zur Seite und erbrach sich. Aber das war Bastian egal. Dieses Ungeheuer hatte drei Frauen auf dem Gewissen. Von ihm aus konnte er sich die Eingeweide aus dem Leib kotzen. Bastian würde ihm nicht helfen. Der Bursche sackte zusammen und wimmerte auf dem Boden vor sich hin. Langsam meldeten sich Zweifel in Bastians Innerem. Er betrachtete den Burschen, der gar nicht wie ein eiskalter Mörder wirkte, und fragte sich, ob Reinhold in der Lage wäre, sein Entsetzen vorzuspielen. Bastian wartete auf ein verräterisches Zucken des Mundes oder ein anderes untrügliches Zeichen für eine Lüge. Doch schnell wischte er seine Zweifel wieder beiseite. Die Beweislast war einfach erdrückend.

»Warum habt Ihr das getan?«

Der junge Mann antwortete nicht, sondern schluchzte nur noch heftiger.

»Es reicht, Reinhold. So beantwortet meine Frage oder ich bringe Euch sofort zum Henker. Ihr habt drei Frauen auf dem Gewissen.« Er zerrte den heulenden Burschen auf die Beine und schüttelte ihn.

Endlich machte dieser den Mund auf. »Ich sollte Euch doch nur beobachten. Mein Meister wollte jeden Eurer Schritte kennen zum Schutze unserer Bruderschaft. Ich habe mit der Toten nichts zu tun«, erklärte

Reinhold mit bebender Stimme. »Ich bin Euch von Zons ins Neusser Kloster gefolgt. Mein Gaul ist dort drüben festgebunden.«

Bastian traute seinen Ohren nicht. »Wie lange verfolgt Ihr mich schon?«

Reinhold schniefte. »Seitdem Ihr bei Meister Lodewich wart. Er wollte sichergehen, über alles Bescheid zu wissen.«

»Verdammt«, fluchte Bastian und ließ von Reinhold ab. Er wusste plötzlich nicht mehr, was er glauben sollte. Wenn der Bursche die Wahrheit sprach, hatte er mit seiner Verfolgung gerade den echten Mörder vorgewarnt und vertrieben. Er ging ein paar Schritte in den Wald hinein und lauschte. Doch da war nichts, was auf eine weitere Menschenseele hindeutete. Bastian machte kehrt. Reinhold saß auf dem Boden, beide Arme eng um den Oberkörper geschlungen, und schaukelte seinen schmächtigen Körper langsam vor und zurück. Konnte Bastian den Worten des Burschen trauen? Er erinnerte sich an das gehässige Lachen, mit dem Reinhold den Lehrburschen Heinrich wegen seiner unregelmäßigen Stiche verspottet hatte. Besonders sympathisch war ihm Reinhold nicht. Aber seine Reaktion auf die Leiche schien Bastian nicht gespielt. Trotzdem waren die Indizien gegen den Gesellen erdrückend. Er würde ihn auf jeden Fall in den Juddeturm sperren, bis die Untersuchungen abgeschlossen waren. Der riesige Turm in der Stadtmitte diente als Zonser Gefängnis. Seine Mauern waren unüberwindbar. Unter dem Turm befand sich ein elf Meter tiefes Verlies, aus dem noch nie jemand ausgebrochen war. Selbst wenn Schneidermeister Lodewich Reinholds Aussagen bestätigte, hätte er immer noch genügend Gelegenheiten gehabt, die Frauen zu töten. Da müsste schon einer der Klosterbrüder aus Neuss bestätigen, Reinhold gesehen zu haben. Dass Bastian unterwegs zum Kloster gewesen war, war kein Geheimnis. Das konnte Reinhold aus belauschten Gesprächen erfahren haben. Er zerrte den Burschen jetzt ein wenig sanfter auf die Beine und bedeutete ihm, auf sein Pferd zu steigen. Dann hievte er Mathildas Leichnam auf seinen eigenen Gaul und trat mit den Füßen die Reste des Feuers aus. Bevor er aufstieg, band Bastian ein Seil um den Hals von Reinholds Pferd. Er wollte sichergehen, dass der Verdächtige ihm nicht entwischen konnte.

Anschließend sprang er selbst auf das Pferd und ritt mit Reinhold im Schlepptau durch die dunkle Nacht nach Zons zurück. Seine Gedanken kreisten um Reinhold und den Grund, den er für den Mord an den drei Frauen gehabt haben könnte.

»Verdammt«, fluchte Oliver beim Anblick der Toten. Das war die vierte Leiche innerhalb weniger Tage, und sie tappten nach wie vor im Dunkeln. Die Spurensicherung hatte nicht einen einzigen Fingerabdruck oder eine DNA-Spur des möglichen Täters sichern können. Die Überlebende, Michelle Henrich, war alles andere als eine brauchbare Zeugin und die Zeit lief ganz eindeutig gegen sie. Der Täter war ihnen mehrere Schritte voraus. Oliver hatte die Schutzbunker der gesamten Umgebung absuchen lassen. Er hatte befürchtet, dass der Täter nicht nur die Bunker in Zons, sondern vielleicht auch die in Rheinfeld oder Stürzelberg für seine Zwecke benutzt haben könnte. Doch die übrigen Bunker waren leer und unberührt gewesen. Der Täter hatte seine Vorliebe für dunkle Schutzräume offenbar aufgegeben, denn Oliver stand jetzt unter freiem Himmel am Rand einer Baugrube mitten in Zons und musste die nächste ermordete Frau bergen. Die Tote lag gut sichtbar und völlig ungeschützt in dem Erdloch. Hätte nicht ein silbernes Kreuz neben der Leiche gelegen, wäre Oliver von einem anderen Täter ausgegangen. Ingrid Scholten hatte jedoch sehr schnell festgestellt, dass es sich um dieselbe Charge von Kreuzen handelte. Sie hatten zwischenzeitlich den chinesischen Hersteller gefunden. Leider waren die Bezugswege weltweit kreuz und quer übers Internet verteilt, sodass die Rückverfolgung bis zum Käufer unmöglich war. Noch immer waren die ersten drei Leichen nicht identifiziert worden. Scholtens Gesicht sah mit jedem Tag, der verging, eine Spur zerknirschter aus. Die Flutlichter, die die Baugrube erhellten, änderten daran nichts. Scholten hockte neben der Toten und arbeitete sich Stück für Stück voran. Eine Fotografin dokumentierte jeden ihrer Schritte. Oliver verfolgte das Geschehen zunächst aus dem Hintergrund. Er wollte Ingrid Scholten nicht dazwischenfunken und womöglich noch irgendwelche Spuren verwischen. Das Gesicht der Toten war bis zum Kinn mit einem Tuch bedeckt. Sie trug ein dünnes Kleid mit tiefem Ausschnitt. Der Stoff war unversehrt. Auch die Haut an Armen und Beinen wies keine Druckstellen oder sonstige Verletzungen auf. Nur um den Hals fanden sich Würgemale. Nach Olivers erster Einschätzung war die Frau, wie auch die Tote aus der Schloß-straße, erdrosselt worden. Der Leichnam wirkte nicht sonderlich abgemagert. Oliver vermutete, dass die Frau sich nicht lange in der Gewalt des Täters befunden hatte. Überhaupt schien der Mörder diesmal nicht besonders strukturiert vorgegangen zu sein.

»Sehen Sie sich das einmal an«, rief Ingrid Scholten. Sie hatte das Tuch vom Gesicht entfernt. Die Kamera der Fotografin vollführte ein wahres Blitzlichtgewitter und Oliver starrte voller Schrecken auf das entstellte Gesicht der Toten. Dunkelrote Rinnsale hatten sich von den Augen über die Wangen ausgebreitet. Der Mund war zu einem Schrei verzerrt. Doch das Allerschlimmste waren die Augen oder vielmehr das, was davon übrig war. Blutige Kreuze, die wie aufgemalt wirkten, befanden sich darauf.

»Was ist das?«, fragte Oliver und trat näher heran.

Scholten drehte sich mit aufgerissenen Augen zu ihm um. »Die Augen sind zugenäht.«

»Was?« Oliver zog seine Taschenlampe aus dem Hosenbund und leuchtete auf das Gesicht der Toten. Die Kreuze waren nicht geklebt. Dickes Garn war durch die Haut der Lider gestochen. Das Gewebe war angeschwollen und gerötet. Um die Stichstellen herum befand sich fast schwarzes, verkrustetes Blut. Angewidert wandte sich Oliver ab. Bei dem Anblick zog sich sein Magen zusammen. Eine Welle der Übelkeit stieg in ihm hoch und er schluckte. Was zum Teufel hatte das zu bedeuten?

»Klaus?« Er reckte den Kopf und hielt nach seinem Partner Ausschau. »Das musst du dir ansehen. Unser Täter hat sein Muster verändert.«

Klaus tauchte hinter einer Polizeibeamtin auf, die dicht an der Baugrube stand. Vorsichtig kletterte er in das Loch hinunter.

»Du meine Güte, was ist denn hier passiert?« Er ging in die Hocke, um das Gesicht der Toten zu begutachten. »Der Faden ist ganz schön dick.«

»Das ist richtig«, stimmte Ingrid Scholten zu. »Der Täter hat ziemlich grob gearbeitet. Ich gehe davon aus, dass die Frau betäubt war, als er ihr das angetan hat. Ich kann keine Abwehrverletzungen erkennen.«

»Sie meinen also, sie hat dabei noch gelebt?«, fragte Oliver und konnte ein Beben in seiner Stimme nicht unterdrücken. Die Vorstellung fand er grauenhaft. Er musste blinzeln, um das unangenehme Gefühl auf seinen eigenen Augäpfeln zu verscheuchen.

»Die Schwellung der Augenpartie spricht dafür«, antwortete die Leiterin der Spurensicherung. »Solange das Herz Blut durch die Adern pumpt, versorgt der Körper auftretende Wunden. Erst nach dem Herzstillstand treten bei mechanischen Verletzungen weder starke Schwellungen noch massive Blutungen mehr ein.« Sie deutete auf die Wangen des Opfers. »Diese Frau hier hat sehr viel Blut durch die Einstichwunden verloren. Der Tod ist allerdings nach meiner ersten Einschätzung infolge des Erdrosselns eingetreten. Ich möchte die Augen jetzt nicht öffnen. Dann könnte ich das sofort bestätigen. In diesem Fall müssten auf der Bindehaut petechiale Blutungen nachweisbar sein. Das sind stecknadelkopfgroße Einblutungen. Sie treten praktisch immer dann auf, wenn das Opfer gewürgt oder stranguliert wird.« Scholten tastete mit einer Pinzette den Hals des Opfers ab. »Die Drosselmarke ist gut zu erkennen. Hämatome kann ich leider auch erst später feststellen. Dazu muss ich das ganze Blut auf dem Gesicht entfernen. Ich gehe aber davon aus, dass diese vorhanden sind. Mehr kann ich im Augenblick nicht beitragen. Wir müssen die Leiche obduzieren. Warten Sie mal ...« Scholten runzelte die Stirn und schob den Ausschnitt des Opfers hinunter. »Was haben wir denn hier?« Triumphierend zog sie eine Karte aus dem

Ausschnitt. Geschickt löste sie ihren Fund von einem Band, das versteckt um den Hals des Opfers gelegen hatte. »Sieht aus, als ob Maria Obermann ihren Personalausweis wie einen Kettenanhänger bei sich getragen hat.«

Olivers Herz begann laut zu pochen. War das ein Trick oder hatte der Mörder den Ausweis tatsächlich übersehen? Er griff mit einer Beweismitteltüte nach dem Dokument und verglich das Foto mit dem Gesicht der Toten. »Treffer«, murmelte er anerkennend und reichte den Ausweis an Klaus weiter.

»Warum macht er es uns diesmal so leicht? Ich finde das merkwürdig«, sagte Klaus, nachdem er einen langen Blick auf den Ausweis geworfen hatte. »Das Foto scheint in der Tat zu passen.«

»Wir überprüfen das schnellstmöglich«, sagte Scholten und packte die Tüte mit dem Ausweis ein.

Olivers Handy klingelte. Als er auf das Display schaute, überrollte ihn das schlechte Gewissen. Es war Emily, die er vorhin kurzerhand in der neuen Wohnung alleine gelassen hatte. Eigentlich hatte er eine romantische Nacht mit ihr verbringen wollen, aber der weitere Leichenfund machte ihm einen ordentlichen Strich durch die Rechnung. Sein Aufbruch lag über drei Stunden zurück. Es war mitten in der Nacht. Emily sollte längst in ihrem eigenen Bett liegen und schlafen. Hoffentlich hatte sie nicht auf seine Rückkehr gewartet und war jetzt sauer auf ihn. Mit einem unguten Gefühl in der Magengrube nahm er ab.

»Hi Schatz, was ist los?«

»Jemand war in meiner Wohnung«, sprudelte es aus Emily hervor. In ihrer Stimme schwang Panik mit.

»Ganz ruhig, Schatz. Sag mir genau, was passiert ist.« Ihre Stimme hatte seinen Puls in die Höhe schnellen lassen.

»Auf meinem Küchentisch steht ein Blumenstrauß. Ich dachte erst, er wäre von dir. Aber dann habe ich eine Einladungskarte entdeckt. Da steht ein Satz drauf, den du kennst.« Emily machte eine Pause, und Oliver konnte hören, wie sie tief Atem holte. »Wenn du eine Frau siehst, denke, es sei der Teufel! Sie ist eine Art Hölle!«

Oliver schluckte. »Was?«

Emily wiederholte den Satz. Ihre Stimme hatte sich in ein heiseres Flüstern verwandelt. Sie hatte, ebenso wie Oliver, sofort begriffen, was dieser Satz zu bedeuten hatte. Das Blut in Olivers Adern gefror auf der Stelle zu Eis.

»Ich bin sofort bei dir«, sagte er und legte auf.

* * *

Anna wachte früher auf als gewöhnlich. Heute war kein Tag wie jeder andere. In nicht einmal zwei Stunden würde sie sich mit Maximilian treffen. Eigentlich brauchte sie überhaupt keinen Kaffee. Sie war so aufgeregt, dass ein Wachmacher sie höchstens noch nervöser machen würde. Sie stand auf und ging erst einmal unter die Dusche. Dann verbrachte sie eine halbe Ewigkeit damit, ihren Kleiderschrank nach geeigneten Klamotten zu durchforsten. Am Ende entschied sie sich für Jeans und ein eng anliegendes Poloshirt, das ihre schlanke Taille betonte, jedoch nicht zu tiefe Einblicke gewährte. Zwar wollte sie Maximilian beeindrucken, aber nicht unbedingt sofort verführen. Erst einmal war sie neugierig und wollte ihn kennenlernen. Die optische Ähnlichkeit mit Bastian Mühlenberg musste schließlich nicht bedeuten, dass sie auch sonst auf einer Wellenlänge lagen. Natürlich wünschte sich Anna, dass es zwischen ihnen funken würde.

Sie war eine Viertelstunde zu früh im Starbucks und bestellte sich einen Chai-Tee. Dann suchte sie sich einen Platz, von dem aus sie den Eingang im Blick hatte, und verschluckte sich fast, als Maximilian ebenfalls weit vor der verabredeten Zeit erschien. Sein Anblick verschlug ihr regelrecht den Atem. Er trug ausgewaschene Jeans und ein weißes, kurzärmliges Hemd, unter dem sich die Muskeln seiner Oberarme wölbten. Unwillkürlich fuhr sich Anna mit der Zunge über die Oberlippe und schämte sich sogleich für diese Regung. Fakten und Zahlen flüsterte sie zur Ablenkung vor sich hin und versuchte so, ihre vibrierenden Nerven zu beruhigen. Er erblickte sie sofort und warf ihr aus seinen dunkelbraunen Augen einen Blick zu, der die Schmetterlinge in ihrem Bauch zum Flattern brachte. Wäre nicht der moderne Haarschnitt gewesen, hätte Anna geschworen, es handelte sich um den historischen Bastian Mühlenberg. Maximilian strahlte sie an und kam auf sie zu.

»Guten Morgen, Anna«, sagte er und streckte ihr die Hand entgegen. Sie stand auf und ließ sich auf wackligen Beinen von ihm zu sich heranziehen. Er hauchte ihr einen Kuss auf die Wange. »Ich hatte schon befürchtet, du hättest mir unseren kleinen Autounfall am Ende doch übel genommen und meldest dich nicht mehr«, platze er heraus, während er sich in den Sessel neben ihr fallen ließ. Seine Unsicherheit war umwerfend.

Anna hätte sie nie bei einem stattlichen und muskulösen Mann wie ihm vermutet.

»Ich hatte in meiner Aufregung nicht mehr daran gedacht, dass ich dir nur die Nummer vom Büro gegeben habe. Offen gestanden hatte ich von dir schon dasselbe befürchtet.«

Er sah sie an und fing an zu lachen. Anna fiel mit ein. Das tat gut. Mit einem Mal war die Nervosität verschwunden und einer eigenartigen Vertrautheit gewichen. Schnell entwickelte sich ein angeregtes Gespräch, in dem Maximilian schilderte, wie er an das uralte Porträt gekommen war. Das hatte er nach ihrem Autounfall schon einmal getan, aber Anna konnte sich an der Geschichte nicht satthören. Sie fand es so unglaublich romantisch, dass Bastian dieses Bild von ihr hatte anfertigen lassen, um es dann von Generation zu Generation weiterzugeben.

»Ich habe in den letzten Tagen im Internet recherchiert und keine Frau ausmachen können, die dir so ähnlich sieht. Aber ich bin mir nicht sicher, ob es sich vielleicht nicht auch um eine deiner Vorfahrinnen handeln könnte.«

»Das mag sein. Alle meine Vorfahren stammen aus der Umgebung. Allerdings glaube ich das nicht wirklich. Ich ...«, Anna zögerte und überlegte, ob es klug war, Maximilian jetzt schon mit ihren Träumen zu konfrontieren. »Also, ich habe hin und wieder von einem Bastian geträumt.« Ein wenig zu flunkern hielt sie an dieser Stelle für absolut angebracht. Maximilian musste ja nicht wissen, dass sie eine Zeit lang täglich von Bastian geträumt hatte. »Weißt du eigentlich, wie ähnlich du Bastian Mühlenberg siehst?«, fuhr Anna fort und zog ein Foto des Gemäldes von Bastian und seiner Frau Marie hervor. Maximilians Augen weiteten sich erstaunt.

»Wow. Nein, das habe ich nicht gewusst. Meine Mutter kennt das Porträt bestimmt. Sie hat immer wieder versucht, mir unsere Familiengeschichte näherzubringen, aber ehrlich gesagt hat mich das bisher nicht so interessiert.« Er nahm das Papier in die Hand und grinste. »Jetzt weiß ich, warum du mich nach dem Unfall auf diese merkwürdige Weise angesehen hast. Ich dachte schon, es läge an dem Aufprall.« Er zwinkerte ihr zu.

»Ich glaube an und für sich nicht an Prophezeiungen, anders als meine Mutter, die eine unverbesserliche Romantikerin ist. Du hättest dabei sein müssen, als sie mir das Bild übergeben hat.« Maximilian machte eine kurze Pause und betrachtete Anna mit leuchtenden Augen. »Aber dein Aussehen macht es mir jetzt doch schwer, daran zu zweifeln. Ich habe übrigens auch schon von Bastian geträumt. Aber es war ziemlich wirr.« Plötzlich ergriff er ihre Hand und Anna zuckte zusammen. »Ich möchte allerdings gar nicht darüber nachdenken, woher alles kommt und ob du von ihm geträumt hast. Mir ist wichtig, dass du jetzt hier bist, und dass wir uns kennenlernen können. Erzähl mir von dir. Ich weiß bisher nur, dass du eine flotte Bankerin bist, die beim Ausparken nicht immer nach hinten sieht.« Sein Lächeln war so betörend, dass Anna gar nicht mehr aufhören konnte zu lachen.

»Ich hoffe, du hast keine schlechten Erfahrungen mit Bankleuten gemacht«, scherzte sie und begann, ein wenig über sich zu erzählen. Von ihm erfuhr sie, dass er

Medizinstudent war und bald sein drittes Staatsexamen machen würde. Er studierte in Düsseldorf, was Anna sehr freute. Sie arbeitete dort, und das machte mögliche weitere Treffen viel leichter. Sie warf einen Blick auf die Uhr und sprang erschrocken auf. »Es tut mir echt leid, aber ich muss schon los. Heute ist mein erster Arbeitstag nach dem Urlaub und ich kann nicht erst um elf in der Bank sein.« Dass sie spät dran war, löste wahrscheinlich trotzdem Gerede bei den Kollegen aus. Sie würde es als einen Arztbesuch verkaufen.

»Wann sehen wir uns wieder?«, fragte Maximilian und Anna war beeindruckt von seinen braunen Augen, in die sie am liebsten eingetaucht wäre.

»Wie wäre es mit morgen Abend? Wir könnten etwas trinken gehen«, schlug Anna vor und packte unterdessen ihre Handtasche zusammen.

Auf Maximilians Gesicht zeigte sich Enttäuschung. »Tut mir leid. Ausgerechnet morgen kann ich nicht. Wie sieht es mit übermorgen aus?«

»Das passt. Ich freue mich schon darauf«, erklärte Anna und überlegte dabei, wie sie sich jetzt von ihm verabschieden sollte. Wieder ein leichter Kuss auf die Wange oder nach dem vielversprechenden Gespräch lieber ein bisschen mehr? Aber wie viel mehr? Maximilian beobachtete sie die ganze Zeit. Sein Blick führte dazu, dass Anna keine Antwort fand. Am liebsten hätte sie ihn richtig geküsst, was natürlich völlig unangebracht gewesen wäre. Außerdem müsste er dafür den ersten Schritt machen.

Maximilian erhob sich. Er nahm ihr die Handtasche aus der Hand und stellte sie auf dem Tisch ab. Anna wollte schon protestieren, doch er beugte sich zu ihr hinunter und betäubte sie regelrecht mit seinem männlichen Duft. Ihr Verstand verabschiedete sich.

»Wenn ich dir jetzt ehrlich sagen würde, wie ich mir unseren Abschied vorstelle, kassiere ich wahrscheinlich eine Ohrfeige«, flüsterte er. »Deshalb gebe ich dir einfach noch mal einen Kuss auf die Wange. Aber wenn wir uns das nächste Mal treffen und ich wieder die ganze Zeit an nichts anderes denken kann als daran, deine wundervollen Lippen zu berühren, dann möchte ich dich wirklich küssen.« Seine Stimme war rau und unglaublich tief. Auf Annas Körper breitete sich augenblicklich ein Gefühl aus, für das es keine Worte gab. Ihr Kopf war vor Entzücken vernebelt und sie hatte schlicht keine Antwort parat. Sie stand da. Dicht vor ihm. So dicht, dass sich ihre Oberkörper leicht berührten, und starrte in seine atemberaubenden Augen. Er beugte sich weiter vor und küsste sie auf die Wange. Es brannte beinahe wie Feuer. Du meine Güte, fuhr es ihr durch den Kopf. Es hat mich erwischt. Die Bankerin in ihr runzelte missbilligend die Stirn. Wie konnte das so schnell passieren? Sie hatte diesen Typen erst zweimal gesehen. Aber sie war Hals über Kopf in ihn verknallt. Rasch packte sie den Rest ihrer Sachen zusammen. Sie grinste Maximilian wahrscheinlich total dämlich an und rannte fast aus dem Café hinaus. Draußen bedankte sie sich bei ihrem Schutzengel, dass sie nicht gestolpert oder ausgerutscht war, und atmete tief ein. Sie brauchte jetzt einen klaren Kopf.

* * *

»Verdammt, Emily. Ich will nicht, dass du das tust.« Oliver Bergmann umfasste ihre Schultern mit beiden Händen, als könnte er seine widerspenstige und dickköpfige Freundin damit zur Vernunft bringen. Sie hatten sich am Morgen in ihrer Wohnung getroffen. Nach der ersten Panik war Emily auf eine Idee gekommen, die ihm gar nicht gefiel.

»Aber wenn sie der Einladung auf der Karte folgt, dann können wir den Kerl fassen. Das ist mit Abstand die beste Spur, die wir im Augenblick haben.« Ausgerechnet Klaus fiel ihm in den Rücken.

Oliver ließ Emily los und fuhr wütend herum. »Du redest hier über meine Freundin. Ich will verdammt noch einmal nicht, dass sie den Lockvogel für diesen durchgeknallten Serientäter spielt. Dieser Irre hat vier Frauen auf dem Gewissen. Wir haben ausgebildete Spezialkräfte für solche Einsätze.«

»Aber Frau Richter war doch auch in der Vergangenheit schon oft sehr dicht an unseren Ermittlungen dran und sie hat durchaus nicht nur historische Fakten geliefert.«

Oliver verdrehte die Augen. Prima. Hans Steuermark, sein Chef, stellte sich auch gegen ihn. Wie sollte er Emily da noch von ihrem Vorhaben abbringen? Er knirschte mit den Zähnen und schwieg.

»Ich passe auf mich auf. Mir wird nichts geschehen«, erklärte Emily, und Oliver entging nicht, dass sie ihre Stimme am Ende des Satzes verheißungsvoll senkte. Aber diesmal würde er auf ihre »Tu-doch-bitte-was-ich-möchte-und-dann-haben-wir-grandiosen-Sex«-Masche nicht hereinfallen. So hormongesteuert war er nun auch wieder nicht. Obwohl der Blick auf ihre roten Lippen ihn für ein paar Sekunden aus dem Konzept brachte. Sie hatte absichtlich diesen Kussmund aufgesetzt, bei dem jedes Mal sein Herzschlag aussetzte und er auf der Stelle vergaß, warum er sich eigentlich ärgerte. Schließlich seufzte er: »Ich befinde mich mit meiner Meinung ja offensichtlich in der Minderheit. Ich habe nämlich kein gutes Gefühl bei der Sache. Der Mörder hat sein Tatmuster geändert. Das bedeutet, er ist für uns unberechenbar und es kann durchaus eine äußerst gefährliche Situation entstehen.« Er betrachtete nochmals die Karte, die der Täter zusammen mit einem Blumenstrauß in Emilys Appartement platziert hatte.

Ich kann Ihnen ein paar sehr interessante Details zum Kreuzstichmörder erzählen. Treffen wir uns auf einen Kaffee. Übermorgen um zehn im Café Morgenschön, gleich neben der Kölner Uni.

Die Nachricht war auf einem handelsüblichen Drucker erstellt worden. Der Absender fehlte. Der Täter hatte sich noch nicht einmal die Mühe gemacht, ein Pseudonym zu erfinden. Den Einbruch in Emilys Wohnung hatte er mit einem simplen Schraubenzieher geschafft. Oliver wurde ganz flau bei dem Gedanken, was alles hätte passieren können, wenn sie zu Hause gewesen wäre. Wie so häufig hatte sie mit ihrer italienischen Mentalität die Tür nur herangezogen, aber nicht abgeschlossen. Jeder, der sich ein wenig auskannte, war in der Lage, eine solche Wohnungstür mit einer Kreditkarte zu öffnen. Oliver war froh, dass Emily nicht mehr lange dort wohnen würde. Er hatte bereits dafür gesorgt, dass in ihrer gemeinsamen Wohnung ein zusätzlicher Sicherheitsriegel installiert wurde. Er musste jedoch akribisch darauf achten, dass Emily diesen auch benutzte.

»Keine Fingerabdrücke, keine Haare oder sonstige Spuren«, verkündete Ingrid Scholten und zog die Gummihandschuhe aus. »Unser Täter ist mit großer Sorgfalt vorgegangen. Der Blumenstrauß stammt übrigens aus dem Supermarkt gleich auf der anderen Straßenseite.« Sie machte eine Kopfbewegung in diese Richtung. »Ein Kollege hat gerade dort nachgefragt. Das Einschlagpapier ist dasselbe, aber weil es ein Fertigblumenstrauß war, kann sich niemand an den Käufer erinnern.«

Das war ja klar, dachte Oliver und ärgerte sich, dass dem Täter wieder kein Fehler unterlaufen war. Einzig die Änderung des Tatmusters sprach dafür, dass der Mann langsam nervös wurde. Das ließ zumindest für die Zukunft hoffen.

»Ich habe für morgen Abend eine Pressekonferenz anberaumt und hoffe, dass wir mit Emily Richters Hilfe den Täter bis dahin festsetzen können. Wir treffen uns in knapp einer Stunde mit dem Leiter des Sondereinsatzkommandos, um die Details für den morgigen Ablauf durchzusprechen.« Hans Steuermark blickte in die Runde und stoppte bei Oliver.

»Bergmann, wenn Sie sich emotional zu stark involviert fühlen, können Sie dem Einsatz auch fernbleiben. Ich kann ...«

»Nein, auf keinen Fall«, fiel Oliver ihm schnell ins Wort. Das fehlte noch, dass er die Kontrolle an jemand anders abgab. Er höchstpersönlich würde für Emilys Sicherheit sorgen.

»Also gut, aber die Einsatzführung liegt beim Leiter

des Sondereinsatzkommandos. Sie halten sich in der zweiten Reihe und funken nicht dazwischen«, sagte Steuermark. »Wir sehen uns.« Er machte kehrt und verließ Emilys Wohnung.

»Ich denke, wir sind hier fertig«, erklärte auch Klaus. »Lass uns zurück aufs Revier fahren.«

Wenige Minuten später befanden sie sich in ihrem Büro und notierten ein paar Stichworte auf dem Whiteboard. Emily hatte darauf verzichtet, Oliver zu begleiten. Sie wollte sich mit einem Professor in Köln treffen und Informationen über den am ersten Tatort gefundenen Bibeleinband zu beschaffen. Auch über den Kreuzstichmörder wollte sie recherchieren. Der Name sagte ihr etwas. Es handelte sich um einen mittelalterlichen Täter, der seinen Opfern bei lebendigem Leibe die Augen mit Zwirn zugenäht hatte. Bastian Mühlenberg von der Zonser Stadtwache war vor gut fünfhundert Jahren mit dem Fall befasst gewesen. Emily konnte sich aber weder an den Ausgang der Geschichte noch an irgendwelche Details erinnern. Die zugenähten Augen passten jedenfalls genau zu der neuen Frauenleiche, die sie in der Zonser Baugrube aufgefunden hatten.

»Wir kennen bisher nur die Identität eines einzigen Todesopfers. Bei Maria Obermann sollten wir ansetzen. Vielleicht gibt es eine Verbindung zu den anderen Toten, die uns zum Täter führen kann«, murmelte Klaus und kreiste den Namen auf dem Whiteboard mit einem dicken roten Stift ein. »Wenn jemand so viele Frauen tötet, dann muss es ein Muster geben.«

Oliver klickte sich durch seine E-Mails. Ein Team der Spurensuche hatte gerade einen Vorabbericht zu Maria Obermanns Wohnungsdurchsuchung geschickt.

Bis jetzt wussten sie nicht viel über die dreißigjährige Bahnmitarbeiterin, die auf Strecken zwischen Köln und Düsseldorf Fahrkarten kontrollierte. Nicht einmal der Zeitpunkt ihres Verschwindens war klar, denn sie hatte sich für zwei Tage krankgemeldet. Der Tod durch Erdrosseln stand inzwischen fest. Gehungert oder gedurstet hatte die Frau nicht. Die Obduktion hatte ergeben, dass sie wenige Stunden vor ihrem Tod noch Hähnchen mit Salat gegessen hatte. Im Gegensatz zu seinem bisherigen Tatmuster hatte der Mörder auf Folter durch Nahrungsentzug oder Freiheitsberaubung verzichtet, dafür der Frau jedoch die Augen zugenäht. Im Blut konnten Betäubungs- und hoch dosierte Beruhigungsmittel festgestellt werden. Das Opfer hatte demzufolge vermutlich nichts von den körperlichen Torturen mitbekommen. Das erkennbare Verbindungsglied zu den anderen Opfern war das Kreuz, das neben der Leiche gefunden worden war. Aber es musste noch weitere Gemeinsamkeiten zwischen den Opfern geben. Vielleicht fuhren sie jeden Tag mit derselben Bahn oder aßen regelmäßig im selben Restaurant. Es konnte auch ein bestimmter Fitnesskurs oder etwas völlig anderes sein. Oliver überflog den Bericht, der im Grunde nichts aussagte. Die Frau lebte in einer Dreizimmerwohnung, besaß eine Katze, die lebend geborgen werden konnte und die typischen Dinge einer Frau in ihrem Alter. Der Bericht verwies auf ein paar Fotos im Anhang, die Oliver nacheinander durchklickte. Am Kühlschrank der Ermordeten hingen diverse Fotos, die sie mal mit Surfbrett am Strand, mal in voller Montur auf Bergwanderungen zeigten. Offenbar war sie recht sportlich gewesen. Ein eventueller Freund war auf keinem der Fotos zu sehen.

Eines der Bilder erregte dann doch Olivers Aufmerksamkeit. Darauf waren mehrere junge Frauen zu sehen, die sich zuprosteten. Der Tisch, um den sie saßen, war vollgestellt mit Gläsern und einer Flasche Sekt. Er vergrößerte den Ausschnitt und betrachtete die Gesichter der Frauen. Neben Maria Obermann saß eine langhaarige Brünette. Sie hatte den Arm um eine rothaarige Frau gelegt, die frech in die Kamera grinste. Auf der anderen Seite saß noch eine Brünette, die ihm irgendwie bekannt vorkam. Es wollte Oliver nicht einfallen, aber sie kam ihm wie eine Schauspielerin oder Nachrichtensprecherin vor, die er schon öfter gesehen hatte. Er bewegte den Mauszeiger über das Bild und zoomte die Gegenstände heran, die auf dem Tisch lagen. Er erkannte eine Kerze, einen kupfernen Kelch und ein Blatt Papier, auf das ein Pentagramm gezeichnet war. Direkt daneben lag eine schwarze Feder, die von einer Krähe oder einem Raben stammen konnte. Oliver lehnte sich zurück und ließ die Szenerie auf sich wirken. Die Frauen sahen wie gute Freundinnen aus, die Dinge auf dem Tisch erinnerten ihn allerdings eher an einen okkulten Zirkel.

»Klaus, schau dir mal dieses Foto an. Es scheint so, als hätte Maria Obermann ein ganz spezielles Hobby gehabt.«

Klaus klemmte den Marker ans Whiteboard und kam zu Oliver herüber. Konzentriert betrachtete er das Foto. »Also, wenn da jetzt noch ein geköpftes Huhn auf dem Tisch läge, würde ich an Okkultismus denken. So wirkt es fast harmlos«, sagte Klaus und zuckte dabei mit den Achseln. »Wir müssen in zehn Minuten im Besprechungsraum sein.«

Oliver starrte weiter auf das Foto. Seine Erfahrung ließ ihn schließlich zum Hörer greifen.

»Bergmann hier. Ich möchte, dass sie die Kontaktdaten vom Handy der Ermordeten mit den Frauen auf dem Foto Nummer fünfzehn abgleichen. Vielleicht hatte Maria Obermann nicht nur die Telefonnummern, sondern auch Fotos ihrer Bekannten gespeichert.« Er legte gleich wieder auf. Er wollte schnellstens wissen, wer diese Frauen waren.

»Jetzt komm schon, Oliver. Ich habe keine Lust auf einen Rüffel von Steuermark. Der zählt wahrscheinlich jetzt schon die Sekunden, bis es losgeht. Die Chance, den Täter mit Emily als Lockvogel zu schnappen, ist riesig. Um das Foto kümmern wir uns nach der Einsatzbesprechung.«

Als Klaus Emilys Namen erwähnte, begann Olivers Magen augenblicklich zu grummeln. Er warf ihm einen wütenden Blick zu. Klaus verdrehte die Augen und drückte die Klinke der Bürotür herunter. Genau in jener Sekunde wurde die Tür aufgestoßen und Ingrid Scholten stürmte herein.

»Die erweiterte Abfrage der Zahnärzte hatte Erfolg. Ich habe zwei Namen«, verkündete sie stolz und warf die Computerausdrucke mit den Daten der beiden Frauen auf den Tisch. »Amelie Schlebusch und Bianca Claußen, so heißen unsere beiden Opfer aus dem Luftschutzbunker hinter der Kapelle am Rheinturm.«

Oliver griff die Papiere und überflog die Daten. Amelie Schlebusch, wohnhaft in Zons, Alter neunundzwanzig, nicht verheiratet, keine Kinder, freiberufliche

Fotografin. Die andere Frau stammte aus Neuss, war dreiunddreißig Jahre alt und hatte keinen festen Job, war ebenfalls ledig und kinderlos. Die Eltern von Bianca Claußen waren schon einige Jahre tot.

»Warum wurde Amelie Schlebusch von ihren Eltern nicht als vermisst gemeldet?«, wollte Oliver wissen.

»Sie haben eine SMS von ihr erhalten, dass sie sich einen Monat lang für eine Fotoreise ausklinkt und mit einer Freundin unterwegs ist.« Scholten deutete auf die ersten Ergebnisse, die ein Polizeikollege bereits ermittelt hatte. »Bianca Claußen hat einen Bruder, aber der Kontakt war seit Jahren sehr unregelmäßig. Ihr Verschwinden ist ihm nicht aufgefallen.«

Oliver trommelte mit den Fingern auf der Schreibtischplatte und fragte sich, wie entsetzlich es sein musste, wenn man einfach so verschwand, ohne dass die eigene Familie es bemerkte. Was sind wir nur für eine anonyme Gesellschaft geworden, dachte er. Der eine interessierte sich nicht im Mindesten für den Alltag seiner Schwester – eines Menschen, mit dem er einen Großteil seiner Kindheit verbracht haben dürfte – und die anderen ließen sich mit einer simplen Textnachricht abspeisen, ohne auch nur im Ansatz misstrauisch zu werden. Er dachte an seine Mutter, die seit dem frühen Tod seines Vaters alleine in einem großen Haus lebte und ihn täglich anrief. Wie konnten Eltern mit ihren Kindern nicht mindestens einmal jede Woche telefonieren, wenn sie sich schon nicht sahen? Warum entfernten sich in heutigen Zeiten sogar enge Angehörige voneinander? In seinem Kopf beschwor er das Bild der jungen Generation herauf. Teenager, die auf Bänken nebeneinander hockten, ohne ein einziges Wort miteinander zu wechseln. Stattdessen tippten sie auf ihren Smartphones herum und unterhielten sich mit ihren *WhatsApp*-Freunden, die Menschen links und rechts wurden gar nicht mehr wahrgenommen. Oliver schüttelte deprimiert den Kopf.

»Wenigstens haben wir jetzt weitere Ansatzpunkte«, sagte er und deutete auf das Foto, das noch auf seinem Bildschirm geöffnet war. Er wollte wissen, ob sich eine der identifizierten Frauen auf dieser Aufnahme befand. »Sie haben nicht zufällig Bilder der Frauen?«

»Nein, wir kennen die Identitäten erst seit knapp einer Stunde. Aber der Kollege ist dran und kann bestimmt kurzfristig Einzelheiten liefern.«

* * *

Emily war genervt. Professor Ullmann wollte nicht mit ihr sprechen. Seine Sekretärin wimmelte sie wegen seines übervollen Terminplans ab, doch so leicht gab sie nicht auf. Emily hatte die Stimme des Professors deutlich gehört und wusste daher, dass er in seinem Büro war. Sie vermutete, dass Ullmann ein wichtiges Telefonat führte. Zumindest schloss sie das aus seiner aufgeregten Stimme, die in regelmäßigen Abständen verstummte, ohne das in den Redepausen eine Antwort zu hören war. Leider konnte sie nicht verstehen, worum es in dem Gespräch ging. Aber sie war sich ziemlich sicher, dass er im Anschluss an das Telefonat sofort einen weiteren Termin hatte. Da seine Sekretärin das Büro wie ein Schäferhund bewachte, beschloss Emily, dem Professor im Flur aufzulauern. Ihr Plan ging auf. Es dauerte keine zehn Minuten und der hagere Mann mit

Schnauzbart schoss aus der Tür. Er eilte im Laufschritt seinem nächsten Termin entgegen, wobei er immer wieder auf seine Armbanduhr schaute.

»Professor Ullmann«, Emily lief neben ihm her, »es tut mir leid, dass ich sie belästigen muss, aber ich brauche dringend ihre Hilfe. Es geht um einen Mordfall.«

»Hören Sie, ich habe einen wichtigen Termin mit dem Dekan. Können Sie nicht morgen wiederkommen?« Professor Ullmann legte einen Schritt zu und versuchte, Emily abzuschütteln. Doch Emily ließ nicht locker. Sie zerrte ein hochauflösendes Foto des Bibeleinbandes aus ihrer Tasche und hielt es dem Professor keuchend vor die Nase.

»Können Sie mir sagen, wo man ein solches Buch herbekommt?«

»Aber ich hatte doch gerade gesagt, dass Sie ...« Der Professor stockte und blieb abrupt stehen. »Wo haben Sie das her?«, fragte er erstaunt und griff nach dem Bild.

»Wie gesagt, es ist in einem Mordfall aufgetaucht, und wir hoffen, dass es uns zum Täter führen könnte.«

Professor Ullmann sah Emily zum ersten Mal an. »Sie sind diese Reporterin, die über historische Zonser Morde schreibt?«, erkundigte er sich kopfschüttelnd.

»Ja, und deshalb brauche ich dringend Ihre Hilfe.«

Ullmann kratzte sich hinterm Ohr und dachte nach. »Gehen Sie zu Meiers Antiquitäten, das ist ein Laden gleich zwei Straßen weiter, der Inhaber ist ein guter Freund von mir. Diese Bibel gehörte einem der wichtigsten Gefolgsmänner des Kölner Erzbischofs. Sein Name war Bernhard Hilden, und mein Freund, Friedrich Meier, war überglücklich, sie erstanden zu haben.

Aber soweit ich mich erinnere, hat er das Stück vor zwei Jahren zum Höchstpreis verkauft. Ich habe ein Seminar über historische Bibeln abgehalten, daher weiß ich das ganz genau.« Er verfiel wieder in den Laufschritt und gab Emily das Foto zurück. »Ich muss jetzt wirklich los. Kommen Sie doch bitte morgen noch einmal zu mir, wenn Sie Fragen haben.« Schon verschwand er um die nächste Ecke. Emily blieb völlig außer Puste stehen. Sie hatte, was sie wollte. Ohne weitere Zeit zu verlieren, ging sie zu der von Professor Ullmann genannten Adresse.

Der Antiquitätenladen war bescheiden, aber gut sortiert. Die Bücher waren den einzelnen Jahrhunderten zugeordnet. Emilys Blick blieb am fünfzehnten Jahrhundert hängen. Ein pausbäckiger, kleiner Mann, der Emily an einen Mönch erinnerte, begrüßte sie.

»Was kann ich für die Dame tun?«

»Ich bin auf der Suche nach dieser Bibel«, antwortete Emily und zeigte ihm das Foto von dem Einband.

»Oh, dieses wunderschöne Stück habe ich längst veräußert. Es ist eine ganz außergewöhnliche Ausgabe. Aber warum sieht sie so ramponiert aus?«, fragte er entsetzt und betrachtete das Bild genauer. »Die Seiten ... sind sie etwa alle zerstört?« Er sah zu Emily auf und sein Blick sprach Bände. »Das war ein Einzelstück, wertvoll und unersetzlich.«

Emily nickte bedrückt. »Ich glaube Ihnen. Das Buch ist bei einem Brand schwer beschädigt worden, und der Einband ist leider alles, was übrig ist. Können Sie mir sagen, an wen Sie dieses Buch verkauft haben?«

»Ich weiß nicht, ob ich das darf«, erwiderte der Antiquitätenhändler, ohne den Blick von dem Foto der Bibel zu lösen.

»Ich bin Journalistin. Wir wollen herausfinden, wer für die Zerstörung dieses kostbaren Buches verantwortlich ist«, argumentierte Emily. Die Verwicklung in einen Mordfall ließ sie vorerst lieber aus.

Der Mann rieb sich nachdenklich das Kinn. »Und Sie werden in der Zeitung davon berichten?«, fragte er zögerlich. »Es ist wichtig, dass die Menschen den Wert von unwiederbringlichen zeitgeschichtlichen Dokumenten zu schätzen wissen. Antiquitäten sind alles, was unsere Vorfahren uns mit auf den Weg geben. Wer sie zerstört, zerstört einen Teil von sich selbst.«

Emily nickte und der Mann holte ein Buch aus der Schublade. »Ich darf es nicht, aber in diesem Fall kann ich einfach nicht anders. Ich habe das Buch an eine junge Frau verkauft, die es um jeden Preis haben wollte.«

Er glitt mit dem Zeigefinger über die Seiten und Emily trat ungeduldig von einem Fuß auf den anderen.

»Amelie Schlebusch«, sagte er schließlich und klappte das Buch zu. »Es ist zwei Jahre her und die Dame hat eigentlich einen guten Eindruck gemacht. In Zukunft werde ich meine Käufer wohl noch genauer unter die Lupe nehmen müssen, um solche Vorfälle zu verhindern.«

* * *

Die Besprechung verlief vielversprechend. Der Leiter des Sondereinsatzkommandos war ein erfahrener Spezialist, der bereits etliche Einsätze in diversen Großstädten erfolgreich gemeistert hatte. Seine Erfolgsquote war überdurchschnittlich. Wenigstens besserte sich im Laufe der Planungen Olivers Gefühl, was die Sicherheit von Emily anging. Mehrere Polizisten sollten Positionen an den wesentlichen Zugängen des Kölner Cafés einnehmen, einige von ihnen würden als Gast getarnt an den Tischen sitzen und es waren sogar zwei Scharfschützen auf den Dächern der umliegenden Gebäude vorgesehen. Das üppige Polizeiaufgebot sollte zum einen Emily und die unbeteiligten Gäste des Cafés schützen und zum anderen den Täter im Notfall so schnell wie möglich unschädlich machen. Trotzdem war der Treffpunkt aus Sicht des Täters taktisch klug gewählt. Es war ein weitläufiges, unübersichtliches Gelände, mit vielen alten Bäumen, die eine durchgängige Überwachung erschwerten. Außerdem war nicht ganz klar, wie viele Studenten aus dem angrenzenden Universitätscampus sich zum geplanten Zeitpunkt in dem Café und der näheren Umgebung aufhalten würden. Auch sie waren unbekannte Größen in dem Szenario und ließen sich im Vorfeld nicht beeinflussen. Jedenfalls nicht, wenn der Verdächtige von der groß angelegten Polizeiaktion nichts mitbekommen sollte. Ziel war es, den Mann so lange wie möglich in Sicherheit zu wiegen und ihn festzusetzen, wenn Emily sich für eine kurze Toilettenpause entschuldigte. Sobald sie hinter der Tür verschwunden und in Sicherheit war, würde das Sondereinsatzkommando zuschlagen und den Verdächtigen überwältigen.

Oliver sollte das Ganze getarnt als Küchenmitarbeiter hinter der Theke verfolgen. Er hatte darauf bestanden, in Emilys Nähe zu bleiben. Notfalls schützte er sie mit seinem eigenen Leben. Das stand fest. Sollte der Kerl Emily nur ein Haar krümmen, dann würde der sich wünschen, nie geboren worden zu sein. Oliver verzog grimmig die Mundwinkel und konzentrierte sich wieder auf die Worte des Einsatzleiters. Nicht nur die unmittelbare Umgebung, sondern auch das Gelände um den Treffpunkt herum sollte weitläufig abgesichert werden. Straßensperren an den wichtigsten Kreuzungen sollten eine Flucht verhindern. Damit der Täter nicht misstrauisch wurde, waren diese Sperrungen erst kurz nach der vereinbarten Uhrzeit geplant.

Klaus würde gemeinsam mit Hans Steuermark die Aktion an den Bildschirmen eines Einsatzwagens verfolgen. Der Leiter des Kommandos beendete seine Ausführungen. Das Team erhob sich mit Gemurmel. Als Oliver den Ausgang erreichte, hielt Hans Steuermark ihn auf. Seine dunkelbraunen Adleraugen fixierten ihn. »Sind Sie sicher, dass Sie so dicht dran sein wollen? Es könnte nervenaufreibend werden.«

Oliver nickte. »Ich will sichergehen, dass alles gut läuft.«

»Aber Sie wissen schon, dass die SEK-Leute heute die Profis sind und Sie nicht mitmischen dürfen«, erwiderte Steuermark und nahm Oliver scharf ins Visier.

»Das werde ich nicht tun«, erklärte Oliver mit fester Stimme. Steuermark musterte ihn noch eine Weile und wandte sich dann zur Tür. In Olivers Hosentasche vibrierte das Handy. Er zog es hervor und las eine Textnachricht von Emily.

Die Bibel wurde bei einem Antiquitätenhändler in Köln von einer »Amelie Schlebusch« gekauft. Mehr später, Kuss E.

»Das gibt es doch nicht«, stieß Oliver verwundert aus. Das war der Name eines der Opfer, die in dem ersten Bunker verbrannt waren. Was zum Teufel hatte das zu bedeuten? Bisher war er davon ausgegangen, dass die Bibel dem Täter gehörte. Gab es etwa gar keinen Zusammenhang zwischen der Bibel und dem Täter? Hatte das Opfer dieses Buch vielleicht nur zufällig bei sich gehabt? Das konnte er sich nicht vorstellen. War es nicht viel wahrscheinlicher, dass der Täter die Frau als sein Opfer auserkoren hatte, weil er sie und das Buch haben wollte? So musste es sein. Wenn der Täter also von dem Buch wusste, dann gab es im Grunde nur noch eine Schlussfolgerung: »Der Täter und das Opfer kannten sich«, sagte er heiser.

»Was?« Hans Steuermark stand noch im Türrahmen des Besprechungsraums und blickte Oliver unter zusammengezogenen Brauen an.

»Eines der Opfer hat die Bibel bei einem Antiquitätenhändler erstanden. Der Täter hat sie offenbar für seine Rituale benutzt. Michelle Henrich hat uns geschildert, dass er ein Ritual in lateinischer Sprache durchgeführt hat, als sie entkommen konnte.«

Steuermark runzelte die Stirn. »Sie halten Frau Henrich weiterhin für eine glaubwürdige Zeugin?«

»Ich denke schon. Die diagnostizierte Gesichts- oder Seelenblindheit erklärt doch die Lücken in ihrer Darstellung. Den Tathergang selbst konnte sie detailliert wiedergeben. Es gibt bisher keine Anhaltspunkte dafür, dass sie lügt.«

»Aber sie könnte genauso gut eine Komplizin des Täters sein«, widersprach Steuermark unwirsch. »Die Frau ist jedenfalls keine taugliche Zeugin. Mit ihrer

Aussage würde jeder Staatsanwalt vor Gericht scheitern.«

In diesem Punkt hatte Hans Steuermark allerdings recht. Jemand, der keine Gesichter erkennen und damit weder Opfer noch Täter identifizieren konnte, war vor Gericht unbrauchbar. Oliver erinnerte sich daran, dass Michelle Henrich keinerlei Brandverletzungen davongetragen hatte. Zweifel krochen in ihm hoch. Bisher gab es keinen faktischen Beweis, dass Michelle gegen ihren Willen und im Tatzeitraum tatsächlich im Luftschutzbunker gewesen war. Einzig die umgekippte dritte Liege und die Überreste der Fesseln sprachen dafür. Aber das genügte natürlich nicht.

»Ich denke, wir sollten uns zunächst auf Emilys Treffen mit dem Verdächtigen und die Verbindung zwischen den Opfern konzentrieren.« Oliver dachte an das Foto am Kühlschrank in der Wohnung des letzten Opfers. Er entschuldigte sich bei Steuermark und wählte eine Nummer.

»Bergmann hier, haben Sie schon Fotos von Amelie Schlebusch und Bianca Claußen auftreiben können?« Er wartete die Antwort ab und schüttelte frustriert den Kopf. Das dauerte alles viel zu lange.

Plötzlich war das ungute Gefühl zurück. Es verschwand den ganzen Tag nicht mehr, auch als er später am Abend mit Emily im Arm endlich einschlief. Er hatte stundenlang wach gelegen, weil er Angst hatte. Angst um Emily, die friedlich neben ihm schlummerte. Am Ende brachte nur die Vernunft ihn dazu, ein wenig Schlaf zu finden. Er musste fit für den bevorstehenden Einsatz sein. Müdigkeit konnte er sich nicht leisten.

* * *

Der nächste Morgen begann mit dem unerbittlichen Schrillen von Olivers Wecker. Er war sofort hellwach. Emily rekelte sich neben ihm. Ihre Brüste zeichneten sich unter dem dünnen Seidennachthemd ab, doch heute empfand Oliver nichts als Anspannung. Er betrachtete Emilys hübsches Gesicht. Die vollen Lippen luden weich und rosig zum Küssen ein. Ihre freche Stupsnase und die schön geschwungenen Augenbrauen, die Olivers Blick weiter zu Emilys langen, dunklen Wimpern gleiten ließen, machten Emily zu einer Schönheit, die Liebreiz und Leidenschaft miteinander kombinierte. Seine Brust zog sich schmerzhaft zusammen. Er hatte Angst um sie. Abermals fragte er sich, warum sie nur so störrisch sein musste. Die heutige Aktion war kein Spaß. Sie waren hinter einem brutalen Serienmörder her, der Freude daran zu haben schien, Frauen zu quälen. Der Mann würde nicht zögern und Emily töten, wenn er die Gelegenheit dazu bekäme. Es wäre definitiv besser, eine ausgebildete Polizistin diese Aufgabe erledigen zu lassen. Aber Oliver wusste, dass der Versuch, Emily davon zu überzeugen, zwecklos war. Sie würde niemals einen Rückzieher machen, selbst wenn Oliver sie auf Knien darum anflehte.

Sie hatten den gestrigen Abend damit verbracht, Verbindungen zwischen den Morden der letzten Tage und dem Kreuzstichmörder herzustellen, der vor fünfhundert Jahren in Zons sein Unwesen getrieben hatte. Er hatte Frauen aufgelauert, ihnen bei lebendigem Leib die Augen zugenäht und sie mit demselben Zwirn erdrosselt. Die toten Opfer verbrannte er. Bastian

Mühlenberg hatte alle Hände voll zu tun gehabt, den raffinierten Mörder zu finden. Es war eine schwierige Suche gewesen, die sich im Umfeld der Bruderschaft der Zonser Schneider und Weber abgespielt hatte. Leider war in den historischen Unterlagen nichts über den Zustand der Frauen verzeichnet und darüber, ob der Täter sie vor ihrer Ermordung gefangen gehalten und hungern lassen hatte. Aber dafür gab es zwei ganz offensichtliche Verbindungen zwischen den damaligen Morden und denen, die Oliver aufzuklären hatte. Die Augen des vierten Opfers waren zugenäht, zudem hatte der Täter auf der Grußkarte für Emily selbst auf den Kreuzstichmörder verwiesen. Ob der Kreuzstichmörder bei seinen Mordritualen die Bibel oder ein Kreuz verwendet hatte, war nicht herauszufinden. Fest stand, dass der Bibeleinband, den sie bei den ersten beiden Leichen gefunden hatten, aus der Zeit stammte, in der der Kreuzstichmörder gelebt hatte. Die Erkenntnisse reichten jedoch nicht aus, um ein Verhaltensmuster daraus abzuleiten, mit dem man den Täter überführen könnte. Er würde jedenfalls nicht aufhören zu töten, bis die Polizei ihn stellte. Oliver hatte sich lange genug mit Serientätern beschäftigt und alle Ermittlungsergebnisse wiesen darauf hin. Umso wichtiger war es, dass die heutige Aktion mit Emily als Lockvogel glückte.

Oliver erhob sich und ging ins Bad. Ein Blick auf die Uhr sagte ihm, dass sie sich beeilen mussten. Er sprang unter die Dusche. Als er fertig war, weckte er Emily mit einem Kuss.

»Wir müssen los«, sagte er und zog sie hoch.

Keine fünfzehn Minuten später saßen sie schweigend in Olivers Dienstwagen. Die Anspannung war spürbar und verstärkte sich mit jedem Meter, den sie näher ans Ziel kamen. Das Einsatzkommando war schon vor Ort, als sie auf einem weiter außen gelegenen Parkplatz am Universitätsgelände in Köln ankamen. Emily wurde sofort verkabelt. Ihr Gesicht war mittlerweile recht blass. Oliver hätte sie am liebsten wieder ins Auto gesetzt und nach Hause gefahren. Stattdessen zog er sich eine weiße Schürze über, die die Angestellten der Cafés trugen. Bereits zwei Stunden vor dem vereinbarten Termin waren alle Polizisten auf ihrer geplanten Position. Jetzt begann die unerträgliche Zeit des Wartens. Oliver musterte jeden neuen Besucher des Cafés, während er Brötchen und Croissants auffüllte oder frischen Kaffee oder Tee bereitstellte. Zunächst waren weniger als die Hälfte der Tische besetzt. Die meisten Gäste waren junge Studenten, die mit müden Augen einen Kaffee bestellten. Erst nach einer Stunde gesellten sich auch ältere Gäste dazu, die Oliver als Universitätspersonal einstufte. Genau fünf Minuten vor der eigentlichen Verabredung betrat Emily das Gebäude. Das Café war inzwischen gut gefüllt. Ein Polizeikollege hatte dafür gesorgt, dass der für Emily vorgesehene Tisch nicht belegt wurde. Als er sie sah, erhob er sich mit einem angedeuteten Gähnen und schlurfte davon. Er mimte den typischen Studenten, der eine kurze Nacht hinter sich hatte. Hätte Oliver es nicht besser gewusst, er wäre auf die Tarnung des Mannes hereingefallen. Emily setzte sich an seinen Tisch, der gleich am Fenster stand und von Scharfschützen ins Visier genommen wurde. Sie wirkte blass, aber entschlossen. Nach einer Weile stand sie auf und ging zur Theke, wo sie bei Oliver einen Cappuccino bestellte.

Als sie die Tasse entgegennahm, bemerkte er, dass ihre Finger leicht zitterten. Er sagte nichts. Zwar hätte er ihr am liebsten Mut zugesprochen, andererseits war die Aufrechterhaltung der Tarnung lebensnotwendig. Der Täter konnte jeden Moment auftauchen.

In Olivers Ohrknopf raschelte es. Ein Polizist verkündete, dass sich ein Verdächtiger dem Café näherte. Verdächtig war im Augenblick jeder Mann, der ohne Begleitung das Gebäude betrat. Sie hatten die nach Michelle Henrichs Vorgaben erstellten Phantombilder inzwischen verworfen. Nach der Krankheitsdiagnose war klar, dass ihre Angaben nicht verlässlich waren. Michelle hatte das Alter des Täters auf fünfunddreißig geschätzt, außerdem sollte er sehr groß und kräftig gewesen sein. Doch die Polizei wollte sich nicht darauf verlassen und hatte beschlossen, jeden einzeln auftretenden Mann ins Visier zu nehmen. Die Gefahr, dass die Zeugin sich irrte, war einfach viel zu hoch.

Olivers Augen wanderten automatisch zum Eingang. Gespannt fixierte er die hochgewachsene Gestalt des Mannes, der gerade eintrat. Er trug eine tief ins Gesicht gezogene Baseballkappe. Olivers Nerven vibrierten. Als der Mann dann auch noch in die Runde blickte und seine Augen schließlich an Emily hängen blieben, wäre er am liebsten auf ihn losgegangen und hätte ihn zu Boden geworfen. Das musste er sein. Langsam ging der Mann auf Emilys Tisch zu. Olivers Finger krallten sich an der Theke fest.

»Verdächtiger nähert sich Lockvogel. Ich wiederhole. Verdächtiger nähert sich Lockvogel.«

»Bento fünf hier. Habe ihn im Visier.« Das war die Stimme des Scharfschützen, der schräg gegenüber auf dem Dach lauerte. Oliver atmete ein wenig auf. Der Täter würde auf der Stelle unschädlich sein, sobald der Schütze abdrückte.

Der Verdächtige hatte Emilys Tisch fast erreicht. Oliver konnte sehen, wie Emily den Mann anstarrte und nervös blinzelte. Der Täter fixierte sie kurz und blieb plötzlich stehen. Olivers Herz raste bis zum Anschlag. Was tat der Mann?

»Bento fünf bereithalten. Verdächtiger könnte eine Waffe ziehen.« Die Stimme in Olivers Ohr knatterte und sprach das aus, was er dachte. Entsetzt musste er sehen, wie der Mann in seine Jackentasche griff. Der Schütze musste ihn aufhalten, bevor er womöglich eine Pistole hervorzog und Emily bedrohte. Alle Muskeln in Olivers Körper spannten sich an. Er war zum Sprung bereit.

»Einhalten. Verdächtiger telefoniert«, gab die Stimme im Ohr kund und Oliver wurde vor Erleichterung ganz flau im Magen. Um ein Haar hätte er eingegriffen und den Einsatz ruiniert.

»Einen Kaffee bitte, schwarz und ohne Zucker. Dazu noch einen Früchtetee.«

Oliver brauchte eine Weile, bis er begriff, dass das Studentenpärchen auf seine Bestellung wartete. Benommen nickte er und bediente den jungen Mann, der seine Freundin eng umschlungen hielt. Seine Tarnung durfte jetzt nicht auffliegen. Mit zittrigen Händen betätigte er die Kaffeemaschine, die endlos vor sich hin surrte, bis der Kaffee endlich fertig war.

»Bitteschön«, sagte Oliver und reichte dem Pärchen die Tassen. Sein Blick heftete sich erneut auf den Tatverdächtigen. Der steckte gerade sein Handy zurück in die Tasche und machte einen weiteren Schritt auf Emily zu, die ihn mit großen Augen ansah. Olivers Adrenalin-spiegel drohte überzulaufen. Als die Anspannung nicht mehr auszuhalten war, geschah etwas Unerwartetes. Der Verdächtige bog ab und setzte sich an den freien Nachbartisch.

Verdammt! Was hat der Kerl vor, fragte sich Oliver nervös.

Der Mann zog seine Baseballmütze noch tiefer ins Gesicht. Schwarze Haare lugten an den Seiten hervor. Seine Oberarme waren muskulös und spannten unter der Jacke, die er trug. Der Verdächtige starrte auf einen Punkt im Raum, den Oliver nicht ausmachen konnte. Dann begann er mit dem Zeigefinger, Kreise auf den Tisch zu malen.

»Was zum Teufel macht der da?«, knatterte die Stimme in Olivers Ohr.

»Stillhalten und in Bereitschaft bleiben.« Das war der Leiter des Einsatzkommandos, dessen Worte bestimmt durch den Knopf in Olivers Ohr drangen.

Offenbar wusste auch das Team des SEK mit dieser Situation nichts anzufangen. Olivers Nerven waren zum Zerreißen gespannt. Er war kurz davor, Emily vom Tisch wegzuzerren. Er hatte doch gleich gewusst, dass dieser Typ ein unkalkulierbares Risiko war. Nur mit Mühe hielt er sich zurück und bediente eine Studentin, die einen Latte macchiato bestellte. Halbherzig füllte Oliver den Milchschaum in ein Glas und ließ Espresso darüber laufen. Dabei blickte er immer wieder zu Emily hinüber. Die Situation war unverändert. Der Mann mit der Base-ballkappe schien keinerlei Notiz mehr von seiner Nach-barin zu nehmen. Wahrscheinlich ging er jede Sekunde zum Angriff über. Die Angst machte Oliver beinahe bewegungsunfähig. Er atmete tief durch, um zu seiner normalen Routine zurückzufinden. Emotionen abschalten, sachlich bleiben. Nur langsam beruhigte er sich.

Unvermittelt wurde die Tür zum Café aufgerissen. Eine attraktive Blondine stürmte herein. Sie blieb kurz stehen und durchsuchte den Raum. Sie entdeckte den Verdächtigen und strahlte übers ganze Gesicht. Der Mann mit der Baseballkappe erhob sich.

»Da bist du ja endlich«, schimpfte er und breitete die Arme aus. Die Blondine stürzte sich hinein.

»Fehlalarm«, rauschte es in Olivers Ohr. »Nächster Verdächtiger eine Straße entfernt. Nähert sich auf einem Fahrrad.«

Oliver atmete aus und bediente einen weiteren Gast. Dann füllte er Croissants nach. Das Café wurde immer voller. Vor der Theke hatte sich eine lange Schlange gebildet. Trotzdem ließ sich Oliver nicht aus der Ruhe bringen. Nach und nach arbeitete er die Bestellungen ab, ohne dabei Emily aus den Augen zu lassen. Der gesichtete Verdächtige stellte gerade sein Fahrrad vor dem Eingang ab. Darüber informierte ihn die Stimme des Einsatzleiters. Der Mann trat ein und stellte sich an der Warteschlange an. Er wippte rhythmisch mit dem Kopf. Oliver erkannte kleine Kopfhörer in den Ohren des Mannes. Er schnappte sich ein Croissant und bestelle einen Kaffee, schwarz und ohne Zucker. Er war die Ruhe selbst, und Oliver wunderte es nicht, als er sich einen Platz am anderen Ende des Raumes suchte. Nervös schaute er auf die Uhr. Der Gesuchte war bereits zehn Minuten überfällig. Die Stimme in seinem Ohr meldete den nächsten Verdächtigen, der sich zu Fuß näherte. Olivers Augen wanderten zum Eingang, doch der Mann lief an der Glasfassade des Gebäudes vorbei und würdigte das Café keines Blickes.

Emily rutschte nervös auf ihrem Stuhl hin und her. Eine Frau gesellte sich zu ihr und sie warf Oliver unauffällig einen fragenden Blick zu. Er zuckte mit den Achseln. Sie konnte nichts tun. Die Studentin in dem übervollen Café abzuweisen, wäre zu auffällig gewesen. An Emilys Tisch waren drei Plätze frei. Es war im Grunde klar, dass das bei dem Andrang nicht so bleiben würde. Oliver sah abermals auf die Uhr. Fünfzehn Minuten war der Täter jetzt überfällig. Ob er die hohe Polizeipräsenz bemerkt hatte? Oliver beschlich ein ungutes Gefühl. Irgendetwas stimmte nicht. Es machte sich niemand die Mühe, in eine fremde Wohnung einzubrechen und eine Einladungskarte zu hinterlassen, um dann zur Verabredung nicht zu erscheinen. Wenn dieses Treffen für den Täter wirklich wichtig war, hätte er es um nichts in der Welt verpasst. Auch der Leiter des Sondereinsatzkommandos wurde langsam nervös. Über Funk fragte er nach der Sichtung von neuen verdächtigen männlichen Personen, aber die Straße vor dem Café war plötzlich wie leer gefegt von einzelnen Männern. Es waren kleine Gruppen oder Paare unterwegs. Keine potenzielle Zielperson näherte sich mehr. Oliver hatte kaum noch etwas zu tun. Die Primetime war vorbei. Die Vorlesungen hatten begonnen und Studenten und Universitätsmitarbeiter strömten massenhaft auf den Campus, wo sich die Vorlesungssäle befanden.

In Olivers Kopf ratterte es. Irgendwie dauerte das alles zu lange. Warum war der Kerl nicht pünktlich? Hatte er etwas von der Polizeiaktion mitbekommen?

Oder beobachtete er Emily aus sicherer Distanz und wollte sie einfach ein wenig zappeln lassen? Nein, er verwarf die Gedanken. Der Einsatztrupp bestand aus Profis. Oliver glaubte nicht daran, dass der Täter den Einsatz bemerkt hatte. Genauso machte es keinen Sinn, Emily warten zu lassen. Sobald sie das Café verließ, war die Chance mit ihr zu sprechen, verstrichen. Auf offener Straße würde er sie kaum überfallen. Das Risiko, dabei gefasst zu werden, war viel zu groß. Seine Gedanken kreisten weiter. Plötzlich war es ihm klar. Er wird nicht kommen. Die Erkenntnis traf Oliver wie ein Schlag. Verdammt. Der Kerl hatte nie vorgehabt, hier aufzutauchen. Sie waren auf ein Ablenkungsmanöver hereingefallen. Eilig zerrte er sein Handy aus der Hosentasche und wählte eine Nummer. Es dauerte eine Ewigkeit, bis sich endlich jemand meldete.

»Bergmann hier, ich möchte bitte mit Michelle Henrich sprechen.«

Die Schwester des Krankenhauses bat ihn um ein wenig Geduld. Sie wollte mit dem Telefon zu Michelle ins Zimmer laufen. Nervös trat Oliver von einem Fuß auf den anderen. Er ahnte die schreckliche Wahrheit, bevor er die Antwort bekam.

»Es ist komisch, aber ich kann Frau Henrich nirgendwo finden. Sie ist weder in ihrem Zimmer noch hat sie einen Termin. Und auch ans Handy geht sie nicht.«

»Verdammt«, brüllte Oliver und legte auf. Die letzten verbliebenen Gäste sahen ihn erschrocken an. Oliver achtete nicht auf sie. Er zerrte an dem Kabel unter seinem Shirt und schrie: »Er hat sich Michelle Henrich geschnappt. Wir müssen sofort nach Neuss.«

XII

VOR FÜNFHUNDERT JAHREN

»Zum Teufel noch mal, Reinhold, an Euren Händen klebt Blut. Wollt Ihr mich zum Narren halten?« Bastian zerrte den verschwitzten Burschen vom Pferd. Es gab keinen Zweifel. Der Dreck auf den Handflächen des Schneidergesellen war von Blut durchtränkt. Im hellen Schein der Fackeln durchsuchte Bastian Reinhold noch einmal gründlich nach Waffen, Nadeln oder Zwirn. Doch die Taschen waren leer. Nur ein paar Brotkrumen und Münzen befanden sich darin. Nichts, was für den Mord an Mathilda tauglich gewesen wäre. Aber das Blut sprach für die Schuld des Burschen.

»Ich war es nicht«, stotterte Reinhold zum wiederholten Male.

»Das werden die Schöffen entscheiden«, erwiderte Bastian kühl und stieß Reinhold in eine freie Zelle. Der Bursche konnte froh sein, dass das Verlies besetzt war. Die Räume im oberen Teil des Juddeturms waren komfortabel im Vergleich zu dem dunklen, elf Meter tiefen Loch, in das die schlimmsten Verbrecher geworfen wurden. Man kam nur über eine Luke im Boden hinein oder heraus. Fenster gab es keine, bloß modrige, unüberwindbare Mauern. Auch Brot und Wasser mussten durch die Luke hinuntergelassen werden. Vielleicht täte dieser Ort Reinhold gut und er würde endlich seine Schuld eingestehen, überlegte Bastian. Doch es war zu umständlich, mitten in der Nacht die Gefangenen umzuverteilen. Er würde am nächsten Tag noch einmal darüber nachdenken. Er sperrte die Tür zu und ignorierte Reinholds Gewimmer. Ihm reichte es. Er stieg die Treppen hinunter und setzte sich an das wärmende Feuer in der Wachstube. Dann holte er die Zeichnung des Fußabdrucks hervor, den er neben Agnes' Leiche entdeckt hatte. Gespannt hielt er Reinholds Stiefel daneben, die er ihm abgenommen hatte, um in aller Ruhe einen Vergleich anzustellen. Obwohl Reinhold von schlanker Gestalt war, hatte er offenbar große Füße. Aber egal, wie sehr Bastian es auch drehte, der Abdruck wollte nicht so richtig passen. Er seufzte und ließ den Stiefel fallen. Der Fußabdruck war nicht besonders deutlich gewesen. Wenn er ehrlich zu sich selbst war, konnte er mit seiner Zeichnung weder Schuld noch Unschuld beweisen. Er schüttelte frustriert den Kopf. Er brauchte ein Geständnis, und wenn er es aus dem Burschen herausprügeln musste.

* * *

»He, wacht auf. Ihr habt einen Albtraum.« Eine zarte Hand tätschelte Bastians Wange. Nur ganz langsam verblasste das Bild der verkohlten Leiche vor seinen Augen. Er richtete sich auf und blinzelte.

»Danke, dass Ihr mich geweckt habt, Marie. Es war scheußlich.« Er gab ihr einen Kuss und verzichtete darauf, ihr Einzelheiten seines Traumes zu erzählen. Im Traum war er im Wald und hatte Mathildas Leichnam gefunden. Er kniete neben ihrem leblosen Körper und strich mit der Hand über ihr Gesicht. Ihre Augenlider waren mit grobem Zwirn zugenäht, und gerade als er das Blut darunter wegwischen wollte, öffnete Mathilda die Augen. Ein Schauer überlief ihn bei der Erinnerung. Schnell sprang er auf und schlüpfte in seine Hose. Er musste auf der Stelle mit Schneidermeister Lodewich sprechen. Wenn es stimmte, dass der Bruderälteste ihn von seinem Gesellen hatte überwachen lassen, dann hatte er ein Hühnchen mit ihm zu rupfen. Er lief die Stufen hinunter, schnappte sich ein Stück Brot und verließ eilig das Haus. Er hastete zur Schloßstraße, an deren Ende sich das Haus des Schneidermeisters befand. Ungeduldig klopfte er an die Tür, bis Lodewich öffnete.

»Was kann ich für Euch tun?« Der Alte wirkte nicht sonderlich überrascht über Bastians Besuch.

Bastian trat ein und setzte sich ohne Aufforderung auf einen Stuhl. »Ich muss mit Euch reden. Wie Ihr wisst, treibt ein Mörder sein Unwesen in Zons, und gestern habe ich Mathilda tot aufgefunden.«

»Du meine Güte, ist das nicht auch eine Kräuterfrau?« Das Entsetzen stand Lodewich ins Gesicht geschrieben. »Unsere Bruderschaft hat nichts damit zu tun, Bastian Mühlenberg«, beteuerte er.

Bastian entging nicht, dass seine Hände zitterten.

»Könnt Ihr mir den Grund für Eure Unruhe verraten?«
Er wollte direkt zur Sache kommen.

»Ihr habt bestimmt mit Reinhold gesprochen«,
murmelte Lodewich mit brüchiger Stimme und senkte
den Blick. »Ich habe es geahnt, als er heute Morgen
nicht wie gewohnt erschienen ist. Es ist nicht so, wie Ihr
denkt. Reinhold ist ein sehr zuverlässiger Geselle.«

In Bastian brodelte es. »O ja, so kann man es sagen.
Er hat mich auf Euer Geheiß hin äußerst zuverlässig
überwacht.«

Der Alte hob beschwichtigend die Hände. »So
versteht doch, Bastian. Ich bin verantwortlich für das
Wohlergehen der Bruderschaft. Wenn sich ein
schwarzes Schaf unter uns befindet, dann muss ich es so
schnell wie möglich aus der Gemeinschaft ausschließen.
Ein Skandal von solchem Ausmaß wie diese Morde
würde ein schlechtes Licht auf unsere Schneider und
Weber werfen. Es ist meine Aufgabe, unsere Gilde vor
Verruf zu bewahren.«

Bastian sprang auf. »Verdammt noch mal, alle drei
Frauen wurden mit Zwirn aus Eurer Bruderschaft
gemeuchelt. Die einzige Möglichkeit, Eure Bruderschaft
zu schützen, besteht darin, den Mörder dingfest zu
machen.« Er ging näher auf Lodewich zu, der vor seiner
Größe zurückwich. »Reinhold sitzt im Juddeturm. Es
könnte sein, dass er mich nur überwacht hat, vielleicht
hat er aber auch Blut an seinen Händen. Ich habe ihn
fast auf frischer Tat ertappt. Sonst war da niemand, der
die Alte umgebracht haben könnte. Das Beste ist, Ihr
geht selbst zu ihm und bringt ihn rasch zu einem
Geständnis, bevor ich ihn mir vornehme!« Bastian
funkelte Lodewich wütend an.

»Mein Geselle kann keiner Fliege etwas zuleide tun. Ich kann das nicht glauben«, stotterte der Brudermeister und fasste sich plötzlich an die Brust. Schwer atmend setzte er sich auf den nächsten Stuhl. »Ich vermute, dass Peter Kirsch oder einer seiner Kunden hinter den Morden steckt.« Seine Stimme war so leise, dass Bastian ihn kaum verstand.

»Was?«

»Reinhold hat beobachtet, wie einer von ihnen sich in Agnes' Haus zu schaffen machte, nachdem Ihr wieder hinausgelaufen seid.«

Diese ungeheuerlichen Worte brachten Bastians Blut zum Kochen. Dieser Mann schien etwas zu wissen, was für das Auffinden des Täters bedeutsam war, und ließ ihn absichtlich im Dunkeln darüber. Und das alles nur, um den vermeintlich guten Ruf der Bruderschaft zu schützen? War das Leben dieser armen Frauen denn überhaupt nichts wert? Wie konnte der alte Mann bloß zulassen, dass der mögliche Täter weiter frei herumläuft?

»Wenn Ihr die Wahrheit sprecht, dann habt Ihr mindestens Mathilda auf dem Gewissen. Ihr hättet sie retten können«, stieß er hervor. In seinen Fäusten zuckte es. Am liebsten hätte er sie in Lodewichs Gesicht geschlagen. Doch er zügelte seinen Zorn und überlegte. Wenn Reinhold ihn tatsächlich verfolgt hatte, dann hatte er auch gesehen, wie Bastian zum Haus von Peter Kirsch gegangen war. Während Bastian die offene Tür zum Nachbarhaus und im Anschluss die ermordete Agnes entdeckt hatte, lauerte Reinhold irgendwo hinter einer Ecke. Nachdem Bastian das Haus wieder verlassen hatte und Hilfe holte, konnte Reinhold beobachtet haben, wie der Mörder das Gebäude betrat, um die Leiche fortzuschaffen. Bastian sah die Geschehnisse mit einem Mal ganz deutlich vor sich.

»Es konnte doch niemand ahnen, dass der Mörder es auch noch auf Mathilda abgesehen hatte«, versuchte Lodewich Bastian zu beschwichtigen. Allerdings hörte Bastian gar nicht mehr richtig zu. In seinem Kopf kreisten zwei Fragen. Wer war der Mörder: Peter Kirsch, sein Kunde oder doch Reinhold, der sich diese Geschichte bloß zu seinem eigenen Schutz ausgedacht hatte? Und warum mussten die Frauen ihr Leben auf diese brutale Weise lassen?

* * *

Bastian hatte Kopfschmerzen. Aufdringlich pochten sie von innen gegen seine Schläfen und lähmten ihn. Der Tag war bisher ein Albtraum gewesen. Entmutigt nahm er einen kräftigen Schluck Met und ließ seinen Blick gedankenverloren in der Schenke schweifen. Nachdem er Lodewich aufgesucht hatte, war er zu Peter Kirsch gelaufen. Dieser hatte für den letzten Mordfall ein hieb- und stichfestes Alibi präsentiert. Die Nacht, in der Mathilda starb, hatte er mit Freunden in seinem Haus durchgezecht. Zu allem Übel war auch der viel benannte Kunde, Bernhard Hilden, dabei gewesen. Bastian hatte alle Zeugen unabhängig voneinander befragt und jeder von ihnen bestätigte die Angaben des Schneidermeisters. Trotzdem traute Bastian diesen Aussagen nicht und beauftragte seine Männer damit, Peter Kirsch zu beschatten. Vielleicht beging der Schneider einen leichtsinnigen Fehler. Bastian nahm einen weiteren Schluck. Er vermisste Wernhart. Es ging ihm zwar wesentlich besser und sein Freund war auch schon ansprechbar, aber es würden noch Wochen vergehen, bis er wieder mit Bastian in der Stadtwache dienen konnte. Wie gerne würde er sich mit ihm austauschen. Er leerte seinen Becher und schob ihn von sich. Reinhold gab ihm immer noch Rätsel auf. Er stritt nach wie vor alles ab. Bastian hatte ihn gebeten, den Mann, den er im Haus der ermordeten Agnes beobachtet hatte, zu beschreiben. Doch der Bursche war sich nicht einmal sicher, ob er Peter Kirsch oder Bernhard Hilden überhaupt gesehen hatte. Es war bloß eine Vermutung, weil der Täter aus der Richtung von Kirschs Haus gekommen war. Die Beschreibung war ungefähr so genau wie Bastians Erinnerung an Wernharts Angreifer. Es konnte jeder Mann von schlanker Gestalt gewesen sein. Meister Lodewich stand dem Burschen zu allem Übel bei. Bastian steckte in einer Sackgasse fest.

»Das könnte Euer Sold im nächsten Monat sein.« Ein Beutel voller klirrender Münzen landete vor ihm auf dem Tisch. Bastian blickte auf und erkannte Bernhard, der gerade die Schenke betreten haben musste. Der fehlte ihm jetzt noch.

»Was wollt Ihr?«, knurrte Bastian, ohne zu grüßen.

»Habt Ihr mein Angebot schon vergessen? Ich will ·Euch im Gefolge des Erzbischofs haben. Ihr gehört nach Köln, Bastian Mühlenberg. Zons kann Euch nur einen Bruchteil von dem bieten, was ich Euch geben kann.« Bernhard grinste siegessicher und setzte sich.

»Ich habe meine Meinung nicht geändert«, erklärte Bastian und winkte den Wirt herbei, um neuen Met zu bestellen.

»Nun, vielleicht nehmt Ihr diesen Beutel einmal in die Hand und spürt sein Gewicht. Damit könnt Ihr Eurer Gemahlin die schönsten Edelsteine schenken.« Bernhard schob die Münzen dichter an Bastian heran. Bastian ignorierte die Geste. Stattdessen betrachtete er Bernhards feines Gewand und den hochwertigen Zwirn, mit dem die Nähte gefertigt waren.

»Mich würde viel eher interessieren, wo Ihr letzte Nacht wart«, erwiderte er kühl.

Bernhard zog die Augenbrauen in die Höhe. »Ihr verdächtigt mich doch nicht ernsthaft der Vergehen an diesen erbärmlichen Kreaturen. Wenn Ihr mich fragt, haben diese Hexen ihre gerechte Strafe bekommen«, zischte er mit hasserfüllter Stimme.

Bastian musterte Bernhard scharf. »Kanntet Ihr die Opfer?«

Bernhard schüttelte den Kopf. »Ihr glaubt doch nicht, dass ich mich auf solches Gesindel einlasse?«

»Aber Ihr wart des Öfteren auf dem Zonser Markt zugegen. Es ist durchaus möglich, dass Ihr das eine oder andere Leiden mit der Hilfe einer Kräuterfrau bekämpft habt.«

»Ich bevorzuge es, einen Arzt aufzusuchen«, erklärte Bernhard gepresst. »Und, um Eure erste Frage zu beantworten: Peter Kirsch hat aus Anlass der Fertigstellung meines Auftrages ein vergnügliches Festmahl gegeben. Ich war nicht mal in der Nähe dieser Hexe, als ihr das Leben ausgetrieben wurde.«

Bastian betrachtete den Mann feindselig. Aus seinen Augen sprachen Hochmut und Hass. Zwei Eigenschaften, die Bastian nicht sonderlich schätzte. Er versuchte, sich ein Motiv für die Morde vorzustellen. Reichte Bernhards Hass als Beweggrund aus? Würde sich dieser Mann die Mühe machen, seinen Opfern die Augen zuzunähen und ihre leblosen Körper anschließend zu verbrennen? Bastian zweifelte. Wenn überhaupt, war es wahrscheinlicher, dass Bernhard dafür seine Handlanger hatte. Er bezweifelte, dass der Mann in seinem feinen Gewand sich mit solchen Bluttaten selbst die Finger beschmutzte.

»Bastian, hier steckt Ihr also«, Josef Hesemann stand plötzlich bei ihnen am Tisch. Bastian hatte gar nicht bemerkt, dass Josef die Schankstube betreten hatte. Josef warf einen kritischen Blick auf den vollen Becher, der vor Bastian stand. »Braucht Ihr so früh am Tag dieses Gebräu für Eure Nerven?«

Bastian nickte verdrossen. Ja, so weit war es mit ihm gekommen. In seiner Aussichtslosigkeit war ihm nichts Besseres eingefallen, als noch vor Sonnenuntergang dem Alkohol zu frönen.

»Habt Ihr etwas an Mathildas Leiche gefunden?«, fragte Bastian mit neuer Hoffnung.

Bernhard erhob sich, bevor Josef antworten konnte. »Ich erwarte Eure Antwort schnell, und überlegt Euch gut, ob Ihr mich enttäuschen wollt. Ihr findet mich im Wirtshaus zur alten Henne. Dort übernachte ich.« Bernhard klopfte auf den Tisch und warf Bastian einen mahnenden Blick zu. Dann verließ er eilig die Schenke.

»Was will dieser Mann von Euch?«, erkundigte sich Josef neugierig. Bastian winkte ab. »Er will mich zu einem Gefolgsmann des Erzbischofs machen und begreift nicht, dass ich kein Interesse habe.«

Josef runzelte die Stirn und setzte sich. »Vielleicht ist

es nicht besonders klug, seinen Wunsch abzulehnen. Er könnte Euch das Leben schwer machen.«

»Das ist mir egal. Ich habe mich entschieden, hierzubleiben«, erklärte Bastian mit fester Stimme und schob Josef seinen Becher Met hinüber. »Habt Ihr etwas gefunden?«

Der Arzt senkte die Stimme. »Nicht direkt. Mathildas Leiche war genauso zugerichtet wie die anderen. Derselbe Zwirn, dieselbe Vorgehensweise und derselbe Tod. Mir ist etwas ganz anderes aufgefallen, wofür Ihr mich wahrscheinlich schelten werdet.«

Bastian grinste. Er konnte sich nicht vorstellen, dass Josef etwas Schlimmes getan hatte.

»Ich habe Wernharts Frau verfolgt.«

»Was?«, stieß Bastian überrascht aus.

Josef hob die Hände. »Nein, nicht doch. Ich habe kein Interesse an diesem Weib. Adelheid kommt mir nicht wie das treue Eheweib vor, das Wernhart verdient hätte.«

»Da sagt Ihr etwas Wahres«, stöhnte Bastian, nahm sich wieder den Becher und trank einen Schluck Met. Er konnte Adelheid nicht ausstehen.

»Ich wollte wissen, was sie den ganzen Tag treibt«, fuhr Josef fort. »Jonathan von der Stadtwache hat mir anvertraut, dass Ihr ihn beauftragt habt, Adelheid zu beschatten. Gestern hatte er keine Zeit. Seiner Mutter ging es nicht gut, und da habe ich mich angeboten.« Er machte eine Pause und sah Bastian durchdringend an. »Ihr werdet nicht glauben, wo sie hingegangen ist.«

Bastian stellte seinen Becher ab. »Wohin?«, fragte er gespannt.

»Zur Heilerin in der Schloßstraße.«

»Ihr meint bestimmt Katrina«, schloss Bastian, und Josef nickte.

»Ihr haltet mich vielleicht für verrückt, trotzdem traue ich Adelheid nicht. Sie hat kein gutes Herz und Wernharts Angreifer könnte doch auch eine große Frau gewesen sein.« Josef kratzte sich nachdenklich am Kinn. »Wisst Ihr, Bastian, ich sehe immer noch diesen Fußabdruck in Agnes' Haus vor mir. Er war so schmal.«

Josef sprach Bastian aus der Seele. Aber wäre diese Frau zu drei so grausamen Morden fähig? Und hätte sie ihrem eigenen Gemahl ein Messer in den Leib getrieben?

»Was für einen Grund sollte sie haben, die Heilerinnen zu töten?«, flüsterte Bastian und blickte sich unruhig zu allen Seiten um.

»Darüber habe ich lange nachgedacht. Es könnte ihre Kinderlosigkeit sein. Ich weiß, es klingt ziemlich wirr. Doch das Weib ist mir gestern Mittag entwischt. Ich habe seine Spur verloren, als es in Richtung Feldtor unterwegs war, und erst heute Morgen habe ich Adelheid wiedergesehen. Sie hat Brot auf dem Markt besorgt.«

»Aber ich habe Reinhold sozusagen auf frischer Tat ertappt. Alle anderen Verdächtigen können es nicht gewesen sein. Ich traue Reinhold solch eine Untat eher zu als einer Frau.« Bastian hob nachdenklich die Hand an die Stirn.

»Doch Ihr habt Zweifel. Ich kann es Euch ansehen.«

Josef hatte recht. Bastian war sich nicht sicher. Irgendetwas passte nicht ins Bild, aber er war immer noch nicht dahintergekommen, was es war.

»Also gut. Ich setze einen weiteren Stadtsoldaten auf

sie an. Dann kann sie nicht mehr entwischen. Und wenn Adelheid etwas auf dem Kerbholz hat, werden wir es herausfinden.« Bastian erhob seinen Becher und prostete Josef zu. Die Sonne hinter den Fenstern hatte sich bereits bis zum Horizont herabgesenkt und zauberte dunkelrote Lichtstrahlen auf die Erde. Es war Zeit, den Heimweg anzutreten. Marie würde ihm seine häufige Abwesenheit ansonsten irgendwann übel nehmen. Bastian verabschiedete sich. Er musste zum anderen Ende der Stadt und sein Weg führte ihn über die Schloßstraße. Unwillkürlich verlangsamte Bastian seine Schritte, als er sich dem Haus der Heilerin Katrina näherte. Ein Mann mit kräftigem Bauchansatz verließ soeben das Haus. Er trat rückwärts aus der Tür und verbeugte sich mehrfach vor Katrina. Offenbar war er mit ihrer Behandlung zufrieden. Bastian blieb stehen und wartete, bis der Mann um die nächste Ecke verschwand. Josefs Worte über Adelheid kreisten in seinem Kopf, und plötzlich sah er Adelheid die Schloßstraße hinunterkommen. Ungläubig klappte ihm der Mund auf, als hätte er einen Geist gesehen. Doch die hochmütige junge Frau steuerte wahrhaftig direkt auf das Haus der Heilerin zu.

Was suchte Adelheid zu so später Stunde bei Katrina? Bastians Muskeln spannten sich an. Er versteckte sich in einer Häusernische, ohne Wernharts Weib aus den Augen zu lassen. Adelheid blickte nervös um sich. Bastians Jagdinstinkte erwachten und er näherte sich lautlos, als Katrina die Tür öffnete.

»Ihr müsst Geduld haben, Adelheid«, sagte die Heilerin.

Bastian stand geduckt unweit der Eingangstür. Adelheid erwiderte etwas, das Bastian jedoch nicht verstehen konnte. Ihre Stimme klang zerknirscht. Daraufhin fiel die Tür ins Schloss, und Bastian war aus dem Gespräch ausgeschlossen. So sehr er auch die Ohren spitzte, er konnte nicht viel mehr als unverständliches Tuscheln hören. Er wartete eine Weile unschlüssig vor dem Haus. Dann begab er sich zur Rückseite und kontrollierte die Fenster. Alles war verschlossen. Bastian dachte über Adelheid nach. War sie fähig, einen Mord zu begehen, und in diesem Fall sogar drei? Würde sie tatsächlich ihren Ehegatten lebensbedrohlich verletzen? Er hörte ein Geräusch und machte sich bereit. Schritte hallten durch die Dunkelheit. Bastian schlich zurück zur Vorderseite des Hauses und beobachtete, wie Adelheid über die unebene Straße hastete, mit eingezogenem Kopf. Ein paar Mal stolperte sie oder knickte mit dem Fuß um. Irgendwie wirkte sie aufgewühlt. Bastian beschloss, ihr zu folgen. Sie hatte den Weg zu ihrem Haus eingeschlagen. Mit ein paar schnellen Schritten holte Bastian den Abstand zu ihr auf.

Doch unvermittelt nahm er aus dem Augenwinkel eine andere Bewegung wahr. Geschwind presste er sich in den Schatten der nächsten Hauswand und blickte zurück. Überrascht bemerkte Bastian, dass Katrinas Tür offen stand, und schlich zurück. Warum ließ sie nach Einbruch der Dunkelheit das Haus unverschlossen? Das war gefährlich. Sofort musste er an die ermordeten Kräuterfrauen denken. Waren sie auch so leichtsinnig gewesen? Hatten sie ihren Mörder für einen Kunden gehalten und ihn arglos hereingebeten? Bastians Atem beschleunigte. Schnell sprang er auf das Haus zu. Wer könnte zu so später Stunde noch die gute Katrina aufsuchen? Oder hatte sie etwas vergessen und war bloß einmal kurz nach draußen gegangen? Er hatte niemanden gesehen. Es war viel zu dunkel unter dem schmalen Sichelmond, der nur hin und wieder durch die Wolken hindurchschien. Eine düstere Vorahnung beschlich ihn. Er duckte sich unter einem Fenster und kroch zur offenen Tür. Bastian lauschte in die Dunkelheit. Es war gespenstisch still. Nicht einmal der abendliche Frühlingswind wehte in diesem Augenblick. Es fühlte sich so an, als hätte die Welt die Luft angehalten. Er richtete sich neben dem Eingang auf und stieß die Tür weit auf. Kerzenschein flackerte in der Stube. Bastian schlich hinein, indem er sich vorsichtig an der Wand entlang tastete. Die Stube war kärglich eingerichtet. Ein grober Holztisch mit drei Stühlen, ein Schrank und ein Spinnrad befanden sich darin. Sein Blick fiel auf ein dickes silbernes Buch. Es lag mitten auf dem Tisch und schimmerte geheimnisvoll in dem schwachen Licht. Gefangen von dem Glitzern näherte sich Bastian. Mit den Fingern fuhr er über den kostbaren Einband. Irgendwo hatte er dieses Buch schon einmal gesehen. Er betrachtete das kunstvoll verzierte Silber. Es war eine Bibel. Jetzt erinnerte er sich. Sie gehörte Bernhard Hilden, dem Gesandten des Erzbischofs. Er hatte sie bei seinem ersten Treffen mit Bastian dabeigehabt. Bastian wunderte sich. Was machte dieses Buch im Haus der Heilerin? Und wo war Katrina überhaupt?

Eine Holzdiele knarrte über ihm und er richtete den Blick auf die Treppe, die nach oben führte. Bastian bewegte sich auf Zehenspitzen am Spinnrad vorbei. Ein Faden glänzte golden auf der Spindel. Daneben stand eine geöffnete Kiste. Neugierig spähte Bastian hinein und schrak jäh zurück. Eine tote Ratte blickte ihn aus stumpfen Augen an. Insekten stapelten sich auf ihrem Rücken. Eine blaugrüne Libelle mit durchsichtigen Flügeln saß auf der Kante, als würde sie jeden Augenblick davonfliegen. Bastian holte tief Luft und pustete. Wie eine Feder erhob sich die Libelle, trudelte einen Moment und stürzte auf den Rattenkopf. Angewidert wandte Bastian sich ab. Wozu brauchte Katrina diese toten Tiere? Eine Gänsehaut breitete sich auf seinen Armen aus. Über ihm schleifte etwas über den Boden. Bastian lauschte, doch das Geräusch erstarb so schnell, wie es gekommen war. Er nahm die erste Stufe und erstarrte, als diese vernehmlich knarrte. Bastian verlagerte das Gewicht und setzte den anderen Fuß auf die nächste Stufe. Ganz langsam erklomm er die morsche Treppe, die unter seinem Gewicht bedrohlich wankte.

Oben verharrte er einen Atemzug lang regungslos. Wieder knarrte der Holzboden. Das Geräusch kam aus dem hinteren Teil des Obergeschosses. Er horchte angestrengt. Da waren noch andere Laute, die ihm das Blut in den Adern gefrieren ließen. Bastian vergaß seine Vorsicht und stürzte durch das Dunkel auf eine verschlossene Tür zu. Er riss sie auf und brüllte vor Entsetzen. Auf dem Bett lag die gefesselte Katrina. In ihrem Mund steckte ein Knebel. Ihr Atem pfiff hektisch durch die Nase. Sie starrte Bastian an. Bastians Sinne erfassten auf einen Schlag das Grauen, das sich in diesem Raum ausgebreitet hatte. Es stank nach Angst und Blut, doch der Anblick der Heilerin war das Schlimmste. Sie sah Bastian aus nur einem weit aufgerissenen Auge an. An dem anderen machte sich eine vermummte Gestalt mit Nadel und Zwirn zu schaffen. Auf der Stelle fuhr sie herum, und obwohl das Gesicht von einem Schal verdeckt war, erkannte Bastian Wernharts Angreifer sofort. Er warf sich auf den Mann, der ebenfalls aufgesprungen war und die Nadel in Bastians Schulter versenkte. Der Schmerz war höllisch. Bastian schrie auf und zog die Nadel heraus. Er schleuderte den schmächtigen Gegner durch den Raum. Dann warf er Katrina einen kurzen Blick zu und stürzte dem Unbekannten hinterher. Seine Fäuste prasselten auf den Mann nieder. Doch plötzlich spürte er einen noch heftigeren Schmerz. Er griff sich ans Bein. Durch seine Hose drang warme Flüssigkeit. Seine Finger umfassten den Griff des Messers, das tief in seinem Fleisch steckte. Mit der anderen Hand umklammerte er den Schal des Angreifers, der aus dem Zimmer stürmen wollte. Bastian stöhnte und zog mit einem Ruck das Messer aus dem Bein. Der Schmerz schoss heiß durch seine Nervenbahnen und ließ die Welt um ihn herum in grellen Blitzen versinken. Er rappelte sich trotzdem im Nu wieder auf und stolperte auf die Tür zu. Der Täter war bereits auf der Mitte der Treppe. Bastian hatte nur noch eine Möglichkeit. Er nahm Anlauf und sprang mit einem gewaltigen Satz die Treppe hinunter.

Das Holz krachte, der Mann unter ihm schrie auf. Die Stufen brachen unter den beiden Männern zusammen und rauschten bis hinab ins Erdgeschoss. Mit ihnen Bastian und sein Angreifer. Bastian zerrte den Mann zwischen den zersplitterten Brettern hervor. Der Schal war weggerutscht, das Gesicht war blutverschmiert. Ein Zahn hing lose im Mundwinkel des wimmernden Mannes. Doch Bastian kannte kein

Mitleid. Unbarmherzig stieß er ihn zu Boden und wischte das Gesicht mit seinem Ärmel ab.

»Wer seid Ihr?«, brüllte er und riss den Kopf des Mannes an den Haaren wieder nach oben. Die Fingernägel seines Gegners krallten sich in Bastians Unterarm fest, aber er ignorierte den Schmerz.

Der Mann spuckte Blut. Er antwortete nicht, sondern griff sich an die Schläfe. Eine lange Platzwunde zog sich bis zum Haaransatz. Das Blut sprudelte in Strömen heraus, und Bastian konnte spüren, wie die Kräfte des Mannes schwanden. Er sah sich das Gesicht genau an. Er hatte Bernhard Hilden erwartet, dessen teure Bibel auf dem Tisch in der Stube lag. Doch stattdessen blickte er in ein anderes Gesicht. Eines, mit dem er gar nicht gerechnet hatte. Verblüfft ließ er den Mann für einen Moment los. Vor ihm lag Lukas Kirsch, der Bruder des Schneidermeisters Peter.

In Bastians Kopf ratterte es. Er hatte diesen Mann überhaupt nicht zu den Verdächtigen gezählt. Er war so unscheinbar, dass er ihn nahezu ausgeblendet hatte. Er erinnerte sich an die unordentliche Werkstatt und daran, wie Lukas ihm den Zwirn gezeigt hatte. Bastian ließ den Schopf des Mannes los und durchsuchte sein Wams. Ein Knäuel kam zum Vorschein, das Bastian sofort erkannte. Er tastete Kirschs Hose ab. Dann fesselte er ihn mit seinem eigenen Zwirn an einen Balken und zog ihm die Stiefel aus. Noch während er die Sohle mit der Zeichnung in seinem Notizbuch verglich, ging er im Geist die Aussagen seines Bruders und der anderen Anwesenden zu den Feierlichkeiten anlässlich der Fertigstellung des Auftrages für Bernhard

Hilden durch. Niemand hatte Lukas Kirsch erwähnt, auch Bernhard nicht.

»Verdammt, warum habt Ihr das getan?«, schnaubte Bastian. Der Abdruck passte. Die Stiefel waren schmal. Viel schmaler als die anderen Schuhe, die Bastian gegen seine Skizze gehalten hatte. Der Abdruck war also doch brauchbar gewesen. Er hatte sich von der eigenen Enttäuschung fehlleiten lassen.

Lukas Kirsch reagierte nicht. Er lehnte an dem Balken mit gesenktem Blick. Aus der Wunde lief unaufhörlich das Blut. Wenn Bastian nichts unternahm, war der Mann bald tot. Einen kurzen Augenblick überlegte er, es einfach geschehen zu lassen. Dann jedoch rannte er zur Treppe und zog sich an den oberen, noch erhaltenen Stufen hinauf. Er befreite die verletzte Katrina von Knebel und Fesseln. Die Frau stöhnte. Tränen drangen aus ihren Augen und vermischten sich auf der linken Seite mit dem Blut, das aus dem Lid ausgetreten war.

»Ruht Euch aus. Ich rufe sofort nach Josef. Er wird Euch helfen«, entschuldigte sich Bastian und eilte zu seinem Gefangenen zurück.

Er sprang nach unten und drückte Katrinas Knebel auf seine Schläfe. Der Mann stöhnte auf.

»Warum habt Ihr das getan?«, wiederholte Bastian seine Frage mit mehr Nachdruck.

Lukas sah ihn aus stumpfen Augen an. »Könnt Ihr Euch das nicht denken?«

Bastian schüttelte den Kopf.

»Ich bin der ältere von uns Brüdern, und trotzdem hat Peter alles bekommen. Das Haus, die Schneiderwerkstatt und selbst die Frau, die ich liebe.« Seine Stimme versagte.

»Aber was haben denn die armen Kräuterfrauen damit zu tun?«

»Sie haben mir nicht geholfen.«

Bastian blickte Lukas verständnislos an.

Lukas seufzte und sprach mit brüchiger Stimme weiter: »Ich war lange Zeit regelmäßig bei Esmeralda, das war schon, bevor Peter geheiratet hat. Ich wollte, dass Luise sich in mich verliebt und die Heirat mit Peter verweigert. Ich habe ihr Rosenblätter unters Kopfkissen gelegt, ihr feinste Tücher geschenkt, sogar einen Liebestrunk in den Wein gemischt, doch nichts konnte sie umstimmen. Sie hat mich überhaupt nicht wahrgenommen. Dann bin ich zu Agnes gegangen, aber auch ihre Liebestränke konnten nichts ausrichten. Ich war verzweifelt und wollte unbedingt die Hochzeit verhindern. Ich habe alles versucht.« Lukas schüttelte den Kopf. »Am Ende hat sie Peter geheiratet und teilt seither mit ihm das Bett. Der Hochzeitstag war der schlimmste Tag meines Lebens. Ich hatte nur noch ein Ziel im Kopf. Auf keinen Fall durfte diese Ehe fruchtbar sein. Das hätte mir das Herz gebrochen. Also habe ich Mathilda aufgesucht. Die ersten zwei Jahre haben ihre Mittel geholfen. Es ging mir besser, auch wenn der Schmerz mich jedes Mal übermannt hat, sobald ich die beiden zusammen gesehen habe.« Lukas machte eine kurze Pause. Bastian konnte sich den Rest der Geschichte bereits ausmalen.

»Aber dann hatte Luise mehrere Schwächeanfälle. Zuerst habe ich mir nichts dabei gedacht. Als Peter mir jedoch offenbarte, dass sein Weib guter Hoffnung sei, war alles vorbei. Ich habe Mathilda gebeten, die Frucht in Luises Leib zu töten, doch sie hat sich geweigert. Ich bin wieder zu Esmeralda gegangen. Ich wusste, dass sie eine Kräutertinktur für solche Fälle hatte. Esmeralda hat mich für verrückt erklärt. Ich wurde so wütend, dass ich sie getötet habe. Damit alle Welt sieht, dass sie blind sind. Dass ihre angeblichen Visionen und Vorhersagen an den Haaren herbeigezogen sind und auch ihre Versprechungen nicht eintreten. Deshalb habe ich diesen Hexen die Augen zugenäht. Sie hatten mir versichert, dass sich mein Schicksal zum Guten wenden würde. Meine Münzen waren gut genug für sie, nur haben sie mich zum Narren gehalten.« Lukas brach ab und sackte in sich zusammen.

»Warum um Himmels willen wolltet Ihr auch noch Katrina töten? Sie hat Euch kein Haar gekrümmt.«

Lukas spuckte verächtlich aus. »Sie ist wie die anderen. Verspricht den Menschen Heilung und eine glückliche Zukunft, obwohl sie genauso wenig sehen oder ausrichten kann wie die anderen Hexen. Ich weiß genau, dass sie mehrere Jungfrauen vor der Schande bewahrt hat, einen Bastard zu gebären. Aber mir wollte sie nicht helfen. Selbst Wernharts garstiges Weib hat sie nicht abgewiesen, obwohl Adelheid, dieses Schandmaul, ihr schwarzes Herz bei jeder Gelegenheit zur Schau stellt. Als ich dann Katrinas Rat wollte, hat sie sich geweigert.«

Bastian hatte genug gehört. Er löste Lukas' Fesseln und schleifte den Mörder zur Tür hinaus. Gleich morgen würde er diesen Unhold den Schöffen übergeben. Er konnte zwar nachvollziehen, dass Lukas Kirsch sich vom Schicksal gebeutelt fühlte, aber die Morde an drei unschuldigen Seelen rechtfertigte es nicht. Die getöteten Frauen waren nicht verantwortlich für sein Unvermögen, und sie waren auch nicht in der Lage gewesen, sein Schicksal zu wenden. Dass sich die armseligen alleinstehenden Frauenzimmer auch nicht für Geld an Luises' ungeborenem Kind vergangen hatten, rechnete Bastian ihnen hoch an. Es war bestialisch, dass sie dafür ihr Leben lassen mussten.

In dieser Nacht war das Verlies tief unterm Juddeturm frei. Bastian zögerte nicht einen Moment und sperrte Lukas in die Finsternis der modrigen Mauern ein. Dieser Mistkerl sollte spüren, was es bedeutete, blind zu sein.

* * *

»Es tut mir so leid«, beteuerte Bastian. Er fühlte sich schuldig. Statt Katrina sofort zu Hilfe zu eilen, hatte er wertvolle Zeit mit dem Unhold Lukas verbracht. Bastian betrachtete ihr zugeschwollenes Auge. Josef Hesemann hatte noch in der Nacht den Zwirn entfernt. Doch die Nadel war so tief eingedrungen und hatte an mehreren Stellen den Augapfel verletzt, dass Katrina auf dem linken Auge für immer blind sein würde.

»Ihr habt mir das Leben gerettet und ich bin Euch dafür unendlich dankbar«, erwiderte Katrina lächelnd. »Ich habe geahnt, dass Lukas Kirsch ein böser Mensch ist. Ich konnte es sofort sehen und deshalb wollte ich ihm auch nicht helfen.«

Unwillkürlich musste Bastian an Adelheid denken. Er fragte sich, warum Katrina ihr die Hilfe nicht ebenfalls verweigert hatte.

Die Heilerin lächelte wissend. »Das Ausmaß des Bösen ist nicht stets gleich und hinter einer spitzen Zunge verbirgt sich manchmal ein zarter Kern.« Bastian runzelte die Stirn und wollte etwas erwidern, doch Katrina hob abwehrend die Hand. »Ihr habt ein gutes Herz, Bastian Mühlenberg. Und oft ein sehr einsames«, fügte sie leise hinzu.

Bastian senkte den Blick. Annas Gesicht erschien vor seinem inneren Auge und die Sehnsucht übermannte ihn. Es war nicht seine Absicht gewesen, sich in Anna zu verlieben. Er war schließlich mit Marie verheiratet. Er liebte sein Eheweib, so gut er konnte. Er kannte Marie von Kindesbeinen an. Sie waren einander versprochen und Bastian war stets stolz darauf gewesen, eine so hübsche und kluge Frau an seiner Seite zu wissen. Doch dann war vor ungefähr drei Jahren Anna in sein Leben – oder vielmehr in seine Träume – gestolpert und hatte Bastians Herz im Sturm erobert. Sie war das genaue Gegenteil von Marie. Lange dunkle Locken, kecke grüne Augen und ein Selbstbewusstsein, das Bastian schier den Atem raubte. Plötzlich hatte er diese Träume gehabt, die so realistisch waren und in denen es nur sie beide gab. Jede ihrer Begegnungen fühlte sich so echt an, als hätte Gott ihm ein zweites, geheimes Leben geschenkt, das er nur bei Nacht führen konnte. Schnell wischte er die Gedanken weg und fragte stattdessen: »Wie kommt Ihr zu Bernhards Bibel?«

»Er hat sie mir überlassen für meine Hilfe.« Katrina lächelte. »Ihr wollt die Antwort auf eine ganz andere Frage haben, oder?«

Bastian erwiderte nichts. Sein Herz raste und erneut sah er Anna vor sich.

»Sie weiß von Euch und sie liebt Euch«, sagte die Heilerin. »Doch Ihr müsst sie loslassen, wenn Ihr Euren inneren Frieden wiederfinden und ein glückliches Leben mit Marie führen wollt.«

Bastian seufzte. »Wie kann ich sie je vergessen?«, fragte er leise. Sein Herz drohte vor Kummer zu zerspringen.

Katrina legte die Hand auf seinen Unterarm. »Pflanzt eine rote Rose an dem Ort, an dem Ihr die Ewigkeit zu verbringen gedenkt. Sie wird ihr erscheinen und ein Zeichen sein, dass auch sie Euch loslassen kann. Sie wird einen Teil von Euch wiederfinden. Sobald sie dieses Glück annehmen kann, werdet Ihr ebenso wieder frei sein.«

* * *

Noch in derselben Nacht grub Bastian ein Loch. Die Sterne schienen hell am Himmel und sein Herz klopfte laut. Nur ganz kurz dachte er an Lukas Kirsch, der schon in der nächsten Woche dem Henker übergeben werden sollte. Er würde am Galgen sterben. Der unschuldige Schneidergeselle Reinhold hatte seine Lektion gelernt, er würde nie wieder jemanden heimlich verfolgen. Das Blut an Reinholds Händen war von seinem Gaul gekommen. Er hatte das Tier zu hart geritten, weil er Bastian bei der Verfolgung ins Kloster nach Neuss nicht verlieren wollte. Der Sattel hatte eine Stelle am Rücken des Tieres aufgescheuert. Bastian hatte ihm unrecht getan. Diesen Fehler hatte er sofort wiedergutgemacht. Nachdem er Lukas ins Verlies des Juddeturms gesperrt hatte, entließ er Reinhold umgehend und entschuldigte sich bei ihm. Der Bursche war stotternd aus dem Gefängnis gestolpert. Wahrscheinlich würde er in den nächsten Wochen einen großen Bogen um die Wache machen. Ein wenig plagte Bastian das schlechte Gewissen dennoch. Die Nacht im Juddeturm hatte Reinhold ganz schön zugesetzt. Auf der anderen Seite hätte der Bursche ehrlich sein sollen. Er hatte ihn verfolgt und nicht ein Wort von seinen Beobachtungen vor Agnes' Haus erzählt. Wäre Reinhold ein wenig offener gewesen, hätte Bastian ihn nicht so hart angefasst und Mathilda wäre vielleicht noch am Leben.

Bastian griff in den Lederbeutel mit Samenkörnern von einer roten Rose. Katrina hatte ihm versprochen, daraus würde eines Tages eine neue Pflanze erblühen. Er verscharrte die Körnchen in dem Loch und seufzte. Anna, dachte er und stellte sich ein letztes Mal ihr Gesicht vor. Dann gab er sie frei und erhob sich schweren Herzens. Eine Träne lief über Bastians Wange und tropfte in die frische Erde. Doch die Gewissheit, dass Anna ihr Glück finden würde, tröstete ihn.

Und ein Teil von ihm würde für immer bei ihr sein.

XIII

GEGENWART

Michelles Liste wurde immer länger. Mittlerweile hatte sie die spezifischen Eigenschaften von fast dreißig Menschen auswendig gelernt. Sie lag auf ihrem Bett und zählte die Merkmale von Dr. Meier auf. Unmittelbar danach übte sie die Haarfarbe, Nasen- und Ohrläppchenform des Krankenpflegers, der ihr mittags das Essen brachte. Sie hatte ihn bisher so gut wie nie erkannt und hoffte, dass sie ihren selbst gestellten Test heute endlich einmal bestehen würde. Am Morgen, gleich um acht, hatte sie ihre erste Therapiesitzung mit einem auf ihr Krankheitsbild spezialisierten Neuropsychologen gehabt, der extra für sie aus Düsseldorf angereist war. Obwohl der Arzt noch sehr jung war, verfügte er über umfangreiche Kenntnisse auf dem Gebiet der Prosopagnosie. Er arbeitete an einer Studie über Menschen, die unter dieser Krankheit litten, und suchte nach neuen Therapiemöglichkeiten. Michelle mochte den jungen Mann auf Anhieb. Er war ihr unheimlich sympathisch, und der

Grund, warum er Arzt geworden war und sich mit dem Thema Gesichtsblindheit befasste, rührte sie fast zu Tränen. Er hatte eine jüngere Schwester, die seit einem Autounfall unter denselben Problemen wie Michelle litt und die sich jahrelang durch verschiedene Therapien gequält hatte. Inzwischen ging es ihr gut und sie hatte fast keine Schwierigkeiten mehr im Alltag.

Michelle dachte an ihre eigene kleine Schwester, die vor knapp zwei Monaten mit ihrem neuen Freund abgetaucht war. Das tat sie immer wieder. Kaum hatte sie einen Mann kennengelernt, erkor sie ihn zur großen Liebe ihres Lebens aus. Eileen meldete sich dann gar nicht mehr, und Michelle wusste jetzt schon, dass sie spätestens in vier Wochen heulend vor ihrer Wohnungstür auftauchen würde. Sie hatte überhaupt kein Händchen für Männer. Das letzte Mal hatte sie mit einem Punk unter der Brücke gelebt und kam erst wieder zu sich, als er sie krankenhausreif geschlagen hatte. Davor war es ein Biker gewesen, und wer wusste schon, mit wem sie sich dieses Mal eingelassen hatte.

Michelle seufzte. Sie würde Eileen im Moment nicht einmal erkennen, wenn sie vor ihr stand. Sie zog ein Foto von ihr aus dem Portemonnaie und betrachtete das fremde Gesicht. Daraufhin begann sie mit einer Übung, die der junge Arzt ihr ans Herz gelegt hatte. Die Stupsnase von Eileen wurde zur Skischanze. Ihre Schwester liebte die Berge und war sehr sportlich. Sie prägte sich den schönen Schwung ihrer Augenbrauen ein und malte die Geschichte weiter aus. Die Augenbrauen wurden zu einem Slalomlauf und der kleine Leberfleck über der Lippe zu einem Brunnen, der trotz der Kälte heiße Schokolade spendete. Das süße Dunkelbraun entsprach Eileens Haarfarbe. Michelle lächelte und wiederholte die kurze Geschichte in Gedanken. Es funktionierte gut. Dann nahm sie sich wieder den Krankenpfleger vor und entwickelte eine weitere Kurzgeschichte, die ihr helfen sollte, sich an die Details seiner Erscheinung zu erinnern. Michelle war gespannt. Es war ihr zwar immer noch sehr unheimlich, dass jedes Gesicht gleich aussah. Aber die Übungen zeigten ihr immerhin einen Ausweg aus der Blindheit.

Die Tür zu ihrem Zimmer öffnete sich und ein groß gewachsener, muskulöser Mann mit schwarzen Haaren trat ein. Er schenkte ihr ein wundervolles Lächeln und blitzte sie aus blauen Augen an. Oliver Bergmann war ohne Frage ein attraktiver Kommissar. Sie lächelte zurück und begrüßte ihn.

»Sind Sie bereit für eine Reise zurück zum Anfang?«, fragte er und reichte ihr die Hand, damit sie aus dem Bett klettern konnte.

Michelle war mehr als bereit. Der junge Arzt hatte ihr erklärt, dass ein bestimmtes Hirnareal in ihrem Kopf nicht mehr richtig funktionierte. Es herrschte sozusagen Funkstille in diesem Bereich, und Michelle machte sich große Hoffnung, dass sie durch eine geeignete Stimulation vielleicht wieder Leben in diese Region pumpen konnte.

»Ich dachte schon, Sie hätten diesen Plan ad acta gelegt«, sagte sie und verschwand hinter einem Vorhang, wo sie in Jeans und T-Shirt schlüpfte.

»Natürlich nicht«, erwiderte Bergmann. »Wie gesagt, alles, woran Sie sich erinnern können, ist hilfreich, um den Täter zu fassen.«

Er bot ihr seinen Arm an und sie hakte sich unter. Er

war so groß, dass sie den Kopf heben musste, um in sein Gesicht zu sehen. Die Haut war glatt. Eigentlich viel zu glatt für ein Männergesicht. Sie störte sich nicht daran. Er roch gut, nach einer Mischung aus Heu und Tabak. Michelle atmete tief ein und verließ Seite an Seite mit ihm das Gebäude. Als sie zum Parkplatz liefen, dachte sie eine Sekunde daran, sich bei der Schwester an der Information abzumelden. Doch Oliver Bergmann beschleunigte das Tempo. Wahrscheinlich hatte er nicht viel Zeit bis zu seinem nächsten Termin. Michelle bemühte sich, mit ihm Schritt zu halten. An einem grünen Fiat machten sie halt und Bergmann öffnete die Beifahrertür. Sie stieg ein und er schlug die Tür zu. Das Handschuhfach stand offen und Michelle stieß mit dem Knie daran. Sie wollte die Klappe zuschlagen, doch dabei war eine Tüte im Wege. Als sie sie hineinstopfen wollte, bemerkte sie einen großen Wattebausch darin. Neben der Tüte lag ein Fläschchen. Ihr Blick fiel auf das Markenlogo des Wagens. *Fiat*. Das war eine komische Automarke für einen Kriminalbeamten. Der Staat sparte an allen Ecken und Enden, aber Michelle kannte eigentlich nur *VW* als Polizeiwagen. Oliver Bergmann stieg ein und startete den Motor. Ein Knacken ging durch den Wagen. Es war die automatische Türverriegelung. Plötzlich fühlte sie sich beklommen. Sie sah zu Bergmann und betrachtete sein Profil. Hatte er immer schon diesen Hügel auf der Nase gehabt? Sie ging die Merkmale durch, die sie sich von dem Kriminalkommissar eingeprägt hatte. Bis auf die Nase passte alles. Dann fiel ihr wieder die allzu glatte Haut auf. Sie fixierte das Gesicht und bemerkte, dass die Haut überhaupt keine Poren besaß. Auch die Haarfarbe kam ihr auf einmal unnatürlich vor. Das Schwarz wies keinerlei Nuancen auf. Michelle wurde unruhig. Hatte Oliver Bergmann gefärbte Haare? Der Kommissar drehte sich zu ihr. Seine Augen funkelten, aber die Wärme in ihnen war verschwunden. In seinem Mundwinkel hing ein merkwürdiger Krümel. Nein, es war gar kein Krümel. Ein Stück Haut löste sich. Entsetzt schrie Michelle auf. Der Mann trug eine Maske. Panik übermannte sie. Hektisch suchte sie nach ihrem Handy. Sie holte es aus der Tasche, doch Bergmann schlug es ihr aus der Hand.

»Lass die Finger von dem Telefon, du dreckiges Miststück«, zischte er.

Alle Zweifel, die Michelle in den letzten Minuten langsam beschlichen hatten, bestätigten sich auf einen Schlag. Dieser Mann hatte nicht nur ein fremdes Gesicht, er war auch ein Fremder. Neben ihr saß nicht Oliver Bergmann, sondern ein Monster mit einer Maske. Ihr Blick fiel auf das Kreuz, das auf der Mittelkonsole lag. Ihr Magen krampfte sich zusammen. Sie hatte dieses Kreuz schon einmal gesehen. Lateinischer Singsang klang ihr plötzlich im Ohr. Die Angst schnürte ihr die Luft ab. Grelle Punkte tanzten vor ihren Augen. Er hatte sie wieder! Sie sah das Böse in seinen Pupillen funkeln. Eine schreckliche Gewissheit beschlich sie. Sie riss am Griff der Autotür. Rammte den Ellenbogen gegen die Fensterscheibe. Doch es half alles nichts, es gab kein Entkommen. Sie war gefangen und ausgeliefert und eines war sicher: Er würde sie töten.

* * *

Endlich war sie still! Seine Finger zitterten, als er über die zarte Haut ihres Halses fuhr. Die Verführungen durch den Teufel waren wirklich von einer so übernatürlichen Macht, dass kaum ein Mensch ihnen widerstehen konnte. Er nahm ein silbernes Kreuz aus einem Karton, in dem sich noch weitere Devotionalien befanden. Er ahnte, dass diese nicht mehr alle zum Einsatz kommen würden. Die Polizei war ihm längst zu dicht auf den Fersen. Er grinste. Sein Ablenkungsmanöver war genial gewesen. Alles war nach Plan verlaufen. Zu guter Letzt hatte er die Kontrolle zurück und bestimmte das Geschehen. Er betrachtete Michelles Gesicht und zündete eine Kerze an. Sie war das letzte Puzzlestück, um diese dämonische Familie ein für alle Mal zu vernichten. Danach würde er sich weiteren Hexen widmen. Aber vorerst würde er seinen Schmerz rächen.

Wie sehr hatte er diese eine Frau geliebt. Er blickte Michelle an und sein Hass verstärkte sich. Sie war mit schuld daran, dass seine große Liebe sich von ihm abgewendet hatte. Dieser wunderbaren Frau war er überallhin gefolgt, hatte ihren Glauben und ihre Ansichten geteilt und alles für sie getan. Dennoch hatte diese Hure ihn verstoßen. Sie und die anderen, deren verkommene Seelen jetzt hoffentlich in der Hölle schmorten. Es war ja kein Wunder, dass solche Frauen im Mittelalter von der Kirche verfolgt worden waren. Hätte Gott es doch damals nur geschafft, diese Teufelsgeschöpfe auszumerzen, ihm wäre so viel Leid erspart geblieben. Noch nie in seinem Leben hatte er so viele Gefühle für eine Frau empfunden. Und niemals war er so enttäuscht worden. Ein Stich ins Herz ließ ihn heftig zusammenzucken. Er musste diese Gedanken abschütteln. Zitternd legte er das Kreuz auf Michelles Brust. Sie war mindestens genauso schön wie die anderen. Einen kurzen Moment zögerte er und fragte sich, wie viel sie zu der Verschwörung gegen ihn beigetragen hatte. Dann zog er ein Seil hervor und legte es um ihren Hals. Es war egal, wie groß ihre Rolle gewesen war. Sie gehörte zur Familie, und schon die Tatsache, dass durch ihre Adern dasselbe Blut floss, genügte. Außerdem wusste sie, wer er war. Sie war gefährlich und konnte alle seine Pläne zunichtemachen. Langsam zog er das Seil zu. Michelle öffnete den Mund, doch das würde ihr nicht helfen.

* * *

»Das muss verdammt noch mal schneller gehen«, brüllte Oliver in den Hörer. Sein Kopf war hochrot angelaufen. Die schwarzen Haare standen in alle Richtungen ab. Er wusste, dass er in diesem Moment seinem manchmal cholerischen Chef Hans Steuermark in nichts nachstand. Amelie Schlebusch, Bianca Claußen und Maria Obermann hatten sich gekannt. Oliver hatte die Bilder fast zeitgleich mit dem Abbruch des Polizeieinsatzes bekommen. Michelle Henrich war fort. Am Morgen hatte sie einen Termin mit einem Neuropsychologen im Krankenhaus gehabt und danach war sie spurlos aus ihrem Krankenzimmer verschwunden. Ein Polizeiteam arbeitete mit Hochdruck an der Auswertung der Überwachungskameras. Olivers Finger pochten hektisch auf die Schreibtischplatte. Er war nach der abgebrochenen Aktion in dem Kölner Café mit Klaus ins Polizeirevier zurückgekehrt. Er wusste, jetzt war alles eine Frage der Zeit. Sie mussten Michelle Henrich finden, schnell. Bevor es zu spät war und sie nur noch tot geborgen werden konnte. Olivers Faust donnerte auf den Schreibtisch. Verflucht, er hätte viel früher darauf kommen müssen. Dieser verdammte Kerl hatte sie ausgetrickst. Er hatte nie vorgehabt, sich mit Emily zu treffen. Die ganze Zeit war er nur hinter Michelle Henrich her gewesen.

Er starrte auf das Foto mit den vier Frauen, das sie in Maria Obermanns Wohnung gefunden hatten. Drei von ihnen waren identifiziert. Die Brünette neben Maria Obermann war Amelie Schlebusch, die den Arm um die rothaarige Bianca Claußen gelegt hatte. Es fehlte nur noch die zweite Brünette, die auf der anderen Seite von Maria saß, und natürlich der Fotograf. Ob Michelle oder der Mörder dieses Foto aufgenommen hatten? Waren sie alle miteinander befreundet gewesen und hatte ein dramatischer Streit zu den grausamen Taten geführt? Hatte der Täter die Frauen vielleicht gar nicht foltern wollen, sondern einfach nur längere Zeit der Überwindung gebraucht, bis er seinen Plan, sie zu töten, in die Tat umsetzen konnte? Waren Hunger und Durst nur eine Folge dieses Unvermögens oder doch eine gezielte Demütigung, beispielsweise aus Rache? Oliver studierte die Berichte, die im Minutentakt von den einzelnen Kollegen bei ihm eingingen. Sein Partner Klaus tat dasselbe. Es war entscheidend, dass sie aus den Wohnungen der Opfer, ihren Mobiltelefonen und persönlichen Dingen einen Zusammenhang zum Täter herstellten. Später würden sie die Angehörigen befragen. Ingrid Scholten war an der Identifizierung der letzten Frau dran. Olivers Telefon klingelte und er hob sofort ab. Es war Emily.

»Ich habe etwas gefunden«, begann sie, und Oliver hörte gleich an ihrer Stimme, dass es etwas Wichtiges war. »Amelie Schlebusch ist eine direkte Nachfahrin einer Hexe, die im siebzehnten Jahrhundert auf dem Scheiterhaufen in Zons verbrannt wurde. Ihr Name kam mir so bekannt vor und ich habe deshalb ein wenig recherchiert.«

Oliver starrte auf das Foto. »Was sagen dir folgende Gegenstände: eine Kerze, ein kupferner Kelch, ein Pentagramm und eine schwarze Feder?«

Die Antwort kam prompt. »Hexenutensilien. Sie benutzen sie für Rituale und Zaubersprüche. Wie kommst du jetzt darauf?«

Oliver antwortete nicht, sondern stellte eine weitere Frage: »Kommen dir die Namen Bianca Claußen und Maria Obermann zufällig auch irgendwie bekannt vor?«

Am anderen Ende der Leitung sog Emily scharf die Luft ein. »Ich sehe sie schwarz auf weiß vor mir. Beide sind Mitglieder des weißen Hexenklubs.«

»Was?« Oliver stand auf und stellte das Telefon auf laut. Klaus sprang sofort von seinem Stuhl auf.

»Na ja, ich habe die Namen auf ihrer Internetseite gefunden. Es sind Frauen, deren Vorfahren durch die Inquisition verfolgt wurden. Sie haben sich zusammen-geschlossen und wollten als weiße Hexen Gutes für die Welt tun.« Emily gab die Internetadresse durch und Oliver tippte sie parallel in seinen Computer. Die Seite öffnete sich, und er überflog den Inhalt, der sich haupt-sächlich gegen die Hexenverfolgung und den Umgang der Kirche mit den Frauen richtete. Er klickte auf das Impressum und fand die Namen der Opfer sowie einen weiteren, der seine Fingerspitzen kribbeln ließ.

»Eileen Henrich«, stieß er aus. »Ich wusste, dass mir die Brünette irgendwie bekannt vorkam. Michelle Henrich muss eine Schwester haben. Lass uns sofort ein Team zu ihrer Wohnung schicken.«

Klaus nickte. »Ich erledige das.«

Oliver bedankte sich bei Emily und gab Ingrid Scholten Bescheid. Das konnte kein Zufall mehr sein. Er war sich nahezu sicher, dass die Tote im Luftschutzbunker auf der Schloßstraße Michelles Schwester Eileen war. Auf der Homepage fanden sich zwar keinerlei Fotos, aber bei der Wohnungsdurchsuchung würden sie darauf stoßen. Die Bürotür flog auf und Hans Steuermark stürmte herein.

»Bergmann, können Sie mir das erklären?« Er winkte Oliver zu sich und bedeutete ihm, mit in sein Büro zu kommen. Der Bildschirm auf Steuermarks Schreibtisch war so herumgedreht, dass Oliver sofort auf die angehaltene Videoaufnahme schauen konnte.

»Die Kollegen haben mit Hochdruck gearbeitet«, erklärte Steuermark und ließ das Video laufen. Auf dem Bild war der Flur des Krankenhauses zu erkennen. Es dauerte nicht lange, und Michelle Henrich verließ das Zimmer gefolgt von einem großen, schwarzhaarigen Mann, der den Blick nach unten richtete. Michelle hakte sich bei ihrem Begleiter unter. Es war eine vertraute Geste, die darauf schließen ließ, dass sie den Mann kannte. Dann hob der Unbekannte das Gesicht. Oliver schluckte.

»Verdammt, Bergmann, wenn Sie nicht die ganze Zeit in Köln im Einsatz gewesen wären, hätte ich fast geglaubt, dass Sie hinter Henrichs Verschwinden stecken.« Steuermark hielt den Film an.

Oliver kroch ungläubig näher an den Bildschirm. »Wie geht denn so etwas?«, fragte er und fuhr mit dem Finger die Konturen des Gesichtes nach.

»Wenn Sie keinen Zwillingsbruder haben, tippe ich auf eine Maske«, brummte Steuermark.

»Die sieht aber verblüffend echt aus«, stellte Oliver fest und prüfte die Uhrzeit, die am oberen Rand des Überwachungsvideos eingeblendet war. Der Mistkerl hatte um halb zehn zugeschlagen. Zu dieser Zeit waren alle Beamten mit dem Einsatz in dem Kölner Café beschäftigt gewesen. Sie hatten dem Täter in die Hände gespielt. Oliver fühlte sich mit einem Mal schuldig. Jetzt war sie dem Mann völlig ausgeliefert. Er mochte sich nicht vorstellen, was sie genau in diesem Augenblick durchlitt.

»Verdammt, das sieht nach Entführung aus! Gibt es noch mehr Videos? Können wir herausfinden, wo er mit ihr hingegangen ist?«

Steuermark schüttelte den Kopf. »Auf dem Außengelände des Krankenhauses befinden sich keine Kameras und der Parkplatz wird auch nicht videoüberwacht.«

In Olivers Kopf überschlugen sich die Gedanken. Sie waren so weit vorangekommen. Es musste doch eine Möglichkeit geben, die Identität des Mannes herauszufinden. Für aufwendige Zeugenbefragungen war es zu spät. Es hatte keinen Sinn, ins Krankenhaus zu fahren und die Mitarbeiter zu vernehmen. Michelle Henrichs Leben hing an einem dünnen Faden, und wenn Oliver sie retten wollte, dann brauchte er schleunigst eine Lösung. Vielleicht würden sie in der Wohnung von Michelles Schwester einen Hinweis auf den Täter finden. Nein, das war viel zu vage. Es musste noch einen anderen Weg geben. Plötzlich fiel ihm etwas ein.

»Was ist mit dem Blitzer auf dem Konrad-Adenauer-Ring. Möglicherweise ist unser Täter ja mit dem Auto unterwegs und zu schnell gefahren?«

Steuermark sah Oliver durchdringend an. »Das ist eine gute Idee.« Er ergriff den Telefonhörer und wählte eine Nummer. Die Sekunden vergingen wie Minuten und Oliver trat nervös von einem Bein aufs andere. Eine Stimme drang aus Steuermarks Telefonhörer und Oliver versuchte an der Klangfarbe zu erkennen, ob sie einen Treffer hatten. Steuermarks Miene blieb ausdruckslos. Oliver seufzte resigniert. Dann legte der Leiter des Kriminalkommissariates auf und tippte auf seiner Tastatur herum.

»Bergmann, Sie sind genial«, sagte er und tippte auf den Bildschirm. »Wir haben Glück. Heute Morgen wurden nur drei Wagen geblitzt. Und nur in einem saßen zwei Personen. Ein Mann am Steuer und daneben eine Frau. Der Wagen ist auf Clemens Weidenhammer zugelassen. Den Burschen werden wir uns sofort vorknöpfen.«

Olivers Atmung beschleunigte sich. Er blickte auf ein Schwarz-Weiß-Foto, das tatsächlich seinen Doppelgänger und das zur Hälfte abgeschnittene Gesicht von Michelle Henrich zeigte. Der Wagen lief auf eine Adresse in Zons.

Es klopfte und Klaus kam herein.

»Die Tote aus dem Luftschutzbunker in der Schloß-straße ist definitiv die Schwester von Michelle Henrich. Scholten hat es durch einen Abgleich der Zähne auf ein paar Fotos mit denen der Leiche herausgefunden. Ich habe gerade mit der Mutter telefoniert. Sie hat seit zwei Monaten nichts mehr von Eileen gehört. Das sei leider nicht ungewöhnlich für ihre Tochter, hat sie gesagt. Sie ist schon des Öfteren abgetaucht, und zwar dann, wenn sie einen neuen Freund hatte. Natürlich ist die Frau jetzt fix und fertig. Sie hatte überhaupt nicht damit gerechnet, dass Eileen etwas zugestoßen sein könnte.« Klaus machte eine kurze Pause und blickte auf den Zettel, den er in der Hand hielt. »Hier steht es. Ihr Freund heißt Clemens. Den Nachnamen kannte die Mutter leider nicht.«

»Volltreffer«, entfuhr es Oliver. »Wir fahren sofort zur gemeldeten Adresse. Können Sie uns ein paar Leute vom SEK hinterherschicken?«

Steuermark nickte und hob abermals den Telefonhörer ab. »Ich lasse ihn auch gleich zur Fahndung ausschreiben.«

Oliver schob den sichtlich verwirrten Klaus aus dem Büro. »Ich erkläre es dir unterwegs«, sagte er und drückte die Fahrstuhltaste fester als nötig. »Wir müssen uns beeilen.«

* * *

Michelle Henrich war seit fast drei Stunden in der Gewalt des Täters. Oliver fuhr auf der Autobahn, als wäre der Teufel persönlich hinter ihm her. Es gab wenige Situationen, in denen er den Fuß vom Gas nahm. Die Abfahrt nach Zons kam näher, und er ging nur mit dem Tempo runter, um sie nicht zu verpassen. Klaus telefonierte die ganze Zeit und trug die letzten Puzzleteile zusammen. Sie wussten jetzt, dass Clemens

Weidenhammer in der Gothic-Szene aktiv war. Sein Facebook-Profil war sehr aufschlussreich. Offenbar fühlte der Mann sich zum Hexer berufen, der Visionen von der Zukunft hatte. Er erging sich in skurrilen Essays über abgedroschene Weltuntergangsszenarien, wie beispielsweise das Ende des Maya-Kalenders. Eine gewaltige Anzahl an Facebook-Freunden zeigte seine enge Vernetzung mit Gleichgesinnten. Die vier Toten oder Michelle Henrich waren allerdings nicht darunter zu finden. Clemens Weidenhammer schien ein egozentrischer Typ zu sein, der sich gerne selbst in Szene setzte. Er war groß, blond und blauäugig. Mit diesem Äußeren entsprach er überhaupt nicht der üblichen Vorstellung von Menschen aus diesem Umfeld. Lediglich die Lederkluft, der dunkle Eyeliner und die schwarz angemalten Lippen verrieten seine Gesinnung. Offensichtlich genoss er es, sich darzustellen, denn die Flut der Selfies auf seiner Facebook-Seite nahm schier kein Ende.

Das Navigationssystem des Dienstwagens brachte sie in ein Wohngebiet vor der Altstadt von Zons. Oliver fuhr an einer kleinen Apotheke vorbei und hielt vor einem gelben Wohnblock, der schon einmal bessere Zeiten erlebt hatte. Die Farbe war verblichen und der Putz wies etliche Risse auf. Dasselbe galt für die Zuwegung, die aus Betonplatten bestand, die eine wahre Buckelpiste bildeten. Sie stiegen aus und prüften zunächst die Hinterseite des Gebäudes. Über die Balkone im Untergeschoss konnte man gut flüchten. Klaus sicherte die Rückseite, und Oliver lief zur Haustür, die Hand am Halfter seiner Dienstwaffe. Der Parkplatz vor dem Haus war wie leer gefegt. Ein einsamer

Golf parkte am anderen Ende der Straße. Von dem Fiat, den das Blitzgerät fotografiert hatte, war leider nichts zu sehen. Oliver lief zur Mitte des Wohnblocks und musterte die Klingelschilder. Weidenhammer wohnte im Dachgeschoss. Er zückte sein Telefon und rief Klaus zu sich. Aus dem vierten Stock würde der Täter mit großer Sicherheit nicht über den Balkon fliehen.

Als Klaus neben ihm stand, drückte er den Klingelknopf. Er hielt den Atem an und wartete auf eine Reaktion. Nichts. Oliver klingelte ein zweites Mal. Doch wieder ohne Erfolg. Er probierte es bei der Nachbarschaft im Erdgeschoss. Die Stimme einer alten Frau knarrte aus dem Lautsprecher.

»Wir möchten zu Herrn Weidenhammer. Könnten Sie uns bitte öffnen?«

Der Türsummer brummte. Oliver und Klaus traten in den Hausflur, wo sich die alte Frau ihnen in den Weg stellte. »Was wollen Sie von Herrn Weidenhammer? Der ist um diese Uhrzeit sowieso nicht zu Hause.«

Oliver zückte seinen Dienstausweis und die Augen der Frau weiteten sich. Sensationslüstern krächzte sie: »Ich habe ja schon immer gewusst, dass mit dem etwas nicht stimmt. Haben Sie mal gesehen, wie der rumläuft? Lippen, so schwarz wie die Nacht. Welcher anständige junge Mann geht in so einem Aufzug auf die Straße? Nehmen Sie ihn jetzt fest? Was hat er denn verbrochen?« Die Frau kam vor Aufregung kaum zum Luftholen. Oliver ignorierte ihre Fragen mit einem höflichen Lächeln und schlängelte sich an ihr vorbei. Mehrere Stufen auf einmal nehmend, sprangen sie die Treppe bis ins Dachgeschoss hinauf. Vor Weidenhammers Wohnung blieben sie stehen und lauschten. Als sie nichts hörten, holte Oliver Luft und trat mit aller Kraft gegen die Tür. Das dünne Türblatt splitterte sofort und gab den Weg in die Wohnung frei. Oliver zog seine Pistole und sicherte das erste Zimmer, das sich als Badezimmer entpuppte. Danach kam die Küche, in der sich das dreckige Geschirr stapelte. Klaus öffnete die nächste Tür. Ein ungemachtes Bett stand in der Mitte des Zimmers. Das Fenster war verschlossen. Oliver schob einen großen Schiebetürenschrank auf, der mit Tonnen an schwarzer Kleidung vollgestopft war. Zuletzt kam das Wohnzimmer dran. Es war der einzige aufgeräumte Raum. Auch hier war niemand. Die alte Frau hatte offenbar recht. Weidenhammer war nicht zu Hause. Frustriert ließ Oliver die Waffe sinken.

»Wo könnte er mit ihr hingefahren sein?«

Klaus wischte sich einige Schweißperlen von der Stirn und setzte sich auf die Couch. »Ich würde auf noch einen anderen, vielleicht weiter entfernten Bunker oder einen Keller tippen. Aber die Schutzräume in der Umgebung haben wir ja bereits untersucht. Ich kann mir nicht vorstellen, dass er in der Kürze der Zeit irgendwo anders noch einen unbekannten leerstehenden Bunker für seine Zwecke aufgetan hat.«

Es war ein anderes Wort, das sich in Olivers Kopf festsetzte. »Keller«, sagte er und eilte zurück ins Treppenhaus. Er sprang die Treppenstufen hinunter und rannte die alte Frau aus dem Erdgeschoss fast um, bevor er die Kellertreppe erreichte. Muffiger Geruch schlug ihm entgegen, als er die schwere Eisentür aufstieß. Dahinter befanden sich einzelne Kellerabteile, die mit einfachen Holzgittern verschlossen waren. Oliver schaltete das Licht ein und durchsuchte jeden Winkel. Es war hoffnungslos. Hier unten war niemand. Er warf einen Blick auf die Uhr. Sein Magen krampfte sich zusammen. Bereits dreieinhalb Stunden. Langsam wurde es knapp. Wenn sie nicht bald auf die richtige Spur kamen, war es zu spät.

Getrampel von Stiefeln kündigte das Sondereinsatz-kommando an. Das Team war ein zweites Mal umsonst ausgerückt. Er hörte die aufgeregte Stimme der alten Frau und Klaus, der die Spezialkräfte zurück in die Einsatzwagen schickte.

Gleich darauf kam er zu Oliver in den Keller hinun-ter. »Ich habe da oben nichts Brauchbares gefunden. Ich habe nicht die geringste Ahnung, wo der Kerl stecken könnte.« Er zuckte resigniert mit den Achseln. »Wir sollten alles noch einmal durchgehen. Möglicherweise finden wir irgendetwas.«

»Vielleicht. Aber bis dahin ist Michelle Henrich tot.« Oliver räusperte sich. Sein Hals war plötzlich ganz rau. Noch immer hatte er keine neue Idee, wo sie nach dem Täter suchen sollten. Sie konnten Straßenkontrollen auffahren oder die Mitarbeiter in der Kneipe befragen, wo Weidenhammer zuletzt tätig war. Jedoch dauerte das alles viel zu lange und brachte wahrscheinlich nichts. Clemens Weidenhammer war ein organisierter Täter. Er plante seine Schritte akribisch im Voraus. Oliver seufzte und versuchte, sich in Weidenhammers Denke hinein-zuversetzen. Das Ablenkungsmanöver war perfekt geplant gewesen. Bis hin zu dem Einbruch in Emilys Wohnung. Weidenhammer musste genau gewusst haben, dass Emily nicht zu Hause war.

Wo also würde er mit seinem Opfer hingehen? Keller und Luftschutzbunker waren zu naheliegend. Er konnte sich an drei Fingern abzählen, dass die Polizei diese Orte überprüfte. Nein. Er wollte sein Opfer in Ruhe quälen und langsam töten. Weidenhammer genoss seine Taten. Er bereitete jedes Detail bis ins Kleinste vor. Er benötigte einen Ort, an den die Polizei am wenigstens dachte. Einen Ort, wo ihn niemand suchen würde. Oder einen Ort, wo er ungestört war. Es musste etwas in der Nähe sein. Er hatte sicherlich mitbekommen, dass er geblitzt worden war. Er konnte also davon ausgehen, dass sein Wagen auf der Fahndungsliste der Polizei stand. Leerstehende Gebäude oder alte Fabrikhallen kamen infrage. Aber diese waren oft nicht einsam genug. Obdachlose oder auch spielende Kinder konnten ihm durchaus in die Quere kommen. Nein, so tickte der Täter nicht. Er würde solche ungünstigen Zufälle von vornherein vermeiden. Er brauchte einen Raum, den er abschließen konnte und wo keiner hinging. In Oliver blitzte etwas auf.

»Komm mit, Klaus«, rief er und rannte los.

* * *

Das Gebäude war vollständig von SEK-Leuten in schwarzen Kampfanzügen umstellt. Sie sollten in erster Linie die Sicherheit des Entführungsopfers gewährleisten und den Täter aufhalten, falls er zu fliehen versuchte. Fünf weitere Männer des SEK standen bereit für den Fall, dass Oliver und sein Partner bei der Wohnungsdurchsuchung Verstärkung benötigten. Die Lage war unklar. Niemand konnte sagen, ob sie sich vor dem richtigen Haus befanden. Ob der Täter dort drinnen war und mit ihm Michelle Henrich. Ob sie lebte oder längst tot war und der Täter vielleicht bereits auf der Flucht in seinem Wagen davonraste. Immerhin war das Haus nicht so heruntergekommen. Moderne Klinker und eine aufgelockerte Fassade ließen ein Baujahr nach der Jahrtausendwende vermuten. Die Fenster besaßen Rollläden, die teilweise herunterge-fahren waren. Oliver lief voraus. Klaus folgte ihm mit wenigen Zentimetern Abstand. Diesmal hatte Oliver die Waffe direkt gezogen. Jetzt ging es um alles oder nichts. Michelle Henrich war seit vier Stunden in der Gewalt eines Verrückten. Dieses Gebäude war ihre letzte Chance. Mit jeder Minute sank die Wahrscheinlichkeit rapide, die junge Frau lebend zu finden. Olivers Nerven waren bis zum Anschlag angespannt. Trotzdem zitterten seine Hände nicht. Es war wie vor dem Start eines großen Wettkampfs. Alles wurde auf eine Karte gesetzt und der Sportler war in Höchstform. Was in den Übungen vorher schieflief, wurde nun von der Realität ausgemerzt. Das nackte Überleben zwang zur Perfek-tion. Er näherte sich dem Aufgang Nummer fünf. Oliver war seiner Intuition gefolgt. Aus seiner Sicht gab es nur einen perfekten Ort für den Täter, an dem die Polizei und auch die Familie von Michelle ihn im Moment zuletzt suchen würden. Olivers Ziel befand sich auf der linken Seite im Erdgeschoss. Es war Michelle Henrichs Wohnung.

Auf Zehenspitzen stieg er die wenigen Stufen hinauf und positionierte sich neben der Tür. Klaus überholte ihn und schob einen Dietrich ins Schloss. Klack. Die Tür sprang ohne Probleme auf. Die fünf Männer des SEK bezogen vor der Eingangstür Stellung. Der Flur lag im Dunkeln. Schon von außen hatte Oliver gesehen,

dass die Rollläden der gesamten Wohnung herunterge-
lassen waren. Er verzichtete auf Licht und machte ein
paar kleine Schritte. Dabei nahm er die Atmosphäre der
Wohnung in sich auf. Die Luft war abgestanden. Es war
kühl und mucksmäuschenstill. Nein, das stimmte nicht.
Links war etwas. Ein leises, regelmäßiges Pochen. Oliver
näherte sich. Dort war die Küche. Durch eine Ritze im
Rollladen drang ein Lichtstrahl und fiel auf die Spüle.
Der Wasserhahn tropfte. Oliver verschaffte sich einen
Überblick, während Klaus im Flur wartete. Er spähte
durch die Dunkelheit und war kaum in der Lage,
Umrisse zu erkennen. Nur kurz ließ Oliver den Lichtstrahl seiner Taschenlampe über die Einrichtung gleiten. Der Raum war leer. Kein dreckiges Geschirr, nicht
einmal ein benutztes Glas oder Brot waren zu sehen.
Auf Zehenspitzen bewegte er sich zurück und schlich
zum nächsten Raum. Ein kurzes Aufblenden der Lampe
genügte, um das winzige Duschbad zu erfassen. Das
weiße Porzellan der Toilette blitzte auf, gefolgt von dem
transparenten Plastikduschvorhang. Er leuchtete ins
Waschbecken, um vielleicht Flecken oder irgendetwas,
das auf kürzliche Benutzung hindeutete, zu entdecken.

Ein paar unscheinbare Wassertropfen am Rand
ließen die Taschenlampe in Olivers Hand zittern.
Jemand war hier und hatte vor Kurzem den Hahn
aufgedreht. Er sperrte die Ohren auf und lauschte.
Dann stieß er Klaus an und zeigte ihm die Tropfen. Die
Wohnung verfügte über zwei weitere Zimmer. Das
mussten die Zimmer sein. Eines lag auf der rechten
Seite und das andere am Ende des Flurs in der Mitte.
Oliver ging nach rechts und erkannte eine Couch,
einen Tisch und eine Schrankwand mit Flatscreen-

Fernseher. Auf dem Tisch stand ein Karton. Er war verschlossen. Nichts deutete auf die Anwesenheit von Michelle oder ihrem Entführer hin. Oliver ignorierte den Karton und wandte sich dem letzten Zimmer zu. Das musste das Schlafzimmer sein. Am Ende des Flurs befanden sich keine Fenster. Oliver verzichtete trotzdem auf Licht. Er wollte den Täter überraschen und so eine möglichst große Chance haben, Michelle unversehrt zu befreien.

Langsam drückte er die Klinke hinunter und öffnete die Tür. Es war stockdunkel. Wahrscheinlich verfügte das Schlafzimmer über Extragardinen. Klaus war dicht hinter ihm. Oliver spürte seinen Atem. Ob es an dem Luftzug lag oder an der Anspannung wusste er nicht, aber ein Schauer lief ihm über den Nacken. Ganz behutsam ging er einen Schritt vorwärts. Das Blut rauschte in Olivers Ohren und machte es ihm schwer, die Geräusche in der Umgebung zu hören. Er lauschte angestrengt und presste den Rücken an die Wand. Die Waffe hielt er mit beiden ausgestreckten Händen fest umklammert. Lautlos ließ er den linken Arm sinken, ohne die Position der Pistole zu verändern, und tastete nach der Taschenlampe an seinem Gürtel. Er brauchte jetzt Licht. Vorsichtig machte er einen weiteren Schritt. Er spürte den harten Rahmen des Lichtschalters in seinem Rücken. Er stoppte und schob die Taschenlampe zurück. Dann schaltete er die Lampe an. Plötzlich ging alles total schnell. Das grelle Licht blendete ihn für den Bruchteil einer Sekunde. Klaus schrie auf und stürzte auf den Laminatboden. Eine Faust landete mit voller Wucht in Olivers Gesicht. Er fixierte den Angreifer und drückte ab. Der Schuss knallte durch den Raum, ohne den Mann aufzuhalten. Der Fremde stürmte aus der Tür.

Oliver verharrte auf der Stelle. Seine Augen waren auf etwas gerichtet, das ihm das Blut in den Adern gefrieren ließ. Eine riesige Schlange hatte sich um Klaus' Beine geschlungen. Aus zwei Löchern am Hosenbein trat Blut aus. Der Körper seines Partners zuckte unkontrolliert. Der Blick war gläsern.

»O nein«, schrie Oliver und stürzte sich auf die Schlange. Das Biest zischte und entglitt ihm. Der Kopf des Tieres schnellte hoch. Das Maul war weit aufgerissen und schoss auf Olivers Arm zu. Wie durch ein Wunder schaffte er es, im letzten Moment auszuweichen. Er donnerte die Faust auf den Kopf des Tieres. Die Schlange war wenig beeindruckt. Ihr massiger Körper bäumte sich auf. Die gespaltene Zunge züngelte nach ihm. Die eiskalten Augen durchbohrten ihn. Doch diesmal machte Oliver kurzen Prozess. Er packte das Tier, presste die Hände so fest er konnte um den Hals und drückte den Kopf mit dem Knie hinunter. Die Schlange hatte eine unheimliche Kraft. Sie wand sich unter Olivers Gewicht. Mit dem anderen Fuß schob er die Tür auf. Dann sprang er blitzschnell hoch und warf die Schlange nach draußen. Bevor das Tier reagieren konnte, hatte er die Tür wieder geschlossen.

»Vorsicht Giftschlange«, brüllte Oliver und zog dabei seinen Gürtel heraus. Eilig schnürte er Klaus' Bein oberhalb des Bisses ab. Vielleicht konnte er so die Verbreitung des Giftes im Körper aufhalten. Dann holte er sein Klappmesser aus der Hosentasche und schnitt Klaus' Hose auf. Er saugte die Bissstellen so gut er konnte aus. Zwischendurch spuckte er die Flüssigkeit auf den

Fußboden. Klaus zitterte wie Espenlaub. Stiefel trampelten draußen. Das Sondereinsatzkommando stürmte die Wohnung.

»Rufen Sie einen Krankenwagen. Mein Partner wurde gebissen«, brüllte Klaus.

Einer der Männer schob ihn zur Seite. »Ich bin Rettungssanitäter«, erklärte er.

Oliver ließ ihn gewähren. Er richtete sich auf und erst jetzt sah er die Frau, die leblos auf dem Bett lag. Sein Herzschlag setzte aus. Es war Michelle Henrich. Ein dicker Strick lag um ihren Hals, in den gefalteten Händen hielt sie ein Kreuz. Oliver tastete nach dem Puls an ihrer Halsschlagader. Ihre Haut war kühl, doch ganz schwach konnte er ein flatterndes Pulsieren fühlen. »Sie lebt. Wir brauchen einen Arzt. Schnell.«

Oliver betrachtete die Frau, die schon so viel durchgemacht hatte. Hoffentlich überlebte sie diese Tragödie. Eine Sirene kündigte die Ankunft des Notarztes an. Er ging nach draußen in den Flur, wo ihm der Leiter des Einsatzkommandos bereits entgegenkam.

»Haben Sie Weidenhammer?«, fragte Oliver und rieb sich die Wange. Erst jetzt fühlte er den Schmerz, der unter seinem rechten Auge pulsierte.

»Er ist nach oben gerannt und wollte sich aus dem Dachfenster stürzen, aber meine Leute haben ihn festgesetzt.« In den Augen des Mannes lag eine tiefe Zufriedenheit. Oliver nickte matt. Er konnte sich nicht wirklich freuen. Sein Partner lag verletzt neben einer halb toten Frau. Weidenhammer hatte vielleicht bekommen, was er wollte, wenn Michelle nicht überlebte. Er stieg die Stufen zum Dach hinauf und fand dort einen großen Mann mit unnatürlich schwarzen Haaren vor. Er kniete auf dem Treppenabsatz mit ihm zugewandtem Rücken. Zwei Einsatzkräfte standen rechts und links von ihm. Um seine Handgelenke lagen glänzende Handschellen. Unerwartet drehte der Mann sich um. Kaltblaue Augen blitzen Oliver an.

»Bergmann, schön Sie zu sehen«, sagte er süffisant und deutete auf etwas, das aus seiner Hosentasche hervorlugte. Oliver erkannte die Latexmaske, mit der er sich verkleidet hatte. »Sie ist tatsächlich darauf reingefallen.« Er lächelte selbstgefällig. Oliver ballte die Fäuste.

»Führen Sie ihn ab«, zischte er. Die Polizisten zerrten Weidenhammer hoch. Als er an Oliver vorbeiging, hielt dieser ihn auf. »Was ist das für eine Schlange?«, fragte er und sah Weidenhammer durchdringend an.

Dieser musterte ihn und grinste. »Sie hat Ihren Kollegen erwischt, oder?«

Olivers Geduld war am Ende. Wütend packte er den Mann an der Kehle und trat so dicht, wie er konnte, an ihn heran. Ihre Nasen berührten sich beinahe. »Was ist das für eine Schlange?«, wiederholte Oliver.

»Eine Gabunviper. Ihr Gift ist tödlich.« Weidenhammer lachte. Trotzdem ließ Oliver von ihm ab. Die Beamten führten ihn die Treppe hinunter.

Oliver nahm sein Handy und wählte die Nummer des nächsten Krankenhauses. »Mein Partner ist von einer Gabunviper gebissen worden. Bitte besorgen Sie sofort ein Antiserum.«

* * *

Michelle war benommen. Sie stöhnte leise und schluckte. Das tat weh. Ihre Finger tasteten nach dem Schmerz, der wie eine Eisenkette um ihre Kehle lag. Die Erinnerung kam mit einem gewaltigen Schlag. Entsetzt riss sie die Augen auf und fuhr hoch.

»Ganz ruhig. Sie sind in Sicherheit«, sagte eine tiefe Männerstimme aus einem unscharfen Gesicht.

»Wo bin ich?«, krächzte Michelle. Der Fremde reichte ihr ein Glas Wasser. Gierig trank sie.

»Im Krankenhaus. Wir haben Ihren Entführer gefasst. Er wird Ihnen nichts mehr anhaben können.«

Michelle betrachtete den Fremden und spulte ihr Gedächtnisprogramm ab. Den äußeren Merkmalen und der Stimme nach zu urteilen, handelte es sich um Kommissar Oliver Bergmann. Automatisch zuckte sie bei dieser Erkenntnis zusammen.

»Keine Sorge, Frau Henrich. Diesmal ist es wirklich Oliver Bergmann. Das versichere ich Ihnen.« Michelle sah sich einem Mann mit stechenden braunen Augen gegenüber. Er stellte sich als Hans Steuermark, Bergmanns Vorgesetzter und Leiter des Kriminalkommissariates, vor. Wie zum Beweis hielt er ihr seinen Dienstausweis vor die Nase. »Ich weiß, dass Sie Gesichter nur schlecht erkennen, aber schauen Sie sich diesen Leberfleck an. Der ist echt.« Er deutete auf den dunklen Punkt auf seiner Wange.

Michelle musste unwillkürlich grinsen. »Das beruhigt mich«, antwortete sie und setzte ihr Wasserglas ab.

»Wir sind gekommen, um Sie über die Ergebnisse unserer Ermittlungen zu informieren. Wir dachten, dass Sie es als Erste erfahren sollten und vor allem persönlich und nicht aus der Presse«, erklärte Steuermark.

»Wir haben Clemens Weidenhammer in ihrer Wohnung verhaften können.«

Der Name hatte die Wirkung eines Pistolenschusses. Clemens, so hieß der neue Freund ihrer Schwester. Diesen Namen hatte ihre Mutter einmal erwähnt. Sie öffnete den Mund, doch gleichzeitig legte sich Bergmanns Hand auf ihren Arm. Sie sah in seine Augen.

»Nein«, stieß sie hervor, als sie sein Unbehagen bemerkte. »Bitte sagen Sie mir, dass der Mann nicht Eileens Freund war.«

»Es tut uns leid.« Bergmanns Stimme versagte. »Wir konnten nichts mehr für Eileen tun. Sie war schon sehr lange tot.«

Der Schmerz überflutete sie eiskalt. Eileen, dachte sie, weshalb nur musstest du dich immer auf die falschen Männer einlassen?

»Warum?«, schluchzte sie und schlug die Hände vors Gesicht.

»Eileen hatte sich von Clemens Weidenhammer getrennt, doch er wollte das nicht wahrhaben. Sie fühlte sich von ihm eingeengt und wollte ihn zudem nicht in die Gruppe aufnehmen, die sie mit ihren Freundinnen gegründet hatte.«

Tränen liefen über Michelles Gesicht. Sie kannte Eileens Spleen. Nachdem sie entdeckt hatte, dass eine ihrer Vorfahren im Mittelalter als Hexe auf dem Scheiterhaufen verbrannt worden war, tat sie alles, um selbst eine Hexe zu werden. Michelle versuchte, sich an den Namen zu erinnern.

»Sie wollten keine männlichen Mitglieder in den weißen Hexenklub aufnehmen. Er war außerdem nur echten Nachfahren von Hexen vorbehalten, und

Clemens Weidenhammer gehörte nicht dazu. Das wollte er nicht wahrhaben. Er hat sich für Ihre Schwester mächtig ins Zeug gelegt und fühlte sich letztendlich ungerecht behandelt. Er hat nicht nur Ihre Schwester, sondern auch deren Freundinnen auf dem Gewissen.«

Die beiden Frauen aus dem Luftschutzbunker kamen Michelle in den Sinn. Sie konnte ihren rasselnden Atem regelrecht hören. Ihr Körper begann zu zittern und Bergmann legte abermals seine große Hand beruhigend auf ihre Schulter.

»Ihr Verlust tut uns wirklich sehr leid. Sie müssen jetzt nach vorne schauen, Michelle. Sie haben überlebt und Clemens Weidenhammer wird wegen mehrfachen Mordes zeit seines Lebens ins Gefängnis wandern. Er wird Ihnen nie wieder zu nahe kommen.«

»Er hat schon ein paarmal versucht, mich mitzunehmen, oder?«, fragte sie und erinnerte sich an den Moment, als er ihr vorschlug, an den Ort des Geschehens zurückzukehren. »Sie wollten mich überhaupt nicht zum Tatort führen, damit ich mich an Gesichter erinnern kann.« Michelle schluchzte. Obwohl sie sich nicht mehr in Gefahr befand, schienen eiskalte Finger nach ihr zu greifen, die sie nicht abschütteln konnte.

»Er hat es mehrfach probiert, aber Sie sind ihm immer wieder entwischt. Auch dieses Mal haben Sie es letztendlich geschafft. Sie haben diesen Kampf gewonnen«, sagte Oliver.

Gewonnen, fuhr es Michelle durch den Kopf. Sie fühlte sich überhaupt nicht wie eine Gewinnerin. Sie hatte ihre Schwester verloren, ihre Fähigkeit, Gesichter zu erkennen, und auch das Gefühl, in Sicherheit zu sein.

»Bitte lassen Sie mich alleine«, schluchzte sie und zog die Bettdecke über den Kopf. Der weiche Stoff tröstete sie. Michelle brauchte jetzt Zeit. Sie musste die Geschehnisse verarbeiten und neuen Lebensmut finden. Die Tür schlug zu und sie wusste, dass sie alleine im Zimmer war. Sie blieb in ihrer selbst gebauten Höhle und erinnerte sich. Für einen winzigen Moment sah sie Eileens Gesicht aufblitzen. Sie lächelte mit diesem spitz-bübischen Zug um die Mundwinkel. Sie würde ihre Schwester unendlich vermissen. Dann überwältigte Michelle eine kleine Welle der Dankbarkeit. Sie war am Leben und das war alles, was zählte.

* * *

Eileens Beerdigung fand eine Woche später statt. Oliver hatte Emily gebeten, ihn zu begleiten. Michelle Henrich hatte sich gewünscht, dass auch alle Helfer der Polizei an der Beerdigung teilnahmen und Eileen die letzte Ehre erwiesen. Sie wurde neben ihren drei Freundinnen begraben. Auf jedem Grab lag ein silberner Rahmen. *Für immer vereint*, stand dort geschrieben. Es war das Motto des weißen Hexenklubs. Die Hinterbliebenen von Amelie Schlebusch hatten darauf bestanden, den silbernen Bibeleinband als Grabgabe in eine verschlossene Truhe zu legen. Die Bibel hatte einen langen Weg hinter sich. Vor fünfhundert Jahren ließ sie ein Gefolgsmann des Kölner Erzbischofs, Bernhard Hilden, anfertigen. Er schenkte das Buch einer Heilerin, die ihn von einer lebensbedrohlichen Geschlechtskrankheit befreit hatte. Die Heilerin Katrina vererbte das kostbare Stück an ihre Nachfahren, von denen eine im siebzehnten

Jahrhundert als Hexe auf dem Scheiterhaufen verbrannt wurde. Im Ersten Weltkrieg ging die Bibel verloren. Amelie Schlebusch hatte viele Jahre danach gesucht, bis sie das Buch bei einem Kölner Antiquitätenhändler wiederentdeckte. Für den weißen Hexenklub war es ein wertvolles Symbol, das für die Heilkünste der weisen Frauen stand. Für Clemens Weidenhammer war es seit der Trennung von Eileen ein Symbol für das Teuflische in jeder Frau. Während er seine Opfer qualvoll hungern und verdursten ließ, predigte er aus diesem Buch und zitierte frauenfeindliche Passagen.

Oliver und Emily hielten sich wie alle Polizeikollegen im Hintergrund. Michelle Henrichs Familie war zahlreich erschienen. Der Schock stand ihnen ins Gesicht geschrieben. Die letzten Wochen in Eileen Henrichs Leben waren der blanke Horror gewesen. Niemand mochte sich vorstellen, wie sie einsam und ihrem Peiniger völlig ausgeliefert, in dem stinkenden Bunker schon fast verdurstet war, als Weidenhammer sie schließlich erdrosselte und das letzte bisschen Leben aus ihr herauspresste. Es war grausam und barbarisch. Keine Menschenseele hatte so etwas verdient. Weidenhammer war ein brutaler Serienmörder, der nicht den Hauch von Empathie für seine Mitmenschen besaß. In keinem der unzähligen Verhöre hatte er seine Taten bedauert. Für ihn war der Tod nichts Schreckliches und Schmerz nur der Ausdruck von Leben. Eileen hatte seine egozentrischen Gefühle verletzt und dafür mussten sie und ihre Freundinnen sterben. Er hatte jeder einzelnen von ihnen aufgelauert und sich von ihr überdies eine Liste mit Nachfahren von geächteten Hexen besorgt. Fast einhundert Namen standen auf der Liste und genauso viele silberne Kreuze hatte Weidenhammer über einen Internetshop gekauft. Es war nicht auszumalen, wie viele Frauen er noch hatte umbringen wollen. Und das alles nur aus einem einzigen narzisstischen Grund: Rache.

Oliver zog Emily beiseite. Der Pfarrer predigte die letzten Worte und Eileens Mutter schluchzte herzergreifend. Betroffen legte Oliver den Arm um Emily. Er war froh, dass ihr nichts geschehen war. Er mochte nicht weiter darüber nachdenken.

»Sieh nur, was für ein süßes Paar«, sagte Emily und gab ihm einen flüchtigen Kuss auf die Wange. Oliver folgte ihrem Blick. Am Ende des Friedhofs, dort, wo uralte Gräber lagen, standen ein Mann und eine Frau. Sie hielten sich eng umschlungen. Oliver blickte Emily an, doch sie schüttelte den Kopf. Sie hatte recht. Auf einer Beerdigung sollte man das Leid und den Schmerz der Betroffenen respektieren. Er seufzte und zog sie fort, in Richtung des Paares.

»Das gibt es doch gar nicht«, stieß Emily mit einem Mal aus und beschleunigte ihre Schritte. »Das sind doch Anna und ...« Sie riss Oliver mit sich und stoppte wenige Meter vor den beiden. Das Pärchen stand vor einem uralten, sehr schön verzierten Grabstein. Bastian Mühlenberg stand darauf, und Emily musste tief Luft holen. Das Grab war von Moos bedeckt. Es schien unberührt zu sein. Statt der üblichen Blumen wucherte Efeu auf der dunklen Erde. Nur eine einzelne rote Rose schoss aus dem Dickicht hervor. Sie wirkte in ihrer Einzigartigkeit wie ein Symbol oder eher wie eine Botschaft. Die lebendige Frische dieser Rose fiel aus dem Bild und Oliver fragte sich unwillkürlich, wer sie dort gepflanzt hatte oder wie sie dahin gekommen war.

Der junge Mann, ein großer muskulöser Kerl mit blonden Strubbelhaaren, bemerkte sie zuerst und räusperte sich betreten. Anna blickte auf. Ihre Wangen waren leicht gerötet und passten so gar nicht zu der unnahbaren Bankerin, die Oliver bisher in ihr gesehen hatte. Anna ließ von dem Mann ab und begrüßte sie.

»Darf ich vorstellen, das ist Maximilian.« Ihre Augen strahlten, als sie seinen Namen aussprach.

ENDE

NACHWORT DER AUTORIN

Liebe Leserin, lieber Leser,

ich möchte mich bei Ihnen dafür bedanken, dass Sie meinen Roman gekauft und gelesen haben. Ich hoffe, Ihnen hat die Lektüre gefallen und Sie hatten ein spannendes Leseerlebnis. An dieser Stelle möchte ich insbesondere für die historisch interessierten Leser noch folgende Punkte anmerken:

Die meisten Orte, die ich in meinem Thriller beschreibe, existieren tatsächlich. Die von mir eigenhändig gezeichnete Karte, die Sie ganz vorne im Buch finden, stellt den historischen Stadtkern von Zons dar. Genau so werden Sie die Stadt vorfinden, wenn Sie ihr einen Besuch abstatten. Schauen Sie doch dann einmal in der Tourist-Information gegenüber dem Kreismuseum an der Schloßstraße vorbei. Sie werden dort einen ähnlichen Plan erhalten.

Das ›Schloss Friedestrom‹ heißt heute offiziell ›Burg Friedestrom‹, aber da viele Zonser es lieber Schloss nennen und auch die Straße davor den Namen ›Schloßstraße‹ und nicht etwa ›Burgstraße‹ trägt, habe ich diesen Namen beibehalten.

In Zons gibt es mehr als die beiden im Buch beschriebenen Luftschutzbunker. Ein Dritter, der vor wenigen Jahren noch begehbar war, befindet sich auf dem Schlossgelände. Heute ist er zugeschüttet und auf seinem Dach wurde eine Terrasse errichtet, von der aus man einen Blick auf den alten Wassergraben werfen kann.

Die vom Zonser Arzt Josef Hesemann verwendete reinigende Tinktur besteht aus Knoblauch, Wein, Zwiebeln und Ochsengalle. Das Rezept stammt aus der altenglischen medizinischen Handschrift *Bald's Leechbook*, einem Dokument aus dem 10. Jahrhundert. Darin wird sie als Mittel für entzündete Augen angegeben. Forscher der Universität Nottingham haben 2015 die Tinktur untersucht und festgestellt, dass sie wie ein Antibiotikum wirkt und sogar gegen multiresistente Keime eingesetzt werden kann.

Der Ausspruch »Wenn du eine Frau siehst, denke, es sei der Teufel! Sie ist eine Art Hölle!« stammt wirklich von Papst Pius II., der von 1405 bis 1464 lebte. Er sprach möglicherweise aus seiner eigenen Erfahrung, denn vor seiner kirchlichen Laufbahn führte er als Enea Silvio Piccolomini ein Leben als Dichter und Lebemann. Sogar zwei Kinder soll er gehabt haben.

Der Zollturm in Zons, der auch Rhein- oder Petersturm genannt wird, erhebt sich an der Nordostecke der Stadtmauer. Sein quadratischer Grundriss misst neuneinhalb mal neuneinhalb Meter. Der Turm erreicht mit sechs Geschossen eine stattliche Höhe von siebenundzwanzig Metern. Im Mittelalter diente das Bauwerk zur Zollabfertigung von Schiffen, die den Rhein an dieser Stelle passierten. Heute steht der Turm leider leer. Die Eigentümerin, die katholische Kirchengemeinde Sankt Martinus, versucht seit ein paar Jahren vergeblich, einen Käufer zu finden. Der Sanierungsaufwand beläuft sich auf mehrere zehntausend Euro und schreckt offenbar potenzielle Interessenten ab.

Die Hauptprotagonistin des Romans, Michelle Henrich, leidet nach ihrer Verletzung durch den Kopfschuss an der Krankheit Prosopagnosie, die auch als Gesichts- oder Seelenblindheit bezeichnet wird. Dieses Krankheitsbild kann angeboren sein oder auch durch Schädel- bzw. Hirnverletzungen hervorgerufen werden. Das Wort Prosopagnosie setzt sich aus den griechischen Begriffen Prosop für ›Gesicht‹ und Agnosie, für ›nicht erkennen‹, zusammen. Menschen, die unter dieser Störung leiden, können Gesichter nicht voneinander unterscheiden. Auch enge Verwandte oder Freunde werden nicht am Gesicht erkannt. Das Auge ist anatomisch vollkommen gesund, doch das Gehirn ist nicht in der Lage, das wahrgenommene Gesicht zu individualisieren und einer bestimmten Person zuzuordnen. Es ist also eigentlich das Gehirn, das in diesem Fall blind ist, es sind nicht die Augen. Deshalb wird oft von Seelenblindheit gesprochen. Dieser Begriff wurde im Jahr 1877

von Hermann Munk geprägt, einem deutschen Medizi-
ner, der das Krankheitsbild an Hunden erforscht hat.
Über die Seelenblindheit beim Menschen berichtete
1886 erstmals der deutsche Neuro-Ophthalmologe
Hermann Wilbrand, ein Spezialist für Augenheilkunde.

Die Figuren im Buch sind, bis auf die oben im historischen Kontext genannten, frei erfunden. Ich möchte
nicht ausschließen, dass der eine oder andere Charakter
Ähnlichkeiten mit heute lebenden Personen hat. Dies ist
jedoch keinesfalls beabsichtigt.

Wenn Sie an Neuigkeiten über anstehende Buchpro-
jekte, Veranstaltungen und Gewinnspiele interessiert
sind, dann tragen Sie sich in meinen Newsletter oder
meine WhatsApp Liste ein:

- **Newsletter: www.catherine-shepherd.com**
- **WhatsApp: 0152 0580 0860** (bitte das Wort
  „Start" senden)

Sie können mir auch gerne bei Facebook, Instagram
und Twitter folgen:

- **www.facebook.com/Puzzlemoerder**
- **www.twitter.com/shepherd_tweets**
- **Instagram: autorin_catherine_shepherd**

Alle Taschenbücher können übrigens auch in meinen
versandkostenfreien Shop bestellt werden:

- **https://shop.catherine-shepherd.com**

Zum Abschluss habe ich noch eine persönliche Bitte. Wenn Ihnen dieses Buch gefallen hat, würde ich mich über eine kurze Rezension freuen. Keine Sorge, Sie brauchen keine ›Romane‹ zu schreiben. Einige wenige Sätze reichen völlig aus.

Ich bedanke mich recht herzlich und hoffe, dass Sie auch meine anderen Romane lesen werden.

Ihre Catherine Shepherd

STADT ZONS AM RHEIN

Die kleine Stadt Zons – ehemals Zollfeste Zons genannt – liegt am Niederrhein direkt bei Dormagen im Rhein-Kreis Neuss, fast genau in der Mitte zwischen Düsseldorf und Köln. Auf der anderen Seite des Rheins liegt Düsseldorf-Urdenbach. Beide Orte sind durch eine Fährverbindung über den Rhein miteinander verbunden. Zons ist eine der am besten bewahrten mittelalterlichen Städte mit einer im ganzen Rheinland einzigartigen, gut erhaltenen Befestigungsanlage aus dem 14. Jahrhundert, sozusagen das Rothenburg des Rheinlands.

Die kleine Stadt Zons blickt auf eine lange und bewegte Geschichte zurück:

Ebenso wie in das heutige Gebiet der Stadt Köln und der benachbarten Stadt Neuss kamen die Römer auch in die Nähe von Zons. Dies hat man jedenfalls bei Ausgrabungen festgestellt, nach denen es bei Zons einen römischen Friedhof und ein Militärlager der Römer gegeben hat.

Gesichert ist ebenfalls die Erkenntnis, dass Zons im Jahr 1373 das Stadtrecht erhalten hat. Der Kölner Erzbischof Friedrich von Saarwerden hatte zuvor im Jahr 1372 den Rheinzoll vom Gebiet des heutigen Neuss nach Zons verlagert. Zons wurde daraufhin durch Mauern und Gräben befestigt. Im Zentrum der befestigten Ortschaft befanden sich wohl etwa einhundertzwanzig Häuser. Im 15. Jahrhundert war der seinerzeitige Ausbau von Zons abgeschlossen. Die Bevölkerung war im Wesentlichen im Ackerbau, der Viehzucht und in den Bereichen Bier-, Wein- und Getreidehandel tätig. Daneben existierten Handwerksbetriebe, Ziegeleien sowie Woll- und Leinenwebereien. Zwischen dem 15. und dem 17. Jahrhundert gab es offenbar einen moderaten Wohlstand in der Stadt.

Das 17. Jahrhundert war keine gute Zeit für Zons. 1620 gab es erneut einen schweren Brand in der Stadt, von dem der Überlieferung nach nur wenige Häuser verschont blieben. Auch der Dreißigjährige Krieg hat durch entsprechenden Beschuss in Zons schwere Spuren der Zerstörung hinterlassen. Die Pest schwächte das Städtchen in mehreren Wellen, z. B. 1623 und 1666. Im Jahr 1794 eroberten die Franzosen Zons. Es gehörte nunmehr zu Frankreich und war bis 1814 im Kanton Dormagen des Arrondissements Köln beheimatet.

1815 ging Zons an die Preußen über und wurde dem Kreis Neuss sowie 1822 dem Regierungsbezirk Düsseldorf zugeordnet. Bereits seit 1900 ist Zons ein beliebtes Ausflugsziel. 1975 wurde Zons Teil von Dormagen. Zons nannte sich daher ab diesem Zeitpunkt Feste Zons. Seit 1992 darf Zons sich wieder Stadt nennen, allerdings handelt es sich hierbei nicht um eine eigenständige

Gemeinde im Rechtssinn, sondern um einen Titel, den man Zons aufgrund der hohen historischen Bedeutung gewährt hat. Heute hat Zons über 5.000 Einwohner und gehört als Stadtteil von Dormagen zum Rhein-Kreis Neuss.

Weitere Informationen über Zons finden Sie auf: www.zons-am-rhein.info oder auf der Facebook-Seite www.facebook.com/zonsamrhein. Vielleicht schauen Sie sich das schöne Zons einmal persönlich an. Einige der Plätze, die in diesem Buch eine Rolle spielen, sind auch heute noch gut erhalten.

WEITERE TITEL VON CATHERINE SHEPHERD

Zons-Thriller Band 1 bis 4

Zons-Thriller Band 5 bis 8

Zons-Thriller Band 9 bis 11

Laura Kern-Thriller Band 1 bis 4

Laura Kern-Thriller Band 5 und 6

Julia Schwarz-Thriller Band 1 bis 4

Julia Schwarz-Thriller Band 5 und 6

Die Autorin Catherine Shepherd (Künstlername) lebt mit ihrer Familie in Zons und wurde 1972 geboren. Nach Abschluss des Abiturs begann sie ein wirtschaftswissenschaftliches Studium und im Anschluss hieran arbeitete sie jahrelang bei einer großen deutschen Bank. Bereits in der Grundschule fing sie an, eigene Texte zu verfassen, und hat sich nun wieder auf ihre Leidenschaft besonnen.

Ihren ersten Bestseller-Thriller veröffentlichte sie im April 2012. Als E-Book erreichte »Der Puzzlemörder von Zons« schon nach kurzer Zeit die Nr. 1 der deutschen Amazon-Bestsellerliste. Es folgten weitere Kriminalromane, die alle Top-Platzierungen erzielten. Ihr drittes Buch mit dem Titel »Kalter Zwilling« gewann sogar Platz Nr. 2 des Indie-Autoren-Preises 2014 auf der Leipziger Buchmesse. Seitdem hat Catherine Shepherd die Zons-Thriller-Reihe fortgesetzt und zudem zwei weitere Reihen veröffentlicht.

Im November 2015 begann sie mit dem Titel »Krähenmutter« eine neue Reihe um die Berliner Spezialermittlerin Laura Kern (mittlerweile Piper Verlag) und ein Jahr später veröffentlichte sie »Mooresschwärze«, der Auftakt zur dritten Thriller-Reihe mit der Rechtsmedizinerin Julia Schwarz.

Mehr Informationen über Catherine Shepherd und ihre Romane finden sich auf ihrer Website:

www.catherine-shepherd.com